白川道
Shirakawa Toru

そして奔流へ

新・病葉流れて

幻冬舎

そして奔流へ

新・病葉流れて

装幀　多田和博

写真　Getty Images

1

五月末の三十日、ベティは坂本たちとロスアンゼルスに旅立った。

午後のフライトだったので、私は私用を理由に会社を早引けして、羽田まで見送りに行った。

前夜もそうだが、五月に入ってからはベティと何度も夕食を共にして語り合っていたので、ゲートをくぐる彼女の後ろ姿を目にしても、すこし寂しさを覚えただけで、悲しいというような感情は湧いてこなかった。今回の旅立ちは、留学前の予備旅行というだけで、ひと月もしたら、また戻ってくるのだ。任せておいてという、和枝《かずえ》の言葉も、私には心強かった。

しかし、帰りのタクシーのなかで、私は自分の心のなかに、ポッカリと大きな空洞ができたような気分に陥ってしまった。

その夜私は、その心の空洞を埋めるかのように、この一カ月ほどの間に、ベティと一緒に顔を出したことのある行き当たりバッタリの飲み屋を探し歩きながらハシゴ酒をした。

しかし飲めば飲むほど、私の心の空洞は更に大きくなるような気がして、自分で自分を持て余してしまった。

心の空洞――。私は今、はっきりと自覚していた。これまでにいろいろな女性とつき合ってきたが、ベティに関しては、そうした女性たちとは違う想いが私の心の襞《ひだ》に深く刻み込まれているのだ。つまり、私はベティを心の底から愛してしまっている。

この二カ月余り、私は姫子の店に顔を出していないばかりか、電話でも話したことはなかった。したがって、ベティという女の子に子供ができたことも、姫子は知らない。

姫子にすべてを打ち明けても、彼女は私のすべてを受け容《い》れてくれるという確信があった。しかし今度ばかりは、話す勇気がなかった。

最後の店でウィスキーのストレートを二杯空けたとき、姫子に会いに行こうか、と気持ちが動いたが、私は頭《かぶり》を振って、そのおもいを打ち消した。

翌日、宿酔《ふつかよ》いの頭痛を抱えながら出社すると、松崎課長に会議室に呼ばれた。

会議室には、田代局長の姿もあった。その横に座る松崎課長の顔には、当惑した表情が浮かんでいる。

「じつは、総務部長が、きみに訊《き》きたいことがあるそうだ」

二人の前に腰を下ろすなり、田代局長が言った。

「総務部長が、ですか……?」

すぐにピンときた。小沢部長の自殺の一件に違いない。

「そうだよ。内密に、とのことだ。どうやら、この前の小沢部長の自死の一件と、それに関しての有村部長のことらしい。どういう内容のことなのか、この私にも話してくれないんだ」

きみに、なにか心当たりがあるかね？　と田代局長が訊いた。

なにを訊きたいのか、総務部長は、直属の上司である田代局長にもその内容を話していないという。

別に隠しだてするつもりはなかったが、私は首を振った。

「小沢部長とは一度、有村部長を交えて社内麻雀《マージャン》をしたことはありますが、個人的なつき合いは一切ありませんでした。有村部長とは、ご承知のように、『MBチーム』で仕事をしたことがあります。ただ小沢部長とは違って、そのとき以外に、二度ほど社外で麻雀をしたり、酒を飲んだりしたことがあります。その折には、うちのクライアントでもある『羽鳥珈琲』の常務も一緒でした」

「ふ〜ん。それだけかね？」

田代局長が首をひねって、隣の松崎課長を見た。

別にうそをついているわけではない。訊かれてもないことを喋《しゃべ》る気がないだけだった。

「なにか問題でも？」

私はトボけて、訊いた。

「いやな……。私も噂《うわさ》を聞いただけだが、小沢部長の死には、借金が絡んでいるとのことだ。きみは、小沢部長や有村部長との間で、金銭の貸し借りはあったのかね？」

「いえ。お金を借りたことなんてありません。それに、入社してまだ一年とちょっとの私が、二人にお金を貸すほどの余裕があるとおもわれますか？」

松崎課長が、口元に笑みを浮かべた。

課長は私が相場で大金を得たことを知っている。私が田代局長にトボけたことがおかしいに違いなかった。課長の田代局長嫌いは、このところ益々酷《ますますひど》くなっている。

「ほら、私が言ったとおりでしょう。梨田《なしだ》クンは無関係なんですよ。なにはともあれ、総務部長に、ゲタを預けたらどうですか？」

松崎課長の言葉に、そうだな、とうなずき、これから総務部長の所に顔を出すよう、田代局長が私に言った。

田代局長が会議室から消えると、松崎課長が私の隣に椅子を寄せた。

「なにか、俺に隠し事をしてるだろ？」

「ええ。してます。課長には、すべて正直に話しますが、総務部長との話が終わってからにしてくれますか。ひょっとしたら、課長に迷惑をおかけすることになるかもしれません」

「俺に迷惑？　只事《ただごと》じゃないな。でも、安心しろ。どんなことがあっても、俺はきみの味方だからな」

私はちょっと胸が熱くなった。

こんなに私に目をかけてくれているのに、私は課長に内緒で、有村部長の裏の仕事のアルバイトに手を染めてしまった。

「ありがとうございます。もし課長に時間があるのなら、今夜、一杯、つき合ってくれませんか」

「分かった。つき合うよ」

優しい目で見る松崎課長に頭を下げ、私は総務部長に会うために、会議室を出た。

総務部は六階のフロアを人事部と共有している。

寺田総務部長は、人事の小野部長と同じく、親会社の電鉄の出身で、年代も同世代なら、堅物で通っている小野部長同様、性格も、質実剛健との評判だった。つまり、緩い体質の他の部署とは違って、総務と人事の二つの部署だけは、他の企業とさほど変わらないということだ。

総務部長席に向かうとき、自席にいた小野部長と視線が合った。

軽い会釈の挨拶を送ると、小野部長もうなずいたようだった。

書類の決裁をしていた寺田総務部長が、私を見ると、手の動きを止めた。

「マーケティングの梨田です」

私は一礼した。正直なところ、私はすこし緊張していた。寺田部長と話をするのは初めてなのだ。

「おう、来たか。きみの顔は見たことがあったが、話すのは初めてだな」

眼鏡の奥の目を一瞬光らせたが、寺田部長はすぐに穏やかな表情で、応接室のほうを指差した。

「小野部長も同席するよ」

立ち上がった寺田部長が、小野部長のほうに向かって、促すような素振りをした。

さっきは、田代局長と松崎課長。今度は寺田部長と小野部長。まるでテレビや映画で見る刑事の尋問を受けるような気がして、私は内心苦笑していた。

もしふつうの社員ならビクついたりするのだろう。しかし私は、緊張はしていても、不思議なほど落ち着いていた。心のどこかに、この会社をいつ辞めてもいい、との覚悟があるからだろう。

応接室で寺田部長と小野部長の二人と向かい合って座った。

「早速なんだが、いろいろきみから話を聞きたい。正直に話してくれるかな」

寺田部長が切り出した。

「知っていることでしたら」

私は、寺田部長と小野部長の二人に、交互に目を向けた。

「知ってのとおり、先月、営業の小沢部長が、不幸というか、残念な亡くなり方をした。きみは小沢部長と面識があったのかね？」

「ええ。一度だけでしたけど」

私は、田代局長にしたのと同じ答えをした。

「では、小沢部長とは、金銭の貸し借りはなかったのだね？」

念を押すように、寺田部長が訊いた。

「はい。ただの一度も、ただの一円も、そうしたことはありません」

「では、もうひとつ。その麻雀をしたときのレートと、その決済についての方法を教えてほしい」

うそは許さない、とでもいうような口調だった。

「部長は麻雀なさいますか？」

私は寺田部長に訊いた。

「するよ。お遊び程度だが、ね」

寺田部長が苦笑し、隣の小野部長を見る。

「それなら、説明は簡単ですね。千点千円のレートで、馬《ウマ》は一万二万の麻雀でした」

「つまり箱点《ハコテン》のビリだと、五万円ということかね」

寺田部長が、ちょっと驚いた顔をした。

それはそうかもしれない。私の給料は、まだ七万円にも満たないのだ。

その反面、私はすこし訝《いぶか》ってもいた。

小沢部長が亡くなってから、もう一カ月以上が経《た》っている。部長の自殺の背景を総務が調べている、と教えてくれたのは、有村部長と佐々木だったが、この間、寺田部長は社内麻雀をやっていた他の社員から事情を訊いていなかったのだろうか。まさか事情を訊く一番手が私だとは考えにくい。

「小沢部長と麻雀をしたのは一回だけだった、と言ったが、そのときのメンバーと成績を教えてくれないかね」

「私と有村部長、小沢部長、それと営業の佐々木君です。成績は、有村部長が四十万前後のプラス、小沢部長が十四、五万の勝ち。負けたのは、私と佐々木君で、私は十四、五万の負けで済みましたが、たしか佐々木君は、四十万前後負けた、と記憶してます」

「ふ〜ん」

つぶやきながら、寺田部長が小野部長と顔を見合わせる。

「それはもう、遊びの麻雀をはるかに超えた、博打《ばくち》麻雀だな。それで負け金は、どうしたのかね？」

「私は、その一回だけでやめましたけど、受けた説明では——」

給料日に清算することになっているらしいと、私は正直に話した。

「じゃ、給料日に、負け金を清算したわけだ？」

「たぶん、他の人はそうしたんだとおもいますが、私はその日、たまたま現金の持ち合わせがあったので、すべて払ってしまいました」

「すべて払った、って……、きみの負け金は、十四、五万だったんだろ？　きみはいつも、そんな大金を懐に持ち歩いているのかね？」

寺田部長の眼鏡の奥の目が、キラリと光った。

「ですから、たまたまその日は、持っていたということです」

答えながら、私は小野部長の顔を見た。

小野部長には、砂押《すなおし》が同席した折に、大阪での相場で大金を得たことは話してある。

「そうか……。まあ、いいだろう」

短い咳払《せきばら》いをひとつしてから、寺田部長が質問を変えた。

「麻雀が終わったあとは、そのままお開きになったのかね？　つまり、その四人で飲みに行ったりはしなかったのか、ということなんだが……」

どうやら寺田部長の興味は、麻雀よりもそっちのほうにありそうだった。

有村部長に誘われたので、飲みに行った、と私は答えた。

「どんな話をしたのかね？」

寺田部長が訊く。

「どんな話と言われても……、雑談です」

私は誤魔化した。

「梨田クンは、不必要なことは、自分からベラベラ喋らないよ」

聞いていた小野部長が横から口を挟んだ。

「寺田部長。部長が知りたいことを具体的に訊いたほうがいい。訊かれたことには、正直に答えてくれるよ、梨田クンは」

なあ、そうだろ？　という目で、小野部長が私を見た。

有村部長には、好き好んで自分のほうから喋ることはないが、訊かれたことには答える、と言ってある。小野部長の目は、まるであのときの私と有村部長のやり取りの場を見ていたかのようだった。

「そうしてください。私もそのほうが答えやすいです」

私は寺田部長に、言った。

「そうか。噂どおり、なかなかきみは、肝が据わっているようだ」

寺田部長が苦笑し、まるで私の緊張を解くかのように、たばこに火を点《つ》ける。

「じゃ、単刀直入に訊くことにしよう。まずひとつ目は、金の問題だ。これも噂なんだが、有村部長は、社内金融をしている、との話がある。それも、かなりの高利らしい。きみは、その噂を聞いたことがあるかね？」

「あります。というより、その酒の席で、初めて耳にしました」

「具体的には、どんな？」

たばこの煙を吐く寺田部長の眼鏡の奥の目は鋭かった。

私は観念した。不良ややくざは、仲間の話をすることを、ゲロる、とか、唄《うた》う、とかいうが、私は自分のことをロクデナシとはおもうものの、不良でもやくざでもない。この会社の社員だ。

それに、有村部長とは麻雀もしたし、裏の仕事も手伝ったが、仲間だとの認識なんて、一度だって持ったことはない。もうひとつつけ加えれば、今目の前にいる人事部長の小野さんに、この会社に入れてもらったようなものだ。小野部長には、正直に話さねばならないだろう。

「有村部長が佐々木君に、今月ピンチなら、申し込みは早めにしろ、と言ったのです。なんのことだろう？　とそのときはおもったのですが、同席していた小沢部長が、横から五十万回してほしい、と有村部長に頼んだことで、その事実を知ったわけです」

「なるほど。それで、金融と噂されるぐらいだから、有村部長は金利も取るんだろ？」

すこし身体《からだ》を前に出して、寺田部長が訊いた。

「そのようです」

「金利、いくらだと、言ってた？」

「月、三分だそうです」

ふ〜ん、とつぶやいた寺田部長が小野部長の顔を見る。

「小沢部長は、有村部長から度々、金を借りていたようかね？」

たばこの火を消し、寺田部長が私に訊いた。

「話の口調からは、そうおもいます。でも……」

「でも、なんだね？」

「これは私の推測ですが、もうかなりの額を借りてたようですね。有村部長が、若干、渋るような態度をしましたから」

「なるほど。でも承諾したわけだ」

「はい」

私はアッサリとうなずいた。

「きみにも貸す、と有村部長は言ったかね？」

「ええ。断りましたけど」

そのあとで、でも……、と私はつぶやいた。

「でも、が多いね。きみの話は」

寺田部長が口元を緩め、でも、なんだね？　と訊いた。

「資格が要るようです」

「資格？　保証人とか……？」

「いえ、違います。会員にならなければいけないそうです」

「会員？　なんの会員だね？」

畳みかけるように、寺田部長が訊いた。

もう、ままよ、の心境だった。私は言った。

「『ほめっこクラブ』の会員だそうです」

「そうか……。やはり、そんなグループがあったわけだ。噂では聞いていたよ」

寺田部長が小野部長と顔を見合わせて、当惑とも、呆《あき》れたとでもいうような表情を浮かべた。

「で、そのクラブのことを、有村部長はどう説明した？」

訊いたのは、小野部長のほうだった。

「こういうことだそうです――」

私は、有村部長から教えられたことを、正直に話した。

「それで、梨田クンは、その話に乗ったのかね？」

「その場は、すこし考えさせてくれ、と言って断りました。私は、お金を借りるつもりもありませんでしたし、大体が、馬鹿げた話だとおもいましたから」

「結局、会員にはならなかった？」

「はい。ハッキリと断りました」

「それは、そうだよな。梨田クンはお金を借りる必要なんてないことだし」

小野部長が笑った。

「なんだい？　きみはそんなに裕福な身なのかい？」

寺田部長が、すこし驚いたような顔をした。

「いえ、そういうわけでは……」

私は助けを求めるように、小野部長を見た。部長が、私に小さく首を振り、大阪での一件は話さないように、と目で伝えてきた。

「もうひとつ、最後に訊きたいことがあるんだ。きみは、有村部長がやっている外部制作会社の話を聞いたことがあるかね？」

寺田部長が訊いた。

最後に、と部長は言ったが、どうやらこれが質問の核心であるのを、私は感じた。

「なにを聞いても、きみの口から聞いたことは伏せるから安心してくれていい」

私の顔に迷いがあるとでもおもったのか、寺田部長が眼鏡の奥の目を和らげた。

「そんなことはどうでもいいんです。でも、この話をしたら、私も会社にはいられなくなりますね」

「どういうことだね？」

小野部長がじっと私に視線を注ぐ。表情は険しかった。

「せっかく砂押先生に紹介していただいて、小野部長の尽力で入社させていただいたのに、裏切るような結果になってしまって、大変申し訳なくおもっています」

会社にはいられなくなる、と口にしたことで、私の胸のなかの引っかかりは、きれいサッパリと消えていた。

「有村部長とのことは、最初からすべて包み隠しなく話します。そのほうが分かっていただけるとおもいますから」

寺田部長と小野部長が、示し合わせたように、同時にうなずいた。

「部長。寺田部長は、砂押先生のことは？」

私は小野部長に訊いた。

「知っているよ。電鉄系の人間で、先生を知らない人はいない」

「そうですか。じつは、誰がやっているとか、場所とかを明かすことはできないんですが、東京に戻ってきて間もないころ、砂押先生に、都内にある、某秘密麻雀クラブに連れて行かれました。秘密麻雀クラブといっても、やくざモンとか怪しげな人種が集まる麻雀荘《マージャンそう》ではなく、社会的地位のある人や大金持ちの人たちの社交場的な意味合いの強い店です」

人種についてはうそはないが、社交場的な意味合いなんてものはない。賭博麻雀には、社会的地位や金の有無など関係ない。そもそもが、博打好きという気質は、人間を選びはしないのだ。佳代ママの麻雀荘は、博打好きだが、それを表に出すと差し障りのある、ある種の人間にとっては隠《かく》れ蓑《みの》的な、格好の雀荘《ジャンそう》だったというにすぎない。

私が少々美化して説明したのは、自分のためではなく、亡くなった砂押の名誉を考えてのことだった。

「砂押先生が、きみをそこに連れて行ったのは、先生が自分の打つ麻雀をきみに見せたかったから、ということかね？」

興味をそそられた顔で、寺田部長が訊く。

「いえ。先生は、打ちませんでした。その逆で、先生が私の打つ麻雀を見たかったのと、私にカモを紹介したかったからだとおもいます」

「麻雀のカモ？　きみは、そんなに麻雀が強いのかね？」

寺田部長の眼鏡の奥の目が、丸くなっている。

「まあ、弱くはないと、自惚《うぬぼ》れてはいます。学生時代から、学生仲間との麻雀は避けて、街のヨタモンとかやくざ連中を相手に勝負していましたから」

私を見る寺田部長の目が、益々丸くなっている。

「いったい、どれぐらいの金額が動くのかね？　そこでの麻雀というのは」

寺田部長が訊いた。

私は小野部長の顔を見た。

秘密麻雀クラブでの博打麻雀は、私の個人的な問題であり、有村部長には直接関係がない、とおもったからだ。あそこでのレートを教えたら、私の入社の便宜を図ってくれた小野部長の見識が疑われかねない。

「正直に話していいよ。砂押先生が破天荒な人生を送っていたことは、我々は皆、知っていることだからね」

小野部長が穏やかな口調で言った。

「そうですか……。千点、五千とか一万円の麻雀でした。ひと晩で、数百万単位の金が動きます」

「数百万……？」

寺田部長が絶句した。

無理もない。私の年収は百五十万前後、寺田部長や小野部長にしても五百万にも満たないだろう。それをひと晩の麻雀で、勝った負けたをやっているのだ。

「きみは、そんなに大金を持っているのかね？　親の遺産とか、なにかが……？」

「別にそうではないのですが、訊かれれば、そう答えることもあります。でも、盗んだり、悪さをして手にしたお金ではありませんので、ご心配なく」

「分かった」

金の出所まで話さなくていいよ、と小野部長が助け舟を出してくれた。そして、話のつづきをするよう、言う。

「分かりました。じつは、その店に出入りする上客と麻雀を打ったことがあるのですが、その人物は、うちの社とも取引のあるクライアントの常務だったのです。むろん、私はそのときは知りませんでした」

「ほう。で、誰だね？　その人物というのは」

「『羽鳥珈琲』の常務です」

「おう、あのボンボンか」

寺田部長が、さもありなん、という顔でうなずく。

「部長は、常務と面識があるんですか？」

小野部長が寺田部長に訊いた。

「うちが年に一回主催するゴルフコンペがあるでしょう。その折一度、同じ組で回ったことがあるんですよ。いかにも派手好きな、金回りの良さそうなボンボンだった」

それで、どうした？　と寺田部長が、私に目を向け、話の催促をした。

「それから二度ほど、常務とは麻雀を打ちました。その一回には、有村部長も参加したのです。じつは、有村部長は佐々木君から、私と常務が麻雀を打っているという話を聞いたらしく、それで私に声を掛けてきたのです」

佐々木が羽鳥常務の腰巾着よろしく麻雀を見学しに来ていたことを、私は説明した。

「いずれにしても、それが縁で、営業とは畑違いである私と、有村部長の接触がはじまったのです」

「なるほど……。有村部長と面識を持つことになったいきさつは分かった。それで、彼の制作会社のことは、いつ知ったのかね？」

寺田部長が訊いた。小野部長も、じっと私を見る。

「あるとき、有村部長から、話がある、と喫茶店に呼び出されたのですが、その場には、うちが下請けで使うという、某制作会社の社長も同席していました——」

その席で、有村部長から仕事を手伝ってほしい、と頼まれたことを私は話した。

「そういう話なら、上司の松崎課長を経由してほしい、と断ったのですが、正規のルートを通すと、他のマーケティング局員に回ってしまう、きみにやってもらいたいんだ、と言われたのです」

「なんの仕事だったんだね？」

話が核心に迫ってきたとおもったのだろう、訊く寺田部長の目が鋭くなっている。

「大阪のＫ製菓の仕事です」

「ああ、あそこか……」

それで？　と寺田部長が先を促す。

「Ｋ製菓が販売することになる、アメリカの人気スナック菓子、『ストライク・ジャック』の広告企画書を作るというのが仕事でした。でも、私はまだ入社して間もなく経験もないので、そんな仕事はできない、と……。でも有村部長は、必要な資料はすべて揃《そろ》えるから、ただ、取りまとめるだけでいいのだと……」

制作会社に連れて行かれ、商品の現物を見せられ、その他の資料も渡され、それで、結局やることになった、と私は説明した。

「その制作会社は、なんというんだね？」

一瞬迷ったが、もうここまで話して隠すのでは、意味もない、とおもった。

「八木プロダクション、といいます」

私はヤギ面の八木の顔をおもい浮かべながら、言った。

「なるほど……、あそこか」

納得顔でつぶやき、寺田部長が小野部長に目をやる。

「有村部長がそこを度々使っていたことは、経理部長から聞きましたよ」

部長のつぶやき同様、私も、なるほどと胸でつぶやいた。

経理も動いて、有村部長の過去の伝票を洗い直しているのだ。つまり会社側は、有村部長に対してかぎりなくクロの心証を抱いているに違いない。

「それで、きみはその仕事の報酬を受け取ったのかね？」

すこし首を傾《かし》げ、眼鏡の奥の目を細めて、寺田部長が訊いた。

「はい。受け取りました」

私はアッサリと答えた。

「仕事をやると決めたとき、まさかお金をくれるとはおもわなかったのです。今となっては、言い訳がましく聞こえるかもしれませんが……」

寺田部長に、というより、私は小野部長に対して答えた。

「いくら、貰《もら》ったんだね？」

寺田部長が訊いた。

「十五万です」

「なるほど……、きみの給料の二カ月分というわけだ」

寺田部長が、初めて嫌味とも取れる口調で言った。

「ひとつ、釈明させていただきますと、最初のそのお金は、貰うわけにはいかないと、有村部長に断ったのです。やった仕事は、正規のルートでなかったにしろ、会社の仕事なのですから。でも部長に突き返されました。八木プロダクションの八木社長から、きみに、と渡された金だから、返すなら、直接、きみから八木社長に返せ、と……。でも、これも釈明にはなってませんよね。結局、金は返さなかったのですし、薄々、私も裏の事情は理解していたのですから……」

私はそう言って、小野部長に頭を下げた。

「しかし、なあ……」

小野部長が小さく頭を振って、残念そうに言った。

「梨田クンは、お金に困っているわけでもないのに、どうしてそんなお金を受け取ってしまったんだね？」

「仕事をやりたかったからです。正直なところ、マーケティング局の仕事に、私は充足感を覚えてませんでした。いっときも早く、広告全般の仕事を覚えたかったのです。そのため、有村部長から回される仕事に魅力を感じてしまった。事実、そうした仕事を四度ほどやるうちに、広告業のほとんどの仕事を覚えることができました」

「四度、と言ったが、その都度、有村部長から、金を受け取ったのかね？」

寺田部長が訊く。呆れたというより、すこし怒りも込められた声だった。

「はい。受け取った金額は、全部で二百二十万でした。別にこういう事態を見越していたわけではないのですが……」

アルバイトのそうした報酬は、自分のそれまでの通帳には入金せず、新しい口座を作って蓄えたので、はっきりと証明できる、と私は言った。

「つまり、手つかず、ということかね？」

訊いたのは小野部長だった。もしかしたら、それを期待したのかもしれない。

「いえ、通帳そのものを、別の人間に渡してしまいました。好きに使っていい、と……」

「二百二十万、全額を、かね？」

小野部長が驚いた顔をする。

「そうです。今更、弁明しても仕方ないのですが、他の三回は、うちの会社の仕事ではなく、よその広告代理店の仕事でしたので、さほどの罪悪感は覚えませんでした。広告業界というのは乱れているのだな、と私自身、おもったものです。でも、今更名誉でもないですけど、名誉のために言いますと、最後の仕事の報酬だけは、受け取ることを拒否しました」

「ほう……。なんの、どんな仕事だったのかね？」

寺田部長が身をすこし前に乗り出す。

「ＭＢチーム」の話をすれば、有村部長の命運は尽きるだろう。しかし、噂では、松尾専務は外部に自分の制作プロダクションを作って、仕事を横流しした責任を取らされて退任したと聞く。つまり会社側は、社内にはびこる腐敗を一掃しようとしているのだ。

そして私にとって恩義のある小野部長も、それに一役買っている。受けた恩義は返すべきだろう。

「『ＭＢチーム』の仕事でした」

「『ＭＢチーム』？　あの仕事にも、そんな金が動いていたのかね？」

寺田部長が声に怒りを滲《にじ》ませた。

Ｍ乳業といえば、うちのクライアントでも大口の顧客だ。そこで不正の金が動いたとなれば、寺田部長が怒るのも当然だった。

「詳しくは分かりませんが、私の役割分担だった『マーケティング・プラン』を作成し終えたときに、有村部長が私に、四、五十万の金を渡そうとしたのは事実です。でもこれは、他社の広告代理店のアルバイト仕事ではなく、うちの会社の仕事です。つまり、給料を貰う立場の私が、そんなお金を貰うのは間違っている。そう言って、私はそのお金を受け取ることを拒否したのです」

「部長は、なんて言った？」

「せめてものおまえの良心かね？　と言って笑いました」

あのときのことを思い出して、私の胸の奥に燻《くすぶ》っていた小さな怒りの燠《おき》に火が点いた。有村部長はあのとき、まるで私を同じ穴のムジナ、とでもいうような顔をして見たのだ。

「ですが……」

私はちょっと首を傾げて、言葉をつけ足した。

「もしかしたら、この一件は慎重に調べたほうがいいかもしれません」

「なぜだね？」

寺田部長が訝る顔をした。

「M乳業の担当課長も一枚噛《か》んでいるかもしれないからです」

M乳業の社外秘のマーケティング・レポートが課長の手から渡されていた事実を私は打ち明けた。

「もしこのことがM乳業に知れたら、M乳業は、うちとの契約を見直すかもしれません」

「なるほど……」

寺田部長が小野部長と顔を見合わせている。

「こんな副業に手を染めて、今更、正義面《ヅラ》もできないのですが……。ひとつだけ、有村部長を許せないことがあります」

「どんなことだね？　最初に言ったが、きみの口から聞いたとは洩《も》らさないから安心していい」

「この仕事で使った下請けのマーケティング会社は、原宿にある『E&M』という会社だったのですが……」

　自分で言い出しながら、私はちょっと迷いも覚えていた。

「どうしたね？」

　迷い顔の私を促すように寺田部長が言った。

「じつは、一度、原宿の『Ｅ＆Ｍ』社に、アポなしで訪ねて行ったことがあるのです。『Ｅ＆Ｍ』がうちに提出した見積もりは一千万もの大金だったのですが、担当である私が、その社を一度も見たことがないのも不自然とおもったからです」

　私は「Ｅ＆Ｍ」の事務所の概要を教えたあと、言った。

「先に、有村部長が来ていました。そして――」

　広告企画書に賛同する著名料理家たちのコメントを、直接彼女たちから聞くこともせずに、有村部長が勝手に作成したばかりか、そのギャラの領収書までも、偽造していたのを目撃してしまった、と私は言った。

「それは、事実かね？」

　寺田部長がすこし声を荒らげた。

「事実です。経理には、そのときの領収書が保管されているはずですから、ギャラを支払ったことになっている人たちに確かめれば、ハッキリするとおもいます」

「分かった」

　寺田部長が大きくうなずく。

「それで、有村部長から頼まれたという、よその広告代理店からの仕事を発注した制作会社名は、なんというのかね？」

「知りません。仕事を終えたら、有村部長の手から直接アルバイト代を貰っただけでしたから」

知っていることは、これですべてです、と言って、私は寺田部長と小野部長に、謝罪の気持ちを込めて小さく頭を下げた。

寺田部長が小野部長に、なにか訊きたいことは？　と訊く。

「別に作った口座の預金通帳は人に渡した、と言ったが、その相手は誰かね？」

小野部長が苦虫を嚙み潰したような顔で訊いた。

「会社の人間ではありません。彼女は、そうした種類の金であることをまったく知りませんし、迷惑が及ぶかもしれないので、名前は明かせません。でも、預金通帳は返してもらい、必要なら提出します」

「彼女、と言ったが、相手は女性だったわけだ」

水穂《みずほ》のことを考えていたせいで、おもわず彼女と表現してしまったことを後悔したが、さほどの問題があるとはおもえなかった。

「まあ、そういうことです」

「恋人かね？」

「そう考えていただいてけっこうです」

「分かった。じゃ、後日、その通帳を私に渡してもらおう。そして、もう一点。梨田クンは、自分も会社にいられなくなるようなことを言ったが、それを決めるのは、きみじゃない。寺田部長とよく相談してから結果を報告するので、それまでは、今までどおり、ふつうに仕事をしていればいい。分かっているだろうが、きょうのことは、誰にも口外してはならない。田代局長にもだ」

小野部長はそう言うと、もう仕事に戻るように、と私に退室を促した。

席に戻ると、早速、田代局長に呼ばれた。

「なんの話だったんだ？」

田代局長のデスクの前に立つ私は、背中に他の局員たちの視線を痛いほどに感じた。

「なんでもありませんでした。亡くなった小沢部長のことで、なにか知らないか？　と訊かれたので、局長に話したとおり、一度、麻雀をしたことがある、と答えただけです」

「そうか。しかしそれにしては、長かったな」

「入社してからのことを雑談交じりに話してたんです」

有村部長の一件を打ち明けたことで、私の胸のなかの堰《せき》の一端が壊れはじめていた。田代局長に、どうおもわれようが、どうでもいいような気分になっていた。

「大丈夫ですよ。局長の、マーケティング局内での評判についてなんて訊かれませんでしたから」

私の声が大きかったからか、背後で、局員たちの忍び笑いが聞こえた。

「それは、どういう意味だね」

田代局長の顔が引きつった。

「言葉どおりです。深い意味はありません」

「分かった。もういい」

怒りのこもった目で私をひと睨《にら》みし、田代局長がソッポを向いた。

自席に戻ろうとすると、心配げな松崎課長と目が合った。

私は口元に笑みを浮かべ、田代局長に気づかれぬようにして、赤い舌先をチョロリと出した。

「梨田クンも、言うねぇ」

隣席の菅田先輩の耳にも届いたのだろう。先輩も笑いをこらえている。

五時すぎに、松崎課長と連れ立って、会社を出た。

「しかし、きみも言いすぎだぞ。これからは局長に目をつけられてしまう」

「いいんです。目をつけられたって、どうということもありませんから。ちょっと皆の代弁をしてやろう、とおもっただけです」

新木局長のころと比べて、局内の空気は、どこか殺伐としていた。むろんその原因は、田代局長にある。小心で、事あるごとに、前のN電器時代の話を自慢げに持ち出して、局員たちの顰蹙《ひんしゆく》を買っている。そして、重箱の隅をつつくように細かいことにまで口を出す。

だが全局員が一様に、サラリーマン気質だから、面と向かって田代局長に刃向かうことはしない。

「ところで、嫌味に取られたら困るんですが、今夜は、謝罪の意味も込めて、僕の奢《おご》りにさせてください」

「謝罪？　きみの奢り？　どういう意味だね。部下に奢られる上司の図というのは、どうもね……」

「今夜は、素の僕の姿を、課長に見せたいとおもってるんです」

小野部長は田代局長に今度の一件は話さないように、と釘《くぎ》を刺した。しかし、松崎課長にだけは、すべてを話すつもりだった。

タクシーに乗って、松崎課長を西麻布の寿司屋に連れて行った。

店構えを見るなり、課長が驚きの表情を浮かべる。

営業やラテ局、制作部門とは違って、マーケティング局には、接待という場面や機会もなく、寿司屋に顔を出すのだって自前なのだから、安い店しかのぞけない。課長が驚くのも無理はなかった。

「おい、梨田クン。ここ、高いんじゃないのか？」

「だから、僕の奢りと言ったでしょ。ご心配なく」

「きみは、ここの常連なのかね？」

「まあ、それに近いです」

課長の背を後押しするようにして、寿司屋の暖簾《のれん》をくぐった。

カウンターに、課長と並んで腰を下ろすと、親爺《おやじ》が勝手知った顔で、バランタインのボトルを置いた。

「これ、バランタインじゃないか」

課長が小声でつぶやき、これをキープしてるのかね？　と私に訊いた。

「ええ、まあ……。僕を会社に入れてくれた恩人が、この店とこのウィスキーが好きだったんです」

先にビールで舌を湿らせますか？　と私は課長に訊いた。

「じゃ、そうしてもらうかな」

私は親爺に、ビールと、適当にオツマミを切ってくれるよう、頼んだ。

「なんか、なあ……。ひと回り以上も下の後輩なのに、注文する態度も堂に入ってる。頭にくるな」

課長は苦笑したが、案外、本音かもしれない。

「本当は、真面目ひと筋の課長のほうが恵まれていいのに、僕は間違って、アブク銭を得てしまった。申し訳ない気持ちです」

親爺が出してくれたビールを手に取って、課長に注《つ》いであげた。

注ぎ返そうとする課長に首を振って、私は自分のグラスに手酌した。

「課長、きょうはすみませんでした。心配をかけて」

課長のグラスに自分のをぶつけて乾盃《かんぱい》した。

「う〜ん。旨《うま》いな」

口の端にビールの小さな泡をつけ、しみじみとした口調で課長がつぶやく。

「どうぞ。好きにやってください」

親爺が出してくれた、寿司種のお造りを課長に勧めた。

「じゃ、遠慮なくいただくよ」

大トロのツマミをひと切れ口に入れ、心底おいしそうに、課長が味わう。

「で、総務部長には、なにを訊かれたんだい?」

真顔に戻って、松崎課長が訊いた。

客は私たちとはすこし離れた所に二組いるだけだった。それに、彼らは自分たちの話に夢中のようだし、服装や態度も真面目そうに見えて、広告関係の人種とはおもえなかった。

「課長。じつは僕、課長を裏切っていました。最初にそれを謝っておきます」

私はそう言って、松崎課長に小さく頭を下げた。

「裏切ってた? 穏やかじゃないな。いったい、なにを裏切ってたというんだい?」

課長が戸惑いの表情を浮かべた。

「きょう、総務部長に呼ばれたのは、例の小沢部長の一件についてでした。でも、本当に関心を寄せているのは、小沢部長のことよりも、有村部長に関してのようです」

「どういう意味だい?」

「その席には、人事の小野部長も同席しました。小野部長は、僕の入社に尽力してくれた方です。たぶん寺田総務部長は、小野部長を同席させたほうが、僕が正直に話す、と考えたのだとおもいます」

私は空になったグラスに、手酌でビールを注ぎ足した。

「僕へのひと通りの質問を終えると、寺田部長は、今日の内容は、田代局長にも洩らさないように、と口止めしました。でも、課長には、すべてを包み隠さずに話します」

「ずいぶんと、勿体《もったい》をつけた話し方だな。そんなに深刻な話なのか？」

「ええ。深刻です。ひょっとしたら、僕も、有村部長もクビになるかもしれません……」

「クビ？」

課長が飲もうとしたビールのグラスの手を止めた。

「そうです。本当は、僕のほうから退職願を提出するつもりでしたが、それを決めるのはきみではない、と小野部長から叱られました。これまでどおり、何事もなかったように仕事をしていろ、とのことです。結果は、追って、知らせるそうです」

「おい、おい、冗談じゃないよ。裏切りだの、会社を辞めるだの……、いったいどうなっている？」

首を振りながら、課長が私の顔をのぞき込むように見た。

「発端は、この前、解任された松尾専務に遡るんです。専務が解任された理由についての噂は、むろん課長も知ってますよね？」

課長がうなずいた。

「松尾前専務は、社外に自分が設立した制作プロダクションに仕事を流して、私腹を肥やした……。じつは、有村部長も同じことをしているのではないかとの嫌疑をかけられているんです。そして、僕は課長に隠れて、その片棒を担いでいた……」

「それは……」

松崎課長が絶句した。そして、気持ちを鎮めるように、ビールのグラスに手を伸ばす。

私の目には、課長の指先が心なしか震えているように見えた。

「有村部長とのことを、最初から順序立てて話します。そうすれば、どういうことなのか、分かっていただけるとおもいますので」

私の言葉に、松崎課長がうなずいた。

「マーケティング局とは畑違いの有村部長となぜ知り合うようになったのか——」

私は、寺田部長、小野部長の二人に説明したのと同じように、順序立てて説明した。うそや作り話などは、一切しなかった。

「なるほど……。話は大体分かった。しかし、うちの社の営業部門は乱れているという話を小耳に挟んだことはあるが、本当だったんだな……」

「課長に世話になりながら、裏切ってしまって、申し訳ありませんでした」

「まあ、やっちゃったことは、今更どうこう言ったってしょうがない。しかし残念なのは、最初に有村部長から金を受け取ったときに、なぜひと言、この私に相談してくれなかったのか、ということだ」

松崎課長がビールをひと口飲み、小さく嘆息をついた。

「しかし、この私にも責任の一端があるな」

課長がポツリと言った。

「課長には、なにひとつとして責任なんてありませんよ。すべて、この僕が悪いんです」

「そうだ。きみは悪い。でも、きみがそんな仕事に走ったのは、きみを管理するこの私が、きみに満足するような仕事を割り振らなかったからだ。もしきみが、自分の仕事にやりがいを感じていたのなら、金持ちのきみが、そんな目腐れ金のために、有村部長の裏仕事の手伝いなんてしなかったはずだ」

「でも、それは、課長の責任なんかではなくて、会社の体制に問題があるんです。いくら課長がそうおもってくれたところで、僕にやらせる仕事がなければ、どうにもならないではないですか」

私は恐縮してしまった。まさか課長が、自分にも責任があるなどと言い出すとはおもいもしなかった。

「それで、寺田部長も小野部長も、きみが自主的に退職することを認めようとはしなかった、というんだね?」

「そうです。僕がおもうに、この問題をウヤムヤに処理せず、今後のことも考えて、会社側としての毅然《きぜん》とした態度を示したいからではないでしょうか」

会社の一階のエレベーターホールの奥に、社員への伝達事項やイベントなどの告知に使用する掲示板がある。もし処分を受けることになれば、その掲示板に実名と処分内容が掲示されることになるのではないだろうか。

「でも、課長。課長は一切、この件には首を突っ込まないでください。なにしろ寺田部長からは、今回のことは、田代局長にも内密にするように、と言われているぐらいですから」

「分かった。いずれにしても、すこし様子を見ているしかないな」

そう言うと、松崎課長は残りのビールを飲み干して、バランタインのボトルに手を伸ばした。

松崎課長を西麻布の寿司屋に連れてきたのは、自分には金がある、という事実を見せたかったからではない。ありのままの、今の私の姿を晒《さら》したかったからだ。

だからこの寿司屋のあとで、場合によったら佳代ママの秘密麻雀クラブに連れて行くか、姫子のクラブに顔を出すつもりだった。

麻雀クラブで、現実離れした賭け金の麻雀を見れば課長は腰を抜かすだろうし、姫子の店では、ふつうの勤め人では足を運べないゴージャスな店の様子に、目を白黒させるだろう。

そうすることは、見栄《みえ》ではなく、いかに私が、今の職場に不適格な人間であるかを、課長に改めて知ってもらうためだ。

しかし、七時を回ったころ、ホロ酔い気分になった松崎課長は、今夜はもう帰るよ、と言った。

「じつは、今夜は娘の誕生日でね。早く帰ってやらねばならないんだ」

「えっ、そうだったんですか。それなら先にそう言ってくれたら、また別の日に食事に誘ったのに」

「いや、いいんだ。きみの話をいっときも早く聞きたかったし……。しかし、すまないな。もうすこしつき合ってやれなくて。娘は、私の生き甲斐《がい》なんだよ」

もう一度、すまないな、と言うと、課長は腰を上げた。

「いいんですよ。僕のほうこそ、悪いことをしてしまいました」

店主に勘定を頼み、私は財布から三枚の万札を出して支払った。なんとなく、私が金を支払う手元を課長が見ているような気がした。

外に出ると、課長がタクシーを止めて、今夜はごちそうさん、と言い残して、車中の人となった。

私は遠ざかっていくタクシーのテールランプをぼんやりと見送った。

松崎課長には帰る家があり、課長を待つ家族がいる。課長だって、お金は欲しいだろう。しかしその欲求は、家族を満足させられる程度以上のものではないはずだ。真面目に仕事をし、決められた給料のなかで生活してゆく。間違っても、有村部長の裏仕事の片棒を担ぐことなどしなかったろう。

やはり私は、ふつうの人とは、水と油ほどに違う感覚の持ち主なのだ。今の職場では、猫を被《かぶ》って生きている。ただ将来を見据えて、ステップアップするための足場にしようとしているにすぎない。そこが松崎課長とは根本的に違う点だ。

ベティは、アメリカに行ってしまった。そして、きょうの一件。

私の胸のなかの、ベティが旅立ったあとにできた大きな空洞に風が吹いていた。

私はタクシーに乗って新宿の歌舞伎町に行ってくれるよう、言った。

2

タクシーが走り出すと、名刺入れから、この前貰った、あの了《りょう》という男の名刺を取り出した。

風林会館の前でタクシーを降りた。

あの遊び人風の了が、こんな時刻に家にいるともおもえなかったが、たばこ屋の前の赤電話から、名刺の番号に掛けてみた。

案の定、コール音が虚《むな》しく鳴るだけだった。

電話を置き、「小三元《ショウサンゲン》」の店のほうに足を向けた。

ドアを開けると、空いた奥の雀卓《ジャンたく》で雑誌を読んでいたあのマスターが目を上げる。

「おや、このあいだの」

マスターが笑みを洩らす。

四つある麻雀卓の二つが埋まっていたが、了の姿はなかった。ひとつの卓には、この前了たちと麻雀を打ったときに、私の後ろで見《ケン》をした、三十六、七の男の顔が見られた。

マスターの座る卓の椅子に腰を下ろし、私は訊いた。

「今夜は、了さんは？」

「ここ数日、顔を見せんね。了と麻雀をやりたかったのかい？」

「ええ、まあ……。でも、いないのなら、誰とでもいいです。麻雀さえできれば」

「レートは安いよ。それでもいいかい？」

千点百円だという。

「そうですか……」

たしかに麻雀を打ちたい心境だったが、さすがに、千点百円の麻雀ではやる気になれなかった。

「了さんの話では、千円でやってるとのことでしたが」

「千円で打てるメンバーは、そうはいないよ。お嬢が来れば、俺とで三人。もうひとりぐらいはなんとかなるんだが」

「有馬さん、もう日本にはいませんよ。ロスに行っちゃいました」

「えっ、本当かい？　じゃ、このあいだの話はうそじゃなかったんだ」

マスターがすこし驚いた顔をした。

「俺がラスを引いたから、決心したんでしょう」

私は笑って、また出直しますよ、とマスターに言った。

「ちょっと待ちな。了のいる所、心当たりがあるから、電話してみてやるよ」

マスターが店の電話で、掛けはじめた。

三回目の電話で、私を見て、マスターがうなずく。どうやら、了がいたらしい。

――このあいだ、お嬢と顔を出したお兄チャンがいただろ？　今、ここに顔を出してるんだが、アンタと麻雀をやりたいそうだ。

マスターの声には、自分も麻雀に加わりたいとのおもいが滲んでいた。

――チョット、待ちな。

マスターが私に、電話を替わるよう、言った。

「先日はどうも。梨田です」

――麻雀もいいが、一時間ばかり、飲まないか？　それからだって、できるだろ。

「分かりました。どこに行けば？」

了が、この前、和枝と三人で飲んだクラブの名前を言った。

「麻雀は、またの機会になるかもしれません」

私はマスターに、了から酒に誘われた、と言った。

「なら、そうしな。もし麻雀をやることになったら、先に一本電話してくれ。メンバーを集めなきゃならんからな」

「分かりました」

マスターに頭を下げ、私は雀荘を出て、先日のあのクラブに向かった。

店のドアを開けると、奥の席にいた了が私に手を挙げた。了の横には、あのママがへばりついている。

「どうも」

私は了に軽く頭を下げ、彼が勧める向かいの席に腰を下ろした。

「麻雀の虫がウズいたのかい？　それとも、このあいだのリベンジがしたくなったのかい？」

了が笑いながら、それでいいかい？　とテーブルの上のレミーマルタンに顎をしゃくった。

「じゃ、バランタインを一本入れてください」

私はママに言った。

「先日は奢られたので、きょうは僕が払いますよ」

「あら、気《き》っ風《ぷ》がいいのね。その若さで」

ママが上機嫌で、私をおだてる。

「おまえさんの、そういうところが気に入ってるんだ」

目を細めて、了が言う。了の口調には、ママとは違って、本音が感じられた。

「今の質問ですけど――」

私は了に言った。

「麻雀の虫がウズいたわけじゃありませんよ。それに、リベンジなど考えたこともない。勝負事は、勝つこともあれば、負けることもある。その一回ごとに、リベンジなんて考えていたら、金はまだしも、時間が勿体ないでしょ」

「たしかに、そうだ。じゃ、どんな風の吹き回しで、雀荘をのぞいたんだ？」

「ちょっと、気障《きざ》に言うと、胸んなかに、ピューと風が吹いたんですよ。グレてしまいたくなったってわけです」

「じゃ、その相手に、俺が選ばれたってわけかい？」

了が声を出して笑い、益々おまえが気に入ったよ、と言った。

「じつは、ついさっき、了さん、貴方《あなた》のことを噂してたのよ」

ママが割って入る。

「ほう、そうですか……。で、どんな？」

「近いうちに、必ず貴方が了さんの所に電話をしてくる、って。了さんって、勘が鋭いのよ。人の何十倍も。たぶん、仕事柄のせいでしょうけど」

ねぇ、了さん、と言って、ママが媚《こ》びるような目を了に向ける。

「仕事柄、って、株のほうの話ですか？」

私はママの作ってくれたバランタインの水割りを飲みながら、訊いた。

「そうよ。了さん、相場師なんだから」

先日ママは、了の資産が二億だか三億だかある、と言っていた。

しかし相場師という表現は若干大仰だな、と私はおもった。師というからには、その十倍の金ぐらいを動かさなくては、その称号に値しない。

「どうして、俺が電話してくる、とおもったんですか？」

私は了に訊いた。

「簡単な話だ。あんたは、広告屋に勤めていると言ったが、まったく不似合いだったし、その生活にも倦《う》んでいるのが、顔に滲み出ていたよ。それに、あんなレートの麻雀だって、事もなげに応じた。だから、妙な匂いのする俺に興味を持たないわけがない」

「当たらずとも、遠からず、というところですね」

私は笑って、たばこに火を点けた。

「で、グレてしまいたくなった、と言ったが、なにか、それらしきことがあったのかね？」

「どうやら、会社をクビになりそうでね。でも、クビになることなんてのは、どうということもないが、世話になった周りの人を傷つけるのが、心苦しい」

「クビ、ねえ。どんなワルさをしたんだい？」

おかしさを嚙み殺すような顔をして、了が訊いた。横にいるママも、興味津々という顔をしている。

「理由については言う気はありませんよ」

「まあ、そうだろうな。俺とは、きのうきょう知り合ったばかりの仲だしな。ところで――」

お嬢はきょうは？　と了が訊く。

「ロスに旅立ちましたよ。当分は戻ってこないでしょう」

「じゃ、このあいだの勝負の話、あれは本当だったわけだ」

了の言葉に、ママが、なに？　それ、と訊く。

「いやな。このあいだ、彼と一緒に来た女がいただろ？　あの彼女が、仕事でロスに行くかどうかを、この俺を交えた勝負の結果で決める、と言ってたんだよ。千点一万円、それも半《ハン》荘《チャン》一回の勝負でな。しかも、彼がラスを引いたら、ロスに行くと決めてたんだ」

「ふ〜ん」

不思議そうな顔で、ママが私を見る。

「で、あなたは麻雀が強いの？」

「了さんが、知ってるよ」

「強いよ、彼は。それに度胸もある」

了が言った。

「と、いうことは、彼女、ロスには行きたくなかったというわけね」

だって、強いんだったら、ラスは引かないとおもったわけでしょ？　とママがつぶやく。

「たぶん、な」

了が笑った。そして、むかし、お嬢とはいい仲だったんだろ？　と私に訊いた。

「想像にお任せしますよ」

私は笑って、バランタインの水割りに口をつけた。

「想像に任せる？　その台詞《せりふ》は、女の専売特許だぜ。男なら、イエス・ノーをはっきりさせるもんだ」

「はっきりさせて、なにか意味があるんですか？」

「あるよ。俺にとっちゃ、な。じつは俺、一度、お嬢を口説いたことがあるんだ。だが、アッサリと振られちまった。エラく、傷ついたよ。なんせ俺は、これまでに口説いた女から振られたことなんて、ただの一度もなかったんだ。理由を訊いたら、ふるってやがる。最後に別れた、うんと年の離れた若い男のことが忘れられねえ、って吐《ぬ》かしやがった。理由なんて、訊くんじゃなかったよ。この俺が、その若い男に負けたことになるからな」

「あら、そんなことがあったの？」

聞いていたママが、横から口を挟む。

「でも、こんな大金持ちの了さんを振るなんて、あの女性もナカナカのものね。わたしだったら、いつでもＯＫよ」

「しかし、その若い男が、どうして俺なんです？　若い男なんて、世間には腐るほどいますよ」

「俺の目はフシ穴じゃねえよ。お嬢がおまえさんと麻雀を打ちに来たとき、すぐにピンときたよ。そして、あの麻雀だ。世間にゃ、たしかに若い男は、掃いて捨てるほどいる。しかし、お嬢みたいなタイプは、ありきたりの若いやつになんて目を向けやしねえよ」

そう言って、どうだい？　違うかい？　と了が私に笑みを投げた。その笑みには、嫉妬とかなんとか、そんな類のものは微塵《みじん》も含まれてはいなかった。

「正体不明になるまでお互いが酔っ払い、気がついたら二人で寝ていた。これじゃ、答えになってませんか？」

和枝との関係は終わっているし、それにもう、彼女は遠いロスアンゼルスにいる。認めたところでどうということもないだろう。

「やっぱりな」

了がレミーマルタンの残りを飲み干した。

「それで、どうなんです？」

私は了に言った。

「なにが、だ？」

「若い男に負けた、なんて言いましたが、俺を見て安心したでしょ？　なんせ俺は、会社をクビになりそうな男なんですから」

「負けたというのは、お嬢についてだけだ。世の中で生きる術《すべ》については、俺の目からしたら、おまえさんなんて、まだヒヨッコ同然だよ」

了が不敵に笑う。

「だと、おもいます。だから、今夜、了さんに会ってみたかったんですよ」

私も虚勢を張って、精一杯の笑みを浮かべた。

「俺と会うと、グレたいという気持ちが満たされるとでもおもったのかい？」

了が私に訊いた。

「たぶん」

私は笑った。

「俺は、世間を知ってるようで、じつはよくは知らない。了さんが言うように、ヒヨッコですよ。だから、了さんと仲良くなって、いろいろと、了さんの言う、世間で生きる術というやつを吸収したい、とおもったんです」

「なるほど。話によっちゃ、その願いどおりにしたっていい。しかし、暇そうに見えても、じつはこの俺は、そんなに暇じゃない。身体が三つも四つも欲しいぐらいだ。麻雀なんてのは、お遊びでな」

了が空のブランデーグラスを軽く揺すった。慌てて、ママがレミーマルタンを注ぐ。

「おまえさん、いつ、会社をクビになるんだ?」

了が訊く。

「自主的に退職願を提出しようとしたんだけど、人事部長からストップがかけられてしまった。その人には恩義があるんで、一任している。たぶん、一カ月やそこらで結論が出るとおもう」

「恩義か……。いい言葉だな。若いころの俺にも、そいつがあった……」

了がしみじみとした顔でつぶやき、レミーのグラスに口をつける。

「つまり、会社じゃおまえを用無しの社員とはおもってないわけだ」

「会社がどうおもうかは別にして、自分じゃ、仕事に対する自信はあった、ということですよ」

「なるほど……。仕事に自信のないやつは、俺は嫌いだよ。その点も、まあ、合格だ。じゃ、訊くが、もし、その恩義のある人事部長とやらから会社に残るよう言われたら、まだサラリーマン生活をつづけるのかい？」

「いや、その気はありませんね」

私は頭を振った。

きっと小野人事部長は、私をクビにしないだろう。だが、もし有村部長が退職したなら、私も残るつもりはなかった。自分の身柄を一任したのは、それを決める権利が自分にはない、とおもったからにすぎない。

それにもし、残ったとしても、他の社員の目がある。そんな針の筵《むしろ》に座らされたような会社員生活をつづける気など、これっぽっちもなかった。

「処分の内容のいかんを問わず、会社を辞めますよ。今、決断しないのは、それを下す権利が自分にはない、とおもっているからですよ」

「筋道は、通そう、ってわけだ」

「筋道がどうかは別にして、自分ではそうおもっている、ということです」

「恩義、仕事に自信がある、筋道――、どれも気に入った。それに、度胸もある。いいだろう。会社を辞めてから、もう一度、俺に電話を掛けてこい」

話はそれからだ、と了はキッパリとした口調で言った。

その夜、私は了と一緒に「小三元」で麻雀を打った。

ただし、千点千円どころか、百円という安い麻雀だった。

――おまえ、な。俺にとっちゃ、麻雀なんてのはお遊びだと言ったろ？　千点が一万円だろうが百円だろうが、同じなんだ。麻雀で勝ったって、せいぜいが数十万、数百万、株で勝負するときは、その何十倍だ。ヒリヒリする度合いが違うんだよ。

了は、そう言って笑ったが、私も別に不満ではなかった。さっき店をのぞいて百円麻雀に加わらなかったのは、了がいなかったからだ。千点百円の麻雀に血眼になっている遊び人相手に時間を潰したって仕方がない。

――麻雀は、レートに関係なく真面目に打つ、というやつがいる。そういうやつは、たぶん、根っからの麻雀好きなんだ。俺はそうじゃねえよ。レートしだいで、ふざけて麻雀を打つ。安い麻雀のときは、安い手なんて上がらねえ。というか、端《はな》からそんな手には見向きもしねえのさ。俺の胸んなかじゃ、ハネ満《マン》、倍満《バイマン》縛りなんだ。俺は今、自分の運勢のどの辺りを彷徨《さまよ》っているのか、それを知るためさ。まあ、十回やって、三回成功すりゃ、俺は今、自分の運勢のいいときだって決めている。

了の言葉は、砂押とは正反対のものといえる。砂押は、どんな麻雀でも、スタイルを変えない、と言っていた。麻雀のフォームが崩れるのは、人生に通じるとの信念があったからだ。その意味では、了と砂押とは、まったく真逆の勝負観、いや人生観といえなくもない。

「小三元」のマスターは、千点百円の麻雀に不満げな顔をしたが、それでも私や了と打てることが嬉《うれ》しいのか、渋々ながらもつき合ってくれた。

もうひとりのメンバーは、この前、私の後ろで見《ケン》をしていた、「ケンの字」と呼ばれる男だった。腕はなかなか達者だが、常日頃から、安い麻雀をシノギにしているからだろう、麻雀の姿勢に品がなかった。安い手をガツガツと上がりにかける。

夜の十時ごろからスタートさせて、それから四時ごろまでの六時間、私は了が言った麻雀を真似てみた。つまり、ハネ満《マン》縛りを自らに課したのだ。負けることは分かっていたが、レートがレートだけに、負けたって大した額ではない。私は、了が言うような運勢が今、どの辺りを彷徨っているのかを確かめたかったのだ。

了は、十回挑戦して三回成功すれば、運勢がいいときだ、と言った。しかし、その六時間の麻雀で、私が成功したのは、わずかに二回だけだった。

麻雀を終え、私は負け金の、四万円ほどの金を置いて、了たちと別れた。姫子にも会いたくなかった。私は、白みはじめた空を見上げながら、六本木の家まで歩いて帰る気になっていた。

3

六月の最初の週の金曜日、泥酔状態で部屋に帰ると、待っていたかのように電話が鳴った。寺田部長、小野部長の二人からの聞き取り調査の日以来、私は夜の巷《ちまた》に顔を出しては、グデングデンになって深夜に帰る日がつづいていた。

電話は水穂からだった。

――やっと、つかまったわ。ここ数日、ずっと電話してたんだから。会社のほうに掛けようかとおもったんだけど、マー君が嫌がるから、やめてたのよ。

連日、いったいなにしてたのよ、と言って、水穂が電話口に苛立《いらだ》ちの声をぶつける。

「毎日、酔っ払ってたのさ。声を聞けば分かるだろ？」

――なによ、開き直っちゃって。その調子では、わたしがデビューしたことだって、覚えてないでしょ。

そういえば、水穂たち、「ハニー・クィーン」のデビューは、五月の末だと言っていた。ベティのことで頭がいっぱいで、私は完全に忘れていた。

「覚えてるさ、ハニーちゃん」

私は呂律《ろれつ》の回らない声で笑った。

――じゃ、翌日のスポーツ新聞の芸能欄見てくれた？

「いや、見てないよ。俺が目を通すのは、王や長嶋がホームランを打ったかどうかを確かめるのと、競馬や競輪のコーナーだけでね」

――それって酷くない？　恋人がデビューした翌日ぐらいは、新聞に出てるかな？　って、ふつう芸能欄も見るでしょ。

「そいつは、スマなかった。じゃ、出てたわけだ」

私は焦点の定まらない目で、たばこに火を点けた。

――出てたわよ。こんな酔っ払いを相手にしても仕方ないから、あした、会いましょ。予た。

定がある、と言っても駄目よ。夜の六時に、六本木の角の喫茶店で――、一方的にそう言って、水穂が電話を切ろうとした。

「ちょっと待った。俺のほうも、じつはミホに用事があるんだ」

――用事？　なによ？

「ミホに渡した預金通帳、あれをあした、持ってきてほしい」

――入金なら、振り込みで済むじゃない。

「そういう問題じゃない。ともかく、持ってきてほしい」

理由まで、教える気はなかった。

――分かったわ。

じゃ、あしたね。遅刻も許さないから、と言うと、水穂の電話は切れた。

小野部長に約束したとおり、あの通帳は部長に渡さなければならない。

あした水穂に、あの通帳の金の性質を話したら、彼女はどんな反応を示すだろう。

あるいは、水穂との恋の結末は、あの通帳が握っているのかもしれない。

たばこの火を消し、私は布団のなかにもぐり込んだ。

4

半ドンの土曜日。正午を回って、帰り仕度をしていると、デスクの電話が鳴った。

――ちょっと、いいかな。

電話は有村部長からだった。会社の裏の喫茶店で待っているという。

寺田部長や小野部長には、有村部長の不正について話してしまった。当然、寺田部長はその真偽について、有村部長に問い質《ただ》すだろう。

しかし、いくら寺田部長が話の出処をぼかしたところで、有村部長は、それが、私であるとの見当をつけるだろうことは覚悟していた。裏の仕事に関《かか》わった連中は、皆、有村部長のシンパで、私だけが例外の存在だからだ。

たぶん有村部長は、その一件で、私に詰問するつもりなのだろう。電話の声も硬かったような気がする。

土曜日の午前中の仕事など、あるようでないようなものだ。したがって、地味で閉鎖的なこのマーケティング局の社員たちも、ふだんとは違ってスーツ姿ではなく、ジャケットにノーネクタイというようなラフな格好をする者が多い。

今夜、水穂とデートする約束をしていた私は、いつもより派手目な、明るい色のジャケットで決めていた。隣席の菅田先輩からは、まるで芸能人みたいだね、と冷やかされたほどだ。だがそれは、土曜日のきょうにかぎったことではない。

寺田部長に会った日から、私の胸のなかでは、なにかが切れていた。たぶん、会社を辞める決心がついたからだろう。数日前にデパートに顔を出し、間違ってもマーケティングの局員たちは着ないような派手なジャケットやスーツを数点買い込み、それらを着て出社するようになっていた。

松崎課長に退社の挨拶をしてから、喫茶店に向かった。

課長にすべてを打ち明けたが、私に対する課長の態度は、なにひとつとして変わることはなかった。このところの服装の変化についても、なにも言わない。

喫茶店には、すでに有村部長の姿があった。

窓際の席でたばこをくゆらせていたが、私と視線が合っても、まるで無視するかのように、たばこの灰を払っただけだった。

「どうも、お久しぶりです」

部長の向かいに腰を下ろし、私はごくふつうの態度で、挨拶の言葉を投げた。

「寺田総務部長に呼ばれたらしいな」

余計な言葉は抜きにして、いきなり、有村部長が訊いた。

「ええ、呼ばれましたよ」

「どうして、そのことを俺に報告しないんだ」

「どうして、と言われても、僕は部長の部下でもありませんし」

「そういう問題じゃないだろ」

吐き出すように言う有村部長の声には怒気が含まれていた。

「それで、話というのは、その一件についてですか？」

私はトボけて訊いた。

「他になにがある、ってんだ」

「なるほど……」

「なにが、なるほどだ」

有村部長の苛立ちを無視して、私はウェートレスを呼んで、コーヒーを注文した。

「まったく、ふてぶてしいよ、おまえ、ってやつは」

「で、僕になにが訊きたいんです？」

「決まってるだろ。なにを喋ったかだ」

「この前、会社の下の喫茶店で、部長と佐々木に会ったとき、僕は言いましたよ。訊かれなければ喋らないが、訊かれれば、知っていることを正直に話す、と。覚えてませんか？」

「じゃ、寺田部長から、なにを訊かれたんだ？」

「有村部長が社内金融をやっているという噂があるが、知っているか？ イエス、と答えました。亡くなった小沢部長も借りていたのか？ イエス、と答えました。きみも借りているのか？ ノー、と答えました。『ほめっこクラブ』に入会しないとその権利がないそうです、と答えました」

「そんなことまで喋ったのか？」

「事実ですから。金利も、月に三分らしい、と答えておきました」

「もう、いい」

有村部長が憮然《ぶぜん》とした顔をした。

「まさか、アルバイト仕事の一件まで喋ったんじゃないだろうな」

「話しましたよ」

私はアッサリと言って、運ばれたコーヒーに、シュガーを放り込んだ。

「馬鹿か、おまえは……。そんなことを言えば……」

「会社をクビになる。だから、いくらなんでも、そこまで僕が喋るとは思わなかった……、ですか？」

「当然だろ」

「だから、退職を申し出たんです。でも、止められた。そんな権利は、僕にはないそうですよ。いずれ、会社のほうから、処分を下すそうです」

「そうか……、そこまで腹を括《くく》ってたのか。どうやら、俺の認識が甘かったようだ」

意外なことに、有村部長の顔は、サバサバしていた。

「話は、これで終わりですか？」

「ああ、終わりだ。おまえが腹を括っている以上、これ以上の相談は無意味だからな」

「部長は、懲戒解雇ですか？」

私はコーヒーにひと口、くちをつけ訊いた。

「会社は辞めるが、懲戒解雇処分なんてさせんよ。俺だって、外部にそれなりの人脈がある」

有村部長が初めて、笑みを浮かべた。

「いい潮時だったんだ。他人の目を気にしながら生きるのに、飽き飽きしてたところだ。どうやら、おまえもそうだったらしい」

立ち上がった有村部長が、クルリと私に背を向けた。

5

水穂との約束の五分前に喫茶店に顔を出したが、彼女の姿はまだなかった。

表通りを見渡せる窓際の席に座って、ボンヤリと目を外に向けた。

昼に会った有村部長のことを考えた。

もっと怒り狂うかとおもったが、意外にも簡単に引き下がった。たぶん、寺田部長から聞き取り調査を受け、ある程度は覚悟していたのだろう。

しかし、懲戒解雇などさせるものか、と言ったときの有村部長の顔は不敵だった。会社の創立時から勤めてきた彼だから、その間に外部には公表できないような醜聞の数々とも接してきたのだろう。もしかしたら、松尾前専務の解任劇の裏事情にも精通しているのかもしれない。もし自分もそんな目に遭わせるのなら、公表する、とでも脅すのだろうか。

有村部長は、千葉の貧しい農家の出身だと聞いた。うちの社では、それだけでも異色だ。なにしろ社員の大半は、大手企業の役員と繋《つな》がりを持つか、その人脈によって入社してきているボンボンばかりなのだ。有村部長の金へのこだわりは、そのコンプレックスからくる反動だったのかもしれない。

いずれにしても、実社会では、窮地に陥ったときに、反骨心を剥《む》き出しにできるのは、出自に恵まれなかった有村部長のような人間ということなのだ。

そう考えて、おもわず私は苦笑してしまった。他人事《ひとごと》のように言うが、この私だって、似たようなものだ。

部長の最後の捨て台詞。「他人の目を気にしながら生きるのに飽き飽きしてたところだ。おまえもそうだったらしい」。あれは正に図星といっていい。

視界の先の道路脇にタクシーが止まった。降りたのは、水穂だった。

白の、フリルのついたワンピース。膝上十センチほどのミニ姿だった。

私は内心、ほう、とおもわずつぶやいてしまった。

水穂と同年代のお洒落《しやれ》をした若い女性も数多く歩いているが、そのなかにあっても、彼女は目立つだろう。

事実、通りすがりの若い女性たちは水穂にチラチラと視線を送っている。

窓際から見つめる私に気づかなかったようで、水穂が喫茶店の入口に急ぎ足で向かっている。

店内を見回す水穂に、私は軽く手を挙げた。

「ゴメン。酔っ払いさん。わたしのほうが遅れちゃった」

時刻は六時十分になるところだった。

「いいさ。酔っ払いは、特にすることもなかったし」

水穂がソーダ水を注文した。

「ふ〜ん」

「なにが、ふ〜ん、なのよ。感じが悪いわ」

「いや、なにね。女の持ち時間と、男の持ち時間は違うんだな、とおもっただけさ」

私は、水穂の全身に視線を走らせるようにして、言った。

「女の持ち時間と男の持ち時間？　どういう意味よ」

水穂が口を尖《とが》らせるようにして、訊いた。

私は運ばれた水穂のソーダ水を指差して、言った。

「去年のちょうど今ごろ、水穂の大学の近くの喫茶店で、それを飲んだことを覚えているかい？」

水穂がうなずく。

「あのころの水穂もきれいだったけど、女子大生の匂いがプンプンしていた。さっきここから外を見ていたら、水穂がタクシーを降りるところが目に入った。正直なところ、感心したよ。驚くほど垢抜《あかぬ》けしたな、って。大人の女性、そのものだった。ところが、この俺ときたら、この一年経っても、当時のまんまだ。いや、むしろ、もっと汚れちまった」

「女の持ち時間のほうが、早い、と言いたいわけ？」

「まあ、そういうことだよ」

「じゃ、わたしのほうが、マー君より先におバアさんになっちゃうじゃないの」

「そこが、女の微妙なところさ。女は、手入れしだいで、時間の流れを遅くもしてしまう。要は、あとは本人の心掛けしだい、ってことだよ」

まあ、ミホは大丈夫なクチだよ、と私はつけ足した。

「誉《ほ》められているのか、ケナされているのか、わからないわ」

満更でもない口調で言い、ところでどうしてこれが必要なの？　とつぶやきながら、水穂がバッグのなかから、預金通帳を取り出した。

私は通帳を受け取り、話はあとでするよ、と言った。

「ところで、夕食はなにを食べたい？」

「じゃ、想い出の所」

「想い出の所？」

「わたしが、今のプロダクションにスカウトされた、あの鉄板焼き屋さんよ」

「なるほど、わかった」

原宿にある、もんぺ姿の女性従業員が働く、「つくしんぼう」という名の鉄板焼き屋。あの店で水穂と食事をしていたとき、隣席にいた「ギャラント・プロモーション」のスカウトの目に水穂は留まったのだ。

タクシーに乗ると、喫茶店では感じなかった水穂の香水の香りがした。かれこれ、二カ月近くも水穂とは会っていなかったが、以前つけていた香水とは、香りも強さも違うような気がした。

後部座席に並んで座る私の手を、水穂がそっと握ってくる。

その瞬間、私はベティのことをおもい出した。

「マー君、なにかあったでしょ？」

水穂が小声で訊いた。

「どうして、そうおもう？」

私は水穂の手を、たばこを吸うのを装って、そっと外した。

「女のカンよ。だって、久しぶりにわたしに会うのに、それほど嬉しそうでもないし、それに、きょうのマー君の服装――」

水穂が私のジャケットに目をやる。

「これまでとは違って、とても派手。まるで、勤め人生活に見切りをつけたようにも見える」

「へぇ〜、そうかい」

おどけた口調で笑ったが、内心私は、水穂の鋭い感受性に驚いていた。

「その話は、飯を食いながらするよ」

土曜日のせいか、鉄板焼き屋は満席だった。

「どうする？　他の店に行こうか」

「わたし、ここがいいの」

水穂が女性従業員に、外で待ちます、と告げた。

店の外で待っていると、水穂がバッグのなかから、ドーナッツ盤のレコードを取り出した。

「これが、わたしたち、『ハニー・クィーン』の記念すべきデビュー曲よ」

見ると、ジャケットには、水穂を中心に、彼女と同世代の女の子が、黄色いノースリーブに、白のミニスカートという同じファッションで、まるで小鹿をおもわせるように、片足を跳ねたポーズで決めていた。

「ハニー・クィーン」。歌のタイトルは、「テル・ミー・ホワィ」となっている。B面は、「ハニー・サマー」という歌だった。

「どう？　可愛《かわい》いでしょ？」

半分誇らしげに、半分自慢げに、水穂が私の顔をのぞき込む。

「可愛いよ。すっかり芸能人、っぽくなった。ミホがどんどん遠くに行くような気がする」

「バカね。わたし、マー君から離れる気なんてないわ」

水穂が私の手の甲をつねった。

「『テル・ミー・ホワィ』……。どんな歌なんだい？」

「なぜなの？　教えて、という意味よ」

そう言って、水穂が歌の出だしの部分を口ずさんでみせた。

♫テル・ミー・ホワィ　なぜ見るの？　そんな目で　テル・ミー・ホワィ　わたしが大人

になったから？

「と、まあ、こんな歌よ」

小声で歌ったせいか、水穂の口ずさんだ出だしは、小悪魔的な響きがあった。

「つまり、若い女の子、それも学園のクィーンたちのお色気ソング、ってわけだ」

「だから言ったじゃない。『黄色いさくらんぼ』のスリー・キャッツ路線だって」

「なるほど。水穂がセンターということは、グループのリーダー格？」

「今回は、ね。でも、売れなかったら、また考えるらしいわ。でも、わたし、負けないわ」

水穂の目がキラリと光った。

「負けない、って、他の二人の女の子には負けないという意味かい？」

「それもあるけど、ライバルは全員よ」

店から二人連れが出てきた。開いたドアの隙間から、もんぺ姿の女性従業員が、私たちに席が空いたことを告げた。

カウンターの隅に座った。

ビールを、と私が頼むと、水穂が勝手知った顔で、注文をくり出す。

アワビに海老《えび》、それと百グラムのステーキと、モヤシ炒《いた》め。

「すごい食欲だな」

「だって、このところ、ロクな物を食べてなかったんだもの。マー君は、なににする？」

私は、海老とステーキだけを二人前にしてくれるよう、言った。

「じゃ、なにはともあれ、ミホのデビューに乾盃といこう」

私はグラスにビールを注いでやった。

「ここまで来れたのは、マー君のおかげよ。ありがとう」

店内は満席の上に、鉄板の熱も加わって、背中から汗が出るようだった。

冷たいビールが喉に心地良い。

海老を鉄板で焼きはじめた四十代の女性従業員が水穂に声を掛ける。彼女が四人いる女性従業員のなかの責任者らしいことは、何度か顔を出すうちに見当をつけていた。

しかしこれまでに、ただの一度も口をきいたことはなかった。

「お嬢さん、『ギャラント・プロモーション』に入ったでしょ？」

「ええ。どうして、それを？」

「赤城さん、うちの常連ですもの。この前、いらして話してたわ」

「やはり、あの男《ひと》、ここの常連さんだったんだ。でも、このところ、全然、会社でも顔を合わさなかったから」

「赤城さんは、スカウト専門で、スカウトしたあとは、会社の新人養成係にゲタを預けると言ってたわ」

女性従業員がそう言いながら、改まったような目で、水穂を繁々《しげしげ》と見る。

「でも、若い女性、って、ほんのわずかな時間で変貌するのね。とってもきれいになったわ」

「ありがとう」

水穂が顔を赤くした。

「この女性《ひと》、歌手か、タレントさん？」

私たちの横でウィスキーを飲みながら箸を動かしていた中年の男が、女性従業員に訊く。

そして、不躾《ぶしつけ》とも取れる視線を、水穂に注ぐ。

「そうなのよ。うちに食事にいらしたときに、スカウトされたのよ」

答える女性従業員は、満更でもない顔をした。店の客がスカウトされるのは、それなりに嬉しいのだろう。

「名前は、なんていうの？」

男が訊いた。

「水穂です」

「違うよ、タレント名だよ」

「だから、『ハニー・クィーン』の水穂です」

そう言って水穂が、さっき私に見せたレコードをまた取り出した。

水穂がドーナッツ盤レコードを片手に、女性従業員と男性客に説明をしている。女性従業員も男も、隣にいる私など無視するかのように、まったく関心を示さなかった。

もしかしたら、マネージャーと勘違いしているのかもしれない。

私はすこし居心地の悪さを覚えて、残りのビールに手を伸ばした。

そのとき突然、男が他のカウンター客に、大声を張り上げた。

「おい、社長命令だ。この子は、デビューしたばかりの歌手の卵で、水穂さんだ。女の子三人組のユニットで、え〜と」

男がレコードジャケットを見て、「ハニー・クィーン」の名を言った。

「おまえたち全員、この子のデビューレコードを買ってやれ。いいな」

どうやら、カウンター席にいる客は全員、男の会社の社員だったらしい。

「社長、デビュー曲のタイトルは、なんていうんですか？」

社員のひとりが大声で訊く。

「『テル・ミー・ホワィ』です」

替わって横から水穂が言い、腰を上げて、全員に小さく頭を下げる。

「これからも頑張りますので、応援、よろしくお願いします」

「分かった。水穂ちゃん、可愛いよ」

社長と言われた男が拍手すると、全員が倣って、手を打つ。

「というわけだ。お邪魔して、申し訳なかった」

男が初めて私に気づいたように、申し訳程度の謝りの言葉を口にした。

それを見ていた女性従業員も、ごめんなさいね、と私に小さく頭を下げた。

「いいんですよ。これから人気商売に進まなきゃならないんですから、彼女のお伴《とも》をする以上は、我慢しないとね」

「マー君、ごめん」

調子に乗りすぎたとおもったのか、水穂も小声で謝った。

「いいさ。ミホのデビュー祝いなんだ。気にすることはない」

焼き上がった海老を水穂が大根おろしの入ったドンブリに浸して、おいしそうに頬張っている。

私の胸中は複雑だった。

これからも、こういう場面が再々とあるのだろうか。

私に謝りこそすれ、水穂の顔は、嬉しさを隠しきれないでいる。

正直なところ、私は芸能界というものにはまったく興味がない。水穂が、益々遠くに行くような気がした。

「ねぇ、マー君。今度は、マー君の番よ。いったい、なにがあったの？ なぜ急に、預金通帳を返せ、なんて言ったの？」

焼きたてのステーキを持つ箸の手を止め、水穂が私に訊いた。

水穂の顔には、さっきまでとは違って不安の色が浮かんでいるように見えた。

「ここじゃ話せない。場所を替えてから話すよ」

私は、隣にいる、社長と呼ばれていた男の様子をうかがいながら小声で言った。

「どうやら、重たい話のようね」

「人によっては、そうだろうな。俺は別に重たくはないけど……。ただ、聞かれたくないだけさ」

「分かったわ」

早く食事を終わらせたくなったのだろう。水穂が女性従業員に他の物もドンドン焼いてください、と促す。

「で、どうだい？　華《はな》やかな世界は」

特に聞きたいわけでもなかったが、話の継ぎ穂を探すように、水穂に訊いた。

報告したくて仕方がなかったのだろう。水穂が堰を切ったように、喋りはじめる。

蓼科《たてしな》の合宿での特訓、芸能マスコミを前にしてのデビュー発表、そしてそのあとでもう二度もテレビに出演をしたこと――。話す水穂の口調は、水を得た魚のように生き生きとしていた。途中私は、水穂の話の腰を折るように、焼かれたステーキやアワビを冷めないうちに食べるよう促したほどだ。

三十分ほどで、食事を終えた。

私が勘定を払っていると、隣の男の会社の社員たちが、水穂に握手を求めてきた。水穂も嬉しそうに、それに応じている。

「じゃ、どうも。お騒がせしました」

男に軽く頭を下げ、私は店を出た。男に呼び止められた水穂は、それから一分ほどして店から出てきた。

「もう、スターじゃないか」

「なによ、それ。嫌味？」

「まあ、半分は、な。これまでの人生で、刺身のツマ、というのを味わったのは、初めてだったよ」

「マー君、って、意外と大人げないのね」

「かもしれない」

食事の途中から、私はベティのことを想い出していた。それがまた、芸能界のことを得意げに話す水穂のことを、うっ陶しく感じさせてもいた。

「いつか連れて行かれた、龍土町《りゅうどちょう》の高級会員制クラブと、焼きうどんの、六本木のオカマのスナック、どっちがいい？」

たぶん会員制クラブのほうへ行こう、と言うとおもったが、案に相違して、水穂はオカマのスナックのほうがいい、と答えた。

「久々のオフタイムだもの。気心知れたお店のほうがいいわ。それに、あのママにも、デビューしたことを教えてやらなきゃ」

水穂が笑った。

今夜は水穂のデビュー祝い。しかし考えてみれば、私と水穂とのデートデビューも、あの店だった。

6

タクシーに乗り、六本木に向かった。

すこし走り出してから、私は水穂に言った。

「俺、近いうちに、会社を辞めるよ」

「辞める？　もう？」

水穂が驚いた顔を私に向けた。

「まあ、いろいろあってね。理由については、飲みながら話すよ」

私の言葉に、預金通帳となにか関係があるの？　と水穂が訊いた。

「だから、飲みながら話すよ」

水穂が黙り込んだ。

十分もしないで、六本木に着いた。

タクシーを降りると、水穂が訊いた。

「マー君が引っ越してから、まだ部屋には行ったことがないけど、どの辺りなの？」

「あっちさ」

私は狸穴《まみあな》坂のほうを指差した。

「以前、お姉さんがやってた秘密の麻雀クラブ、あの近くだよ」

「ふ〜ん。そうなんだ。今夜、泊まっちゃおうかな」

私は聞こえないふりをして、オカマのママのスナックのほうに足を向けた。

店のドアを開けると、ジュークボックスから今大ヒットしている「圭子の夢は夜ひらく」が流れてきた。

カウンターに腰を下ろすと、すぐにやってきたオカマのママが、大仰なしぐさで嬉しさを表した。

「なによ。ずいぶんと久しぶりじゃない。覚えててくれたのね」

「彼女、いろいろと忙しかったんだよ」

私は水穂の代弁をしてやった。

「そうなの？」

「彼女、今、ブレイクするかどうかのテストの真っ最中なんだ」

「ブレイク？　どういう意味よ」

私は水穂に、レコードを見せてあげたらいい、と言った。

「ママ、わたし、デビューしたのよ」

水穂がドーナッツ盤のレコードを取り出して、ママに見せる。

「なによ、これ。ミズホじゃない」

ジャケットの写真を見て、ママがキョトンとした顔をしている。

「だから、言ったでしょ。デビューしたって」

水穂がすこし恥ずかしげに、しかし自慢げに言った。

「いったいどういうことよ。狐《きつね》につままれたみたい」

ママがいかつい指先で、いかつい顎をつねっている。

私はママに、水穂が大手プロダクションの「ギャラント・プロモーション」にスカウトされ、それから特訓を受けてデビューすることになったいきさつをかいつまんで説明してやった。

「へぇー、ビックリした。でも、ミズホ、歌なんて歌えるの？」

「なんだったら、あのジュークボックスに入れてみたらいい。じつは、俺もきょう初めてそのレコードを見たんだ」

どうぞ、と水穂がはにかむような顔をした。

「じゃ、掛けるわ」

カウンターを出ようとしたママに、ウィスキーを作ってからにしてくれ、と私は言った。

「了解」

ウィスキーの水割りを作るママを横目に、私は店内の客層をうかがった。

さっき水穂が口ずさんだ歌詞からすると、もし「ハニー・クィーン」に食いつくとなると、二十代の若い男ではなく、三十代、四十代の男たちだろう。

店は半分程度の入りだったが、顔ぶれは、その三十代が中心だった。

水穂たちの歌に、彼らはどんな反応を示すのか、私は興味に駆られた。無視されるようなら、水穂たちの前途は多難だろう。

ジュークボックスに、レコードをセットしたオカマのママが、両手を叩《たた》きながら、大声を張り上げた。

「チョット、みんな。聞いてよ」

その声は男そのもののダミ声で、おもわず私は笑ってしまった。客たちもクスクス笑っている。

「きょう来ている、うちの常連客のひとりである、ミズホちゃんが、今度、歌手デビューしました。これから、その歌を掛けるから、聞いてあげて。それで、もし気に入ったら、レコードを買ってあげて。そして、友だちや知り合いにも、ピーアールしてあげて。買ったレコードのジャケットを持参したら、一枚につき飲み代二千円の値引きをしてあげるわ」

「おい、ママ。どの子がミズホちゃんだい？」と客からの声。

「その子よ」

ママが私と水穂のほうを指差し、ミズホ、ピーアール、と言った。

「もう……」

水穂は顔を赤らめたが、覚悟をしたように、すっくと立ち上がった。

「わたしが水穂です。でも、わたしひとりではなく、他の女の子二人との三人組ユニットで、『ハニー・クィーン』といいます。ぜひ応援してください」

水穂が頭を下げると、歓声と指笛が鳴った。

いよっ、可愛いぞ、ミズホちゃん。応援するよ。隣の男は彼氏か。歌はなんての？

掛け声に、水穂が益々顔を赤らめ、曲名は「テル・ミー・ホワィです」と言う。

「テル・ミー・ホワィ、って、どういう意味だ？」

と客の歓声。

「なぜなの？　教えて、という意味です」

言うや否や、水穂がジャケット写真と同じように片足を上げ、小鹿が跳ねるようなポーズを取ってみせた。

また一段と高い歓声と指笛。うわぁ、ミズホちゃん可愛いー、ミズホちゃん、愛してるー。

「はい、はい。騒ぎは、そこまで」

両手をパンパンと打って、静かに、とママが制止する。

ジュークボックスから、「ハニー・クィーン」の歌が流れはじめた。

♫テル・ミー・ホワィ　なぜ見るの？　そんな目で　テル・ミー・ホワィ　わたしが大人になったから？……

私は隣にそっと目をやった。歌詞どおり、ちょっと大人の色気をたたえはじめた、水穂の姿に、私の胸は瞬間、ドキリとした。

ジュークボックスからの水穂の歌が終わると、まるで小さなイベントが終了したかのように、客は元の自分たちの世界に戻って、静かになった。

六本木は、歌手やタレントの卵が顔を出す街として知られている。水穂がこの店の常連でママとは知り合いだったことから、客たちは愛想よく振る舞ったのかもしれない。

「感想は、どう？」

水穂が私に訊いた。

「うん、いいよ。ヒットすることを願ってる」

「本当？　嬉しい」

カウンターに戻ってきたママにも、水穂が感想を求める。

「わたしには、女の子の歌のことはよく分からないわ。でも、ノリはよかったわよ」

「せっかく来たのに、なんか張り合いがないなぁ」

水穂が口を尖らせる。

「で、注文は、いつもの焼きうどん？」

言葉どおり、ママは水穂のデビューにはさほど関心がないようだった。

「今、食事してきたところよ。お酒だけでいいわ。悪いけど、ちょっとマー君と話があるから、二人だけにして」

ここに来た肝心の目的を水穂は忘れていないようだった。

じゃ、どうぞごゆっくり、と言うと、ママはカウンターの隅の客のほうに去って行った。

もう一度乾盃をし直してから、水穂が訊いた。

「で、どういうことなの？」

「結論から先に言うと、俺はもう、ミホを援助できなくなった」

「えっ……」

水穂が水割りを飲む手を止めた。

「もう、ミホを援助しつづけるほどの余裕がなくなった、ということだよ。会社も辞めるしね」

「なに、それ？　すごい大金を持ってたじゃない。それに会社も辞める、って、どういうこと？」

訊く水穂の表情は、寝耳に水、という表現がピッタリだった。

「持っていたお金の大半は失ってしまった。もう、四分の一ぐらいしか残っていない。でも、このお金は、俺がこれからなにをやるにしても大切にしなきゃならない虎の子なんだ」

水穂が黙って聞き耳を立てている。

私はたばこに火を点けてから、言った。

「じつは、水穂に渡した通帳の金が、会社で問題になっている」

「問題って、まさか横領したりとかじゃないんでしょうね」

顔色をすこし変えて、水穂が私を見る。

「そんな阿呆《あほう》じゃないよ、俺は。働いて、得た金だ」

「それなら、なんの問題もないじゃない」

「そう言いたいところだが、会社で働いて得た金じゃない。会社に内緒で、他の仕事をして稼いだ金なんだ」

「意味が分からない……」

不正な金でないことが分かったからか、水穂の顔に安堵《あんど》の色が広がっている。

「このあいだ、うちの一番の実力者だった専務が解任されるという出来事があった……」

実社会の仕組みや裏の事情に疎い水穂には、松尾前専務の解任劇を例にとって説明したほうが手っ取り早い。

私は噛んで含めるようにして、松尾前専務の一件を話した。

「それが、マー君と、どういう関係があるのよ。まさか、その専務の片棒を担いでたわけじゃないんでしょ？」

「その専務よりも、小物で、ズル賢い管理職が会社にはいっぱいいるということでね。俺は、その小物の片棒を担いだ、ということさ」

私は有村部長の名前こそ出さなかったが、営業のやり手部長の目に留まって、アルバイト仕事で、広告の宣伝プランを作っていたことを話した。

「その人物、社内金融もやってたんだ。それで、彼から多額の借金をしていた会社の部長が先日、自殺してしまった。それを発端にして、数々の悪業が暴かれた、というわけさ」

「もしかして、そのやり手部長というのは、桜子《さくらこ》と一緒に麻雀を打ってたあの男《ひと》？」

「鋭いな。当たりだよ。彼も、もうすぐ会社を辞める」

「酷い男……。マー君をそんな道に引っ張り込むなんて」

水穂が下唇を噛む。

「なに、彼が悪いんじゃない。誘いに乗った俺が悪いんだ」

「最低ね」

「そう、最低だよ」

「じゃ、あの通帳のお金は、そうしたアルバイトで得たお金というわけ？」

「そうだ。だから、その証拠として、俺の入社に尽力してくれた人事部長に渡すことになっている。でも、あのお金は、会社からしたら許せない性質のものでも、人を騙《だま》したりしてとかの不正で得たもんじゃない。だから返す必要はないんだ。とはいっても、会社にはケジメをつけないと、な」

「だから、会社を辞める……？」

「まあ、そういうことだ」

私が水割りに手を伸ばすと、水穂もグラスを口に運んだ。

「もしかして、マー君が失《な》くしたというあの大金も、あの部長に？」

「いや、それは関係ない。使い途《みち》を話すわけにはいかないが、使って然《しか》るべきと判断したんで、使った」

間違っても、ベティに渡したなんて話せるわけがない。それに、別に水穂と結婚しているわけでもないのだ。プライベートな金の性質まで話す必要はない。

水穂がバッグのなかから、たばこを取り出して火を点けた。

メンソールの匂いが広がった。

「喉に悪いから、たばこは禁止されてたんだけど、吸いたくなっちゃった……」

落胆した口調で、水穂が言った。

援助を打ち切ると言ったことに落胆したのか、私が会社を辞めることになのか、水穂の表情からはよく分からなかった。

「会社は、そのお金がわたしに渡ったことを知ってるの？」

メンソールの煙を吐きながら、水穂が訊く。

そのとき私は、水穂の隠された一面を発見したような気がした。

女子大生のように見えるときと、今のように、姉の佳代ママと同じく、一瞬、水商売の匂いを感じさせる顔とがある。それはたぶん、佳代ママとの長い一緒の生活で、知らず知らずのうちに身につけてしまったものなのかもしれない。

「そんなこと話すわけないだろ。ミホのミの字も出してないから、安心していいよ」

「ありがとう」

「礼を言われるようなことじゃない」

「でも、世の中、不公平よね。たかだか、そんなことで、マー君が会社を辞めなきゃならないなんて。悪いことをしてる人間なんて、腐るほどいるのに……。わたしの、姉とか……」

「お姉さんは、自分の手で自分を守ってる。守らなきゃならない、ミホだっている。そういう世界で生きてるんだから、仕方がないさ。それに比べて、俺は、他人が考えたことに乗っかった……。覚悟のほどもない分、俺のほうが、タチが悪い」

「それで、マー君。会社を辞めて、どうするの？」

「まだ、なにも考えちゃいない。でも、ハッキリしていることが、ひとつある。もう、会社勤めなんてしない、ということだ。会社には、その会社の規律というのがある。俺はどうやら、そういう規律のなかで縛られて生きるのが不向きみたいでね」

水穂が水割りのお替わりを頼んだ。私はママに、ウィスキーをストレートにしてくれるよう、言った。

「どうしたの？　酔いたくなっちゃった？」

「ママ。酔いたいのは、わたしのほうよ」

わたしもストレートにして、と水穂が言う。

「ふ～ん。なにがあったのか知らないけど、遠くから見てても深刻なのが分かるわ」

破局話？　とからかうように言って、ママが笑った。

「もしかしたら、ね」

私も笑った。

「なによ、マー君。マー君は、そんなつもりなの？」

水穂がメンソールたばこを灰皿に押し潰した。

「ミホのために、身を引いてもいい、と言ってるんだ」

「おっと、それ以上は、聞くのはやめるわ」

肩をすくめるしぐさをし、ママが私たちから離れて行った。

「聞くところによると、芸能プロダクションというのは、売り出すタレントさんの男友だちや醜聞を嫌って、監視の目を光らせるんだろ？　俺は無職になるし、ミホの援助だってできなくなる。ミホにとって、これからは、メリットなんてなにもない存在になるんだぜ」

「マー君、って、わたしのことを、そんな目でしか見てなかったわけ？」

私を見る水穂の目に、涙が浮かびはじめた。

「じゃ、訊くけど、正直に答えてくれよ」

私は水穂に言った。

「ミホをスカウトしたスカウトマン——赤城といったっけ？——、彼から、俺との関係を訊かれたはずだけど、ミホは、なんて答えた？」

「恋人だと言ったわ」

微妙に表情を動かしたが、水穂の言葉にうそは感じられなかった。

「じゃ、次の質問だ。デビューする前に別れるよう、言われなかったかい？」

水穂が一瞬、間を置いた。

「言われたわ。でも、そんなことできない、と答えた……」

「そうしたら？」

私は水穂の顔に視線を注いだ。

「売り出すには金が掛かる……、もしおまえに恋人がいることが発覚したら、すべての計画が台無しになる、と言われた……」

「それで？」

先を促すように、私は訊いた。

「バレないように注意する、と言った……」

「彼、納得したかい？」

水穂が小さく首を振った。

「でもわたし、こう言ってやったの。マー君はお金持ちで、わたしの陰のスポンサーでもある、って。着る物だって、アクセサリーだって、お化粧代だって、そんなすべてをマー君が援助してくれている、って」

大体は私の推測どおりだった。

もし私が赤城の立場だったら、水穂に同じようなことを言うだろう。金を掛けて育ててみても、水穂に恋人がいることが発覚すれば、それまでの苦労が無駄になる。

「彼の言い分は、至極まともだよ。芸能プロダクションというのは、ミホの欲求を叶《かな》えてやるためにスカウトしたんじゃない。稼ぐのが目的だからな。人気が出て、さあ、これからだ、というときに妙な噂が広まってオジャンになったんではたまったもんじゃないだろ？」

これは俺の推測だけど——と言って、私は水穂の答えの先回りをした。

「赤城は、こう言ったとおもう。俺とは人目につかない所で会え。そして、彼がストップをかけた時点で、俺との関係を清算しろ。もしそれができないようだったら、契約は解消する。違うかい？」

「そのとおりよ。その場は、うなずいておいたけど、わたしはマー君と別れる気はない。会社がストップをかけたときに、考えればいい、とおもったのよ」

水穂が涙目で、言い訳をした。

「ミホ。俺は怒ってなんてないよ。世の中なんてのは、それぞれの理屈で動いているし、それで成り立っている。個人だって、そうだ。ミホは今、華やかな世界に憧れを抱いているし、それを失いたくない。俺だって、そうだ。俺は、俺を拘束するような世界では生きていけない。だから、自分の思いどおりに生きる。だから、ミホも自分の思いどおりに生きたらいい」

本当は、今夜で別れよう、と言うつもりだったが、さすがにその言葉までは出なかった。

その夜、私は久々に水穂を抱いてしまった。

帰りたくない、という水穂の言葉に負けた、といえば聞こえはいいが、ベティに罪悪感を覚える一方で、急激に大人の色気を漂わせるようになった彼女を失いたくない、とのエゴが働いたせいだった。

しかし、水穂が願った私の部屋ではなく、赤坂のシティホテルに酔った勢いでなだれ込んだ。

あるいは水穂は、私との関係もそう長くはない、との予感があったのかもしれない。

ホテルのベッドで、水穂はこれまでにないような乱れ方をした。

アタマの片隅にあるベティの影を追いやり、私もまた、若くてピチピチとした水穂との抱擁に、いつしか我を忘れてしまった。

窓に淡い朝の陽《ひ》が差し初《そ》めたころ、水穂と私は、泥沼のような深い眠りの底に落ちていった。

そして昼前に、私は枕元に、財布のなかにあった持ち合わせの三十万のお金と、小さなメモを残し、死んだように眠っている水穂を置いてホテルを出た。

――大学生になったばかりのころ、俺は自分のことを青葉だとおもっていたが、いつの間にか、病葉になってしまった。もう俺からは連絡しないけど、ミホから電話があれば、いつでも会うよ。

雅之
あのメモをどう解釈するかは、水穂の自由だった。

7

ホテルの外は、初夏の陽の光が、燦々《さんさん》と降り注いでいた。

この十月で、私は二十五歳になる。大学を卒業した同期の連中は、念願だった大企業に就職を果たし、今ごろは遮二無二《しゃにむに》働いているだろう。

しかしこの私ときたら、二度目の就職先をもうすぐ辞めようとしている。それも、この先、どうするかの目標すらも持っていないのだ。

六本木の部屋には帰る気はなかった。このささくれ立ったような気持ちを温かく受け止めてくれる相手は、姫子しかおもい浮かばなかった。

タクシーに乗って、四谷の若葉町に行ってくれるよう、言った。

好きにおし、坊や。あんたは世間の枠の外が似合う男よ。

初めて姫子と寝たとき、姫子は私の耳元でそう言った。

あれから、もう六年。しかし姫子は、最初に会ったときとなんら変わることなく、私に接してくれる。

私の恋人であり、愛人であり、姉のようでもあり、母親のようでもあり……。

どうにもならない淀《よど》みに陥ったとき、姫子のもとに逃げ込む。

すべてを姫子に話そう。私はそうおもった。今の、どうしようもない気持ちを姫子に吐露しないかぎり、私は自分の進む道すらも、探し当てられないような気がした。

若葉町の樹木の生い茂る林が見えてきた。

私は運転手に、林の手前で降ろしてくれるよう、言った。

林のなかにはカラスの巣があるのだろう。私を威嚇するように、啼《な》き声を放つ。

すぐそばに赤坂離宮のあるこの林が、私は好きだ。東京のド真ん中にありながら、静謐《せいひつ》な空気が漂っている。

この林の小径《こみち》を歩いていると、不思議と心が落ち着いてくるのだ。

知り合ったころの姫子は、もっと新宿に近い猥雑《わいざつ》な一角に住んでいた。しかし今や売れっこになった演歌歌手の四郎さんと別れてから、ここに住居を変えた。それは彼女の心模様を表しているように、私はおもったものだ。

姫子の部屋のインターフォンを押すと、すぐに姫子の声が返ってきた。

正午をすこし回った時刻だが、どうやら姫子はすでに起きていたようだ。返事の声には、酒の残り香は含まれていなかった。

「突然でごめん。俺だよ」

インターフォンに向かって、私は言った。

――あら、珍しい。死んだのかとおもってたわ。

笑ったあと、すぐに開けるわ、と姫子が言った。

薄手の黄色のセーターに、同色のスパッツ姿の姫子が顔を出す。

微笑《ほほえ》んだ姫子が、入って、とドアを大きく開けた。

私は、なんとなくホッとした気分になった。店での姫子は、いつも凜《りん》としているが、自宅でくつろぐときは、すべての鎧《よろい》を脱いだように、自然体のままだ。

「どう？　変わりない？」

リビングのソファに腰を下ろしながら、姫子に訊いた。

「それは、こっちの台詞よ。でも、どうやら変わったことがあったようね」

コーヒーを淹《い》れようとおもったところよ、と言って、姫子がキッチンに立つ。

姫子は一瞬にして、私の変化や、悩み事を抱えているかどうかなどを見抜く。それはたぶん、ベティや水穂などとは違う、私と姫子との相性の問題なのだ。

姫子は私のことを、自分と同種の人間だと言う。つまり、そういうことなのだ。

ベランダに吊《つ》るされた鳥籠のなかの二羽のカナリヤが啼き声を上げながら戯れている。

コーヒーカップを私の前に置くと、姫子が笑いながら、言った。

「マー君。ホテルの部屋から、ここに直行してきたでしょ？」

「うん、まあ……」

若干、うろたえながら、私はコーヒーに口をつけた。

「ドアを開けたとき、マー君の全身から、セックスの匂いがしたわ。それに、目の下のクマ。相変わらず暴れているようね」

ストレートに言うが、姫子の声には、棘《とげ》は含まれてはいなかった。

「で、なんの相談なの？　と訊いてあげたいところだけど、お昼はまだなんでしょ？　それに、きょうの日曜日は、タップリと時間があるようだし」

あとで話は聞くわ、と言って、姫子がコーヒーカップを置いた。

「飯、俺が作ってあげるよ」

「あら、どんな風の吹き回し？　よっぽど気《き》拙《まず》い話のようね」

「でも、マー君。料理なんて、できるの？」

姫子が笑った。

「なかなかの腕だよ。俺、子供のころ、自分が釣った魚は自分で料理してたんだ。そればかりじゃない。採ってきたツクシンボウだって、自分で煮て食べてたほどなんだ。お袋からは、将来、コックにでもなれば、とからかわれたぐらいだ」

チャーハンでいいかい？　と私は姫子に訊いた。

「お手並み拝見」

キッチンに行って冷蔵庫のなかを点検した。

ふだん大半が外食のはずの姫子だが、意外にも冷蔵庫のなかはきれいに整理され、食材も揃っていた。

早速、料理に取り掛かった。

これまでにつき合った女の前で、私は料理の腕を振るったことなどない。

私は自分の心がしだいに解放されてゆくのを感じた。姫子といると、なにひとつとして飾ることなく、素のままの自分を晒すことができる。

包丁を持つ手を止めて、ふと見ると、姫子はベランダに出て、カナリヤに餌をやっていた。

「できたよ」

私は姫子に声を掛け、でき上がったチャーハンを皿に盛って、テーブルに並べた。

「ふ〜ん。なかなか、やるじゃない。料理のできる子は、女の子にモテるそうよ。誰かに作ってあげたことあるの？」

姫子の目に、一瞬、妖しいような光が宿った気がした。

「ないよ。ママが初めてだ」

「香澄《かすみ》ちゃん、にも？」

言ったあと、今のは取り消す、と笑み交じりで、姫子が言った。

香澄は、四郎さんの妹だ。余計なことを言ってしまった、とおもったのだろう。

「ないよ。香澄は、俺がキッチンに立つことを嫌ったから」

香澄は、すべてを自分がやらないと気が済まない献身的な性分だった。だから、自分で自分のことを追い詰めてしまう。今、振り返ってみれば、私とは根本的な部分ですれ違っていたのだとおもう。

ちょっとだけ気拙いおもいで、チャーハンを食べた。

「おいしいわ。マー君がお店を出すなら、わたし、出資するわよ」

本当に旨かったのだろう。満足げな顔で、後片づけはわたしがするから、と言って、姫子が立ち上がった。

食事の片づけを終えた姫子が、新しいコーヒーを淹れてくれた。

「マー君が顔を出してくれると、急にわたし、もよおしてくるんだけど、きょうは、それがないわ。今朝まで女を抱いてたっていう、その顔のせいよ」

アッケラカンと笑って、姫子がたばこに火を点ける。

メンソールの香りが、ホテルで眠りこけていた水穂をおもい出させた。

「で、話というのは？」

姫子が訊いた。

「俺って、サイテーだよな。好き勝手に生きてるくせに、胸のなかに詰まったものを吐き出したくなると、ママの所に来てしまう」

「いいのよ、それで。わたしとマー君は、戦友みたいなものだもの。こんな関係の男と女、作ろうと思ったって、できやしないわ。言ってみれば、あの籠のカナリヤみたいなものよ」

そう言って、姫子がベランダのカナリヤのほうに目を向ける。

「鳥にだって、相性はある。あのつがいの二羽は、とても相性がいいみたい。わたしとマー君は、常識とか生き方とか、そういう類の捉え方が同じ枠のなかで生きてるんだもの」

言われてみて、黄色で統一した姫子の姿がカナリヤに見えてきてしまった。

「じつは俺、また、近々会社を辞める」

「そうなの」

別に姫子は驚いたふうはなかった。

「今、俺は、二人の女の子とつき合ってる」

「前に聞いたわ」

姫子はちょっと笑っただけだった。

私はたばこを吸いながら、黙り込んだ。

「遠慮は要らないわ。話して。楽になるわよ」

姫子は私の心を見透かしていた。私はただ喋って、楽になりたいだけなのだ。

「じゃ、会社を辞めようとおもっているほうから」

私はこれまでのいきさつを正直に話した。

「会社を辞めるのはどうということもない。でも、ひとつ引っかかるのは、例の俺の師匠、亡くなった砂押さんとの約束を反古《ほご》にするという一点だよ。彼は縁もゆかりもない俺を世話して、今の会社に入れてくれた。その理由も、俺がこれからどう生きればいいのか、広告会社が一番参考になる、と言ってね。彼は、三年は辛抱しろ、と言った。だが俺は、その約束を、俺自らの失敗で、破らなければならなくなってしまった……」

「そうおもうんだったら三年間、我慢したら？　人事の小野部長は、マー君を辞めさせようという気はないんでしょ？」

アッサリと姫子が言った。

「簡単に言うけど、針の筵に座らされているようなものなんだぜ」

「ようやく本音が出たわね」

姫子が小さく笑って、メンソールたばこの火を灰皿に押し潰した。

「なんだかんだと言ったところで、話を聞くかぎりでは、今の会社は居心地がいいんでしょ？　会社に出勤するのも、退社するのも、そればかりか、日中の仕事だって、かなり自由じゃない。社会人になって、そんな会社勤めは初めての経験でしょ」

本音は、今の会社を辞めたくないんでしょ？　と姫子が訊いた。

「分からない」

姫子に指摘されたが、あるいは私の気持ちの底には、そんなおもいがあるのかもしれない。

「絶対に、そうよ」

笑いながら、姫子がまた、新しいメンソールたばこに火を点けた。

「マー君は、自分でも薄々気づいている。ただそれを認めたくないだけよ。砂押さんといったっけ——、彼が言ったように、今の会社にいると世の中の仕組みが分かるようになるし、将来に対しての知識も身につく。だから、未練があるのよ。でも辞めざるを得ない状況に追い込まれてしまった……。その言い訳に、砂押さんとの約束を持ち出しているだけ。彼との約束を反古にするのは——、と言ってね。でもマー君の本心は違う」

姫子がメンソールの煙を吐いた。

「辞める本当の理由は、他の社員の目が気になるからよ。マー君が言うように、針の筵に座らされたような勤めは嫌なのよ」

「そうだな……。ママの言うとおりかもしれない」

「でも、結局は、マー君は会社を辞めるわ。いいじゃない、それで。針の筵に座らされて歯を食いしばるような図は、マー君には似合ってないわ。男が生きてゆくには、大切なことがひとつある。見栄よ。見栄を失ったら、男は終わりよ」

私を見つめる姫子の目は優しかった。

「見栄か……。ありがとう、ママ。なんか、こう、胸のつかえが取れたような気がしてきた」

「それで、会社を辞めたあとにどうするかなんて、まだなにも考えてないんでしょ？」

「そんな計画的な人生を俺が考えているとでもおもってる？」

私は笑って、冷めたコーヒーに、ひと口、くちをつけた。

了と呼ばれている、あの男。新宿の夜の街では、かなり知られている男のようだった。

姫子は、歌舞伎町の裏の裏まで知り尽くしている。もしかしたら、知っているかもしれない。しかしそれは、最後に訊こう、と私はおもった。

「じゃ、この話は、これで終わり。じつは、マー君の頭を悩ましているのは、会社のことよりも、二人の恋人のことのほうでしょ?」

口元に笑みを浮かべながら、姫子が私の目をのぞき込むようにして見る。

「ひとりは分かっている。あの秘密麻雀クラブのママの妹でしょ? 名前は……、たしか、水穂とかいったわよね」

姫子が目を細めてつぶやく。

「ああ、そうだよ」

私はアッサリと認めた。

「もうひとりのほうは、どんな子?」

姫子の瞳がキラリと光った。

「前にも言ったけど会社の子だよ。正確に言うと、会社にいた子だ」

「つまり、もう辞めた、ということ?」

姫子の瞳がまた、キラリと光った。

「そうだよ。この四月いっぱいで退社し、今はロスアンゼルスに行ってる。彼女、留学する意志を固めて、その下準備のために、このあいだ、飛び立ったんだ……」

「ロスアンゼルス？」

姫子が首を傾げた。

「ちょっと待ってよ。たしか、この前、うちのお店に顔を出した、マー君の大阪時代の知り合いだった和枝という女性も、ロスに行くと言ってなかった？」

私はうなずき、言った。

「二人は、一緒の飛行機に乗って、ロスアンゼルスに行った……。彼女の名前は、藤沢めぐみといって、俺とは同期に当たる女の子だよ」

愛称がベティだということは省き、私は、ベティとつき合いはじめた経緯と、和枝と一緒に旅立った経緯とを簡単に説明した。

「なるほど……。あの坂本社長がひと肌脱いでくれたわけだ」

うなずきながら、姫子が、なるほど、ともう一度つぶやく。

「なにが、なるほど、なんだい？」

「マー君の心が、手に取るように分かった、ということよ」

姫子が指に挟んだメンソールたばこを指先で小さく動かす。たばこはもう短くなっていて、いつもは二口三口吸っては消す姫子には珍しい。

たばこの火を姫子が灰皿で消した。ふだんはきれいにマニキュアを塗っているのに、今は素のままだった。しかし、なにもしていない指先のほうが、妙に女らしく私の目には映った。

「マー君が今、頭を悩ましているのは、水穂ちゃんのことよりも、彼女のほうというわけね」

「正直なところ、そうだよ」

突然、姫子が笑った。

「まったく、マー君らしいわ。愛《いと》しいめぐみさんは今、ロスアンゼルス。すると、昨夜、激しく抱き合っていたのは、水穂ちゃんということなのね」

それで、どんな子なの？　そのめぐみさんという子は？　と姫子が訊いた。

「ベティは……」

私がおもわずつぶやくと、姫子が首を傾げた。

「ベティ？」

「彼女の愛称だよ。目が大きくて、会社の連中は皆、そう呼んでいた」

姫子が小さく笑い、それで？　と先を促す。

「うちの会社は、大企業の息子とか娘とかが多いんだ。クライアントの関係でね。ベティも、そんなひとりだった」

私はベティの素性を打ち明けた。

「でも、彼女の偉いところは、他のやつらと違って、親のコネで入社したのではなく、正規の入社試験で入ってきたということだよ。それに、人一倍強い向上心を持っている」

ベティは将来独立して、イベントやＰＲの企画会社を起業しようとしていることなども話した。

「なるほど……。マー君にとっては、これまでとは違って、まったく新しいタイプの女の子だったというわけだ。それで、のめり込んでしまった……。でも彼女は、遠い異国の地に、留学しに行こうとしている……」

簡単じゃない、と姫子が言った。

「そんなに好きなら、留学はやめさせたらいい。すべてを自分のおもいどおりに生きているのに、女の子に対しては、カラッキシなのね」

「そう簡単な話でもないんだ……。じつは……」

私はコーヒーカップを手に取った。しかし、空っぽだった。

「おてんとさまに怒られるかもしれないけど、その顔では、お酒のほうがよさそうね」

飲む？　と姫子が訊いた。

ベティが妊娠していることを打ち明けるのには、酒の力が必要かもしれない。じゃ、ウィスキーをストレートで、と私は言った。

姫子が洋酒棚のジョニ黒をストレートにして、二つ持ってきた。

「つき合ってあげるわ。本当は、日曜日はお酒を抜く日と決めてるんだけど」

ウィスキーを喉に流し込むと、すこし生き返ったような気分になった。

「じつは……」

私はひと呼吸ついてから、言った。

「ベティは妊娠している」

「妊娠？」

姫子が口元に運びかけたストレートグラスの手を止めた。

「子供ができてるの？」

「そうなんだ。今、六カ月らしい」

「で、どうするつもりなの？」

「どうする、って？」

「馬鹿ね。産むつもりなのか、どうかということよ」

私を見つめる姫子の目は、これまでにないような複雑な色を帯びていた。

「彼女、産む覚悟を決めている」

私はウィスキーのストレートをグイとひと口、呷《あお》った。

「そう……。じゃ、マー君、そのベティという子と結婚するつもり？」

「産む、と聞いたとき、結婚してもいい、とおもった。でも……」

「でも、……なによ」

姫子が、うそは許さないわよ、という目で私を見つめた。

「今は彼女に、その意思はないそうだ。つまり、俺には父親の資格があるようにはおもえないんだろう。どうやら彼女、それが原因で、留学することに決めたらしい」

「どういう意味よ」

「つまりだな……」

私はベティが私に話したことを、脚色を交えずに、正直に打ち明けた。

「ふ〜ん。グリーンカードねぇ……」

姫子は、グリーンカードのシステムのことを初めて耳にしたのだろう。首を傾げながら、つぶやく。

「それで、留学を終えて帰ってきたときに、この俺が父親として合格だとおもえたら、そのときに考えるそうだ」

「でも、そのあいだに、マー君に女ができて結婚してたらどうするのよ」

「それはそれで、仕方のないことだそうだ。そのあいだ、俺のことは一切、束縛しない、と言うんだ」

ふ〜ん、と姫子がまた鼻を鳴らした。

「ススんでいるというか……。今、アメリカでは流行《はや》ってるんでしょ？　なんといったっけ、ほら？」

「ウーマン・リブかい？」

「そう、その、ウーマンなんとかというやつ。その子の考え方、その影響を受けてるんじゃないの？」

「どうなんだろう……。そんな話、したこともない」

ベトナム反戦運動や公民権運動と歩調を合わせるように、アメリカでは、女性解放をめざすウーマン・リブ運動が活発になった。

　私は会社の資料室で雑誌にはよく目を通していたので、その活動のことは知っていたが、詳しい内容までは理解していなかった。

　早い話が、女性たちが、夫や子供に縛られずに自立したい、という運動らしい。

　むろん、ドラッカーの『断絶の時代』を枕元に置くぐらいだから、ベティはその運動のことは知っているだろう。

「マー君は、彼女のその考え方で、いいわけ？」

「いいも悪いも、ベティがそう決めたのなら、しょうがないだろう。俺も自由を縛られるのは嫌だし、ね」

「生まれてくる子供は、いい迷惑ね」

　呆れたように言って、姫子がウィスキーを呷った。黄色いセーターの上で、姫子の白い喉がゴクリと動く。

「彼女――、そのベティという子を、それまで放っておくわけ？」

　たばこに火を点けながら、姫子が訊く。メンソールの匂いが漂った。

「彼女には、金を渡したよ」

「いくら？」

「二千万」

「中途半端ね。手持ちのお金をすべて渡したわけじゃなかったんだ」

「俺も、それなりの金は要るからね」

「それは、そうね」

姫子がたばこの灰を払う。

たばこを持つ指先を見つめるその顔は、なにか言いたげだった。

「ところで、もうひとりの水穂ちゃんのほうには、その心配はないの？」

「その心配、って？」

「決まってるじゃない。妊娠の、よ。マー君、避妊の配慮なんて、ゼロじゃない」

私はおもわず、声を出して笑ってしまった。

「心配ないよ。すこし反省したんで、昨夜も、外に出した」

姫子があけすけに言うので、私もあけすけに答えた。

「というより、水穂のほうが気を遣っている。なにしろ、そんな事態になったら、一巻の終わりだから」

「どういう意味？」

私は水穂が歌手デビューしたことを、その経緯も含めて、姫子に話した。

「ふ〜ん。あの子が、デビューねぇ……。ベティと水穂、まったく毛色の違う二人、ってわけね」

「人生は面白いよ。なにがどうなるかは、たった一日で、ガラリと変わってしまう」

「どうやら、水穂とは別れるつもりのようね」

「もう、彼女を援助してやれるような、御大尽《おだいじん》じゃなくなったし、ね。別れるとは言ってないが、たぶん彼女のほうから距離を置くようになるとおもう」

「『ハニー・クィーン』じゃなくて、『ロンリー・クィーン』になるわけだ」

姫子の言葉には、なんとなく皮肉が感じられた。

「ところで、通称『了』、という男を、知ってるかい？」

「了？」

姫子が目を細めた。どうやら知らないらしい。

「なにをしている男？」

「相場師、とかうそぶいている」

私は了と知り合ったいきさつを手短かに話し、名刺入れから、彼に貰った名刺を取り出して、姫子に見せた。

「この男なら、知ってるわ」

名刺を見るなり、姫子が言った。

「『了』なんて言うから、分からなかったのよ。この名刺、私も貰ったことがある。二、三度、うちの店に顔を出したことがあるわ。うちの常連客に連れられてね」

「和枝ママは、あいつのことを通称が『了』で、本名が蒼井《あおい》だと俺に紹介した。しかし、その名刺の名前は、『一丸光一《いちまる》』になっている。いくつもの名前を持つなんて、いかにも怪しげだろう？」

「世の中は、怪しげな人間だらけよ」

笑った姫子が、名刺を私に返した。

「あいつ、俺が必ず電話してくるとおもった、なんて自信ありげに言ったよ。あいつに同じ匂いを感じ取ったはずだからだとさ。そればかりか、会社を辞めてからもう一度電話してこいなんて、偉そうな顔で言いやがった」

私は了と一緒に飲んだときの、彼の自信満々な顔をおもい浮かべた。

「うちの店に連れてきた常連の客は、彼に株の指南を受けている、と言ってたわ。その男《ひと》、いろんな会社を経営している、かなりの資産家よ」

「株の指南役か……。じゃ、株の相場をやってるという話は、うそじゃないんだな。以前は株屋に勤めてた、とか聞いたよ」

「興味津々という顔ね。会社を辞めたら、会いに行くつもり？」

「あいつ、何事にも縛られずに自由に生きてる感じなんだ。あいつの世界をのぞくのも悪くない、とおもってる」

「分かったわ、彼を連れてきた客に、詳しく訊いておいてあげる」

「悪いね」

ところで、と私は姫子に言った。

「さっきから、俺になにか言いたい感じなんだけど、違うかな？」

無言で立ち上がり、私と自分のグラスにウィスキーを注ぎ足して、姫子が座り直した。

「マー君、あしたも会社よね。泊まっていけ、なんて言わないけど、今夜は一緒にいてくれない？　寝物語に話すわ」

姫子がこんな言い方をするのは初めてだ。ちょっと訝ったが、いいよ、と私は言った。

そのまま夕刻まで、あれこれとお喋りしながら酒を飲みつづけた。

姫子と一緒にいるとき、彼女はむかし話など滅多にしないのだが、珍しく、私と初めて知り合った当時のことを持ち出した。

しだいに姫子の呂律が怪しくなる。酒豪の彼女にしては酔いが早かった。

「外に食事しに出ようとおもったけど、出前でいい？」

七時を回ったころ、姫子は電話して、寿司の出前を取った。

私は半分ほど、姫子は握りのひとつふたつを口に入れただけだった。

寝物語で話す、と言った姫子の言葉が気になって仕方がなかった。それに姫子は、無理に酔おうとしているようにも見えた。

「ママ、大丈夫かい？」

そう訊いたとき、私は初めて、姫子の目に涙が浮かんでいることに気づいた。

「シャワーを借りるね」

出前の寿司桶《おけ》を片づけ、私は姫子に言った。

たぶん昨夜の水穂の匂いが全身に残っているだろう。さすがにその身体で、姫子とベッドを共にすることには抵抗を覚えた。

熱いシャワーと、冷たいシャワーとを交互に浴びると、しだいに酒の酔いも薄らいできた。

バスタオルを身体に巻いてバスルームを出ると、姫子はすでにベッドで横たわっていた。

バスタオルを取って、薄いタオルケットをめくった。姫子は全裸だった。

私は添寝をするように、姫子の裸体に身体を密着させた。

「ねぇ、マー君……」

姫子が身体をうつ伏せに変えて、つぶやく。

「なんだい？」

私は姫子の背の、入れ墨の菩薩《ぼさつ》に指先を這《は》わせた。

「わたし、自分は嫉妬しない女だとおもっていたけど、きょうは初めて嫉妬してしまった……。ベティという子によ」

「ママ……」

私は入れ墨の菩薩に、唇を寄せた。

「マー君。わたしが四郎さんを本当に愛していたとおもう？」

菩薩が私を見つめているような気がした。

「マー君と初めて会ったのは、マー君が十八でわたしが二十六のとき。あのときわたし、マー君を見た瞬間、死んだ亭主が生き返ったのかとおもった。顔というよりも、雰囲気がとても似てたのよ。話したように、亭主はやくざ同士のつまらない争い事で命を落としてしまったけど、わたしは死んだ亭主をとても愛していた。新宿でお店を開くことができたのも、彼がわたしにお金を遺《のこ》してくれたからよ」

やくざ同士の争い事で死んだことは聞いていたが、他は初めて耳にする話だった。

「ママにとっては、とても良い男《ひと》だったわけだ……」

入れ墨の菩薩がピクリと動いたように見えた。

「きっとわたし、マー君に、死んだ亭主をダブらせたのだとおもう。今は、とても後悔している」

姫子の背がしだいに小さく波打ちはじめた。

「後悔、って、俺とのことをかい？」

「違うわ」

姫子が身体を仰向けに戻した。背中が波打ちはじめていたのは、彼女が泣いていたからだった。頬が濡《ぬ》れていた。

「堕《お》ろしたことをよ」

「堕ろした？」

「そうよ。マー君が十九になったとき、わたし、マー君の子供を妊《みごも》ったのよ。マー君に、こんなこと言えるわけがない。わたしの不注意だったんだから」

「ママ……」

おもってもみなかった姫子の告白に、私は激しく動揺した。

「こっそり産んで、ひとりで育てようかと真剣に悩んだ。でも、できなかった。その替わりに、マー君を、陰から一生、支えていってあげることに決めたの」

私は姫子の身体を強く抱きしめた。濡れた頬の涙を指先で、そっと拭った。姫子との間で、こんなことをするのは、初めてだった。

「四郎さんのことは、好きだったけど、愛してはいなかった。辛《つら》くて悲しくて、このままでは、マー君の自由を縛ることになるとおもって、四郎さんとつき合いはじめた。四郎さんの歌手になるという夢を共有できれば、すべてを忘れられるとおもったのよ。でも、無理だった。わたしが四郎さんを愛してないことを知った彼は、黙って去って行ったわ」

そうか、と私は納得した。

四郎さんが歌って大ヒットした「螢花」。演歌の定番のような曲名と、歌詞。あれは夜の女の哀愁を歌ったものだが、四郎さんは、姫子のことを胸に秘めて作詞、作曲したのに違いない。

——どうせわたしは　夢を灯りの　夢を灯りの　明日も流れる　ひとり花
歌詞の末尾のフレーズが私の頭に甦《よみがえ》る。

「ママ……」

私は姫子の身体を、もっと強く抱きしめた。姐御肌《あねごはだ》の姫子の身体が、とても華奢《きやしゃ》に感じられた。私の心は、震えていた。

「香澄が流産して死にかけたとき、わたし、マー君の頬を力いっぱい、張ったわよね。あれは、かつての自分の姿をおもい出したからなのよ。マー君に怒ったんじゃない。あのときの自分に怒りをぶつけたのよ」

姫子がこらえ切れないように、嗚咽《おえつ》を洩らした。彼女が泣く姿を見るのは、初めてだった。

姫子を抱いたまま、しばらくじっとしていた。

やがて、姫子の嗚咽は鎮まった。

「ねえ、マー君。この話は、今夜で忘れるのよ。これから先、わたしも二度と口にはしない。その替わり、約束して」

姫子が私の目をじっと見て、言った。

「そのベティという子、マー君と結婚するかどうかは分からない。でも、どんなふうになっても、ベティと生まれてくる子供だけは見守ってやるのよ」

「分かった。約束するよ」

「そしてもうひとつ。こんな話を聞いたからといって、自分の生き方を変えちゃ駄目よ。マー君は、マー君らしく生きればいいの。わたしも、わたしらしく生きるわ」

「分かった。約束するよ」

私の言葉を遮るように、姫子が唇を寄せて、舌を絡めてきた。

私はかつてないような力強さで、姫子を貫いた。私は自分の両手を、まるで姫子の背の入れ墨の菩薩も抱くように、何度も交差させていた。

8

出社して早々に、小野部長に呼ばれた。

人事部の応接室で待っていると、部長が顔を出した。総務の寺田部長も一緒かとおもったが、小野部長ひとりだった。

「早速だけど、会社の結論が出たよ」

私を見つめる部長の顔は穏やかで、声も淡々としていた。

「有村部長からは退職願が提出されて、会社はそれを受理した。一身上の都合だそうだ。きみは、お咎《とが》めなしだ。これまでどおり、仕事を頑張ってくれたらいい」

「そうですか……」

意外な結論だった。有村部長が裏でいろいろと画策したに違いない。

松尾前専務の突然の解任には、業界内では様々な噂が飛び交ったことが想像される。そして今度、実力者の有村部長まで処分すれば、会社はダメージを受けると判断したのだろう。有村部長を処分しないのなら、私を処分する名目も失ってしまう。

「分かりました。ありがとうございます」

私は小野部長に頭を下げてから、言った。

「どんな結論が出ようとも、辞める決心をしていました。結論を待っていたのは、私には自分の意思を表す立場や資格がない、と考えていたからです」

「やはり、そうか。辞める、と言うとおもってたよ」

小野部長が笑った。

「止めんよ。いかにもきみらしくていい。やはりきみは、会社勤めには不向きな体質なんだな。砂押先生の言ったとおりだ」

「砂押さんには――、いや小野部長にも迷惑をおかけしました。申し訳ありませんでした」

「私は、なにも迷惑なんかかけられてないよ。余計なことかもしれないが、砂押先生の仏前には、その旨、報告しておくべきだろうな」

そう言うと、何事もなかったように、小野部長は応接室から出て行った。

マーケティング局に戻り、話があります、と言って、松崎課長を局の応接室に呼び出した。

今度の一件は、田代局長も知らない。人事部や総務部のほうから、私のことについてなんの報告もなされていないはずだからだ。だが、課長にだけは話しておくつもりだった。

「今、人事の小野部長に会って退職する旨を伝えてきました。例の一件では、私に対するお咎めはナシとのことです」

「そうか。それはよかった。でもそれなら、辞める必要はないんじゃないか」

松崎課長の慰留の言葉は、本心のようだった。

「仕方ないです。これは僕が決めたことですから」

「テコでも、決心を変える気はないという顔だな」

松崎課長が、小さな溜息《ためいき》を洩らした。

「誰にも挨拶せずに、このまま退社します。退職願は、課長宛てに郵送しますので、あとの処理、ご迷惑をかけますけど、お願いします」

私は松崎課長に、深々と頭を下げた。

自席に戻り、さりげなくデスクの上と引き出しを整理した。

退職の挨拶は誰にもする気はなかった。

入社したのも突然だったし、ある日突然姿を消して退職してしまう。そんな辞め方のほうが、いかにも私らしくていい。

しかし、隣席の菅田先輩にだけは、ひと言礼を言いたかった。先輩は、私にとても優しかったし、サラリーマン的な出世欲が皆無だった点も、私は好きだった。

整理はしても、私物などないも同然だったから、このまま姿を消しても、局内の同僚たちは、まさか私が退職したとはおもわないだろう。

トイレから戻った菅田先輩を誘って、下の喫茶店に行った。

コーヒーを頼んでから、私は先輩に言った。

「じつは内緒の話なんですけど、僕、会社を辞めることになりました」

「えっ、それはまたどうして？」

心底驚いたようで、先輩は目を白黒とさせた。

「いろいろあって、郷里に帰ることにしたんです」

松崎課長には、退職理由は、身体を悪くしたので郷里で療養することになった、ということにしてほしい、と頼んである。

本当は菅田先輩には真実を話しておきたかったが、こんな話なんて先輩は知らないほうがいい。

「先輩には大変お世話になったし、別れの挨拶だけはしておきたかったんです」

他の誰にも教えずに、このまま黙って消えます、と言って私は笑った。

「僕からの退職願が着きしだい、松崎課長は局員たちの前で話すそうです」

「そうかあ……。きみとは上手《うま》くやっていけそうな気がしたのに、残念だな。いろいろと言うやつもいたけど、僕はきみという人間がとても好きだったよ」

「ありがとうございます。僕も先輩が好きでしたよ。先輩と話をしていると、ホッとした気分になれたんです」

「そうか……。エースは早々といなくなってしまうのか……」

「エース、って、僕が、ですか？」

「そうだよ。物怖《ものお》じしなくて、仕事もできる。マーケティング局では異色の人間、ということで、きみに一目置く局員は多かったんだよ」

「買い被りですよ。世の中には、ロクデナシとワルとクズがいる、というのが僕の持論なんですけど、僕はロクデナシです」

そう言って、私は笑った。

「その三つ、どう違うんだい？」

「ワルとクズじゃなかったということで、判断してください」

ひとつ最後に甘えていいですか？　と私は先輩に言った。

「ここのコーヒー代、奢ってください」

この会社での最後の言葉を遺して、私は腰を上げた。

喫茶店を出て、十階建ての本社ビルを見上げた。

もう二度とこのビルに出入りすることはない。しかしなんの感慨も湧いてこなかった。そのまま赤坂のピンクの壁のシティホテルに向かった。

ロビー脇のティールームでコーヒーを飲んでいると、不思議な気持ちに襲われた。

さて、これからなにをしよう？　やることがなにもないのだ。無職になった実感を初めて覚えた。

ベティがアメリカから帰ってきてこの事実を知ったら、どうおもうだろう。いずれ私が会社を辞めることを知ってはいても、なんの目的もなく、クビ同然で辞めてしまったことには驚くかもしれない。

ティールームの赤電話から、堂上《どううえ》の家に電話した。

久々に聞く彼女の声は、元気そうだった。

砂押先生の仏前で報告したいことがある、と言うと、彼女は一時間後に砂押の家で待っている、と答えただけで、余計なことはなにも訊かずに電話を切った。

約束の一時間後に、砂押の自宅のインターフォンを押すと、例の絣姿《かすりすがた》で、彼女が迎えてくれた。

「お久しぶりです」

腰を折る丁寧な対応も、なにも変わっていない。

リビングでは、片隅に黒猫が寝そべっていて、まるで、砂押がまだ生きているかのように、部屋のすべては以前のままだった。

お茶を淹れてくれた堂上が、開口一番、会社を辞められたのですか？　と訊いた。

「どうして、そのことを？」

「匂いで、なんとなく分かります」

堂上が小さく笑った。

「僕の匂い、ですか……」

「ええ。とても微妙なんですけど、初めてここでお目にかかったときと、同じような匂いがしましたから」

「なるほど」

堂上の観察眼の鋭さに、私は内心、舌を巻いた。

「つまり、その報告を先生になさりに来たのですね」

私がうなずくと、仏壇は砂押の書斎に設けてある、と彼女は言った。

「ところで、余計なことかもしれませんが、この家はどうなさるんですか？」

「納骨は来年の先生の命日に予定していますので、その後に処分します。わたしも、この地を離れるつもりですので」

「離れる、って、どちらかに越されるのですか」

「はい。出家するつもりです」

堂上が静かに笑って、お茶を口に運んだ。

9

ベッドで横になったが、なかなか眠れなかった。

昨日までは、夜の零時近くになると、自然と瞼《まぶた》が閉じた。なんだかんだといったところで、会社勤めの身。翌日は出勤しなければならない。わずかだったとはいえ、この一、二年の判で押したような生活が、いつしか身に沁《し》みついていたのだろう。

あしたからは仕事のない自由の身。ふつうなら、もっと楽な気分になって当然なのに、私にはそれが逆作用しているのかもしれない。

堂上が別れしなに言った言葉が、私の頭のなかで、こだまとなって響いた。

——もう十分に生きたわ。これからは傍観者となって、世の中を見ることにする。もしなにか困ったことがあったら、いつでも相談に来て。わたしには、先生から受け継いだいろいろな知恵と人脈があるのよ。

堂上はまだ四十をいくつか出た年齢だ。それなのに、もう十分生きた、なんて言葉を迷いもなく吐ける。どうして、あれほど達観した心境になれるのだろう。

買い置きの小説を、眠れぬままに読んだ。

いつかベティは、貴方は将来小説家になりそうな気がする、と私に言った。

しかし、小説を読んでいても、自分にそんな才能が隠されているとは、私にはとてもおもえなかった。

童貞は、テコで失った。テコは私に、貴方は、放蕩《ほうとう》の人生を送る、と言った。香澄は私に、なにか夢中になる仕事を探して、と言った。和枝は私に、海のお魚の話をしてくれた。

——お魚はな、波の上を飛ぶんもおる。波の下を泳ぐんもおる。その下を泳ぐんも、そのまた下の、ずうっと、ずうっと深いところを泳ぐんもおる。最後は、海の底にへばりついて餌を食うとるんもおる。なぜか、ってな——、つまり棲《す》み分けとるんや。波の下で生きとる魚は、海の底ではよう生きられはせんのよ。人間も一緒やで。

あんたは波の下で生きる人間か？　それとも海の底にへばりついて生きていく人間か？

そして、昨日の姫子。彼女は、どんなことがあっても、自分のしたいように生きるのよ、と言った。

どの女も、間違ったことは言っていないような気がする。

小説の世界と、過去の女の言葉とが混濁して、益々目が冴《さ》えてしまった。

ウィスキーのストレートを三杯飲んだところで、眠るのを諦めた。今夜からは、眠りの時間に縛られる必要はないのだ。

着替えて、表に出た。

深夜の二時。見ず知らずの街の雀荘で、眠くなるまで麻雀を打つ。それが今の私には一番ふさわしいような気がした。

夜空を見上げたあと、くわえたばこで、私は六本木の繁華街のほうにブラリと歩きはじめた。

10

それから二週間、街なかのフリー雀荘を渡り歩いて、安いレートの麻雀を打ちつづけた。

そして麻雀を終えると、行き当たりバッタリの飲み屋で飲んでから、部屋で泥のように眠り込んだ。

しかし、しだいに心のなかに虚しさが広がりはじめた。そこには、麻雀のはじまる時間と終わる時間、飲みはじめる時間と飲むのに飽きる時間しかなかった。

これからの人生のはじまる時間が皆無なのだ。

水穂とのことがあるので、佳代ママの秘密麻雀クラブに行く気はなかったし、姫子から「了」についての報告があるまで、歌舞伎町の「小三元」には顔を出すつもりもなかった。

麻雀帰りの朝、喫茶店でスポーツ新聞を読んでいると、水穂たちの「ハニー・クィーン」

の記事が芸能欄に掲載されていた。それも、かなりのスペースが割かれている。

――今、人気上昇中のアイドル・ユニット。デビュー曲が人気ベストテンをうかがう――

実力のある芸能プロダクションだから、裏から手を回してのパブリシティ記事かもしれない。しかし見込みがなければ、芸能プロダクションだって力は入れないだろう。

ギャンブル欄を見ると、小田原競輪が初日だった。

急にうずいた。競輪に、ではない。放蕩の虫がうずいたのだ。

いつか砂押は、各地の競輪場を巡り、つまりその道の連中がいうところの、「旅打ち」をしている、と言っていた。

「旅打ち」というのは、全国各地の競輪場を気の向くままに巡り、そこで勝負をしたあと、現地で骨休めをするという、競輪ファンなら一生に一度は体験してみたい夢の放蕩行だ。

しかし今の私には、もう一千四百万ほどしかない。銀行から三百万だけを引き下ろし、それが尽きたところで終了すればいい。

そう心に決めると、急いで部屋に戻って、通帳を手に銀行に顔を出した。

出発の準備など必要なかったが、ベティと万博に行った折に購入したバッグに、身近な物を詰め込んで東京駅に向かった。

小田原に着いたのは、午前十一時すぎだった。

相乗りのタクシーや競輪場行きのバスが走っていたが、狙いのレースがあるわけでもなく、私はトボトボと小田原城跡の方向に向かう坂道を歩いた。

休日でもないお昼どきなのに、坂道には競輪ファンの一団が連なっていた。しかし誰の背中も、うら寂れていて、お世辞にもふつうとは言い難い。

和枝の語った台詞の一端をおもい浮かべ、おもわず私は苦笑してしまった。

――あんたは波の下で生きる人間か？　それとも海の底にへばりついて生きていく人間か？

平日にもかかわらず、場内は混んでいた。

私は競輪専門紙を片手に、スタンドの隅に腰を下ろした。

いい天気で、小田原城跡の樹々《きぎ》を抜けた風が頬をなでてゆく。

一日に使う金額は三十万と決めていた。それは砂押が私に教えた彼の流儀だった。

砂押が亡くなってから、私は彼の仏壇に焼香しただけで、私流の供養はなにひとつとしてしていなかった。つまり、今後の旅打ちは、その意味合いもあった。

前半のレースは、車券には手を出さず、見《ケン》を決め込んだ。

競輪を激しくやっていたのは学生時代の終わりごろと、大阪時代の和枝の麻雀荘、「赤とんぼ」に顔を出していたころだ。以来、「韋駄天《いだてん》の文治」さんの引退レースをのぞいただけで、ずいぶんと遠ざかっている。したがって、知らない選手が多く、推理のしようがなかったからだ。

五レース、六レースと、立てつづけに、選手がひとり落車した。

転んだ選手がバンク上を滑走する姿は、まるで今の私を見るかのようだった。

七レースから、車券を買った。

狙い目の窓口に万札を突っ込む私の姿を見て、周りの男たちが興味津々の顔をした。無理もない。彼らは百円、二百円、多くてもせいぜい千円単位でしか車券は買わないのだ。それなのに、二十代半ばの私が何枚もの万札で車券を購入している。目立たないわけがなかった。

外れつづけた。そして九レースの締め切り近くなって、明らかにやくざ風の男が、スタンドに座る私に近寄ってきた。

「兄ちゃん。よかったら、うちを使ってくれないかな。知ってるとおもうが、一割をバックするよ」

競輪のノミ屋だった。たぶん、カモを求めて、車券購入窓口に網を張っていたに違いない。

「遠慮しときますよ。俺は人に頼まれて買ってるんで、外れ車券も持って帰らなきゃならんのですよ」

「チェッ、そういうことかい」

男はあっさりと引き下がった。

ノミ屋は、買った証拠の外れ車券が必要だという言葉に弱い。妙な言い訳を並べると、しつこくまとわりつかれてしまうだけだ。

結局、その日は最終レースまで、一レースも的中しなかった。

競輪でオケラになったファンの流れに身を任せて、新幹線の駅のほうにトボトボと歩いた。

負け組の彼らは、金を失ったことを悔やんでいるだろう。私が悔やんでいるのは、金を失ったことではなかった。余りにも早い、砂押の死を悼んでいた。

小田原の繁華街は、新幹線乗降口の反対側の南口にある。平塚で育った私にとって、小田原は庭みたいなものだったが、不思議と夜の街には縁がなかった。

競輪はきょうが初日で、二日後の決勝戦が最終日となる。別に誰が優勝しようと、どうでもよかった。狙いの選手がいて買いに来たわけではないのだ。

私は最終日まで小田原にいるかどうか、迷っていた。

競輪場は全国に五十場ある。まだ足を踏み入れていない競輪場が沢山あるが、私の今回の旅打ちの計画は、この小田原を皮切りに、東海道沿いを下る、というものだった。

ここからだと、一番近いのが伊東温泉競輪、次が静岡競輪、それから中部地区に入って、名古屋、岐阜、大垣、四日市、一宮《いちのみや》などがある。

名古屋と岐阜の競輪場には顔を出したことはあるが、他の場は未体験だった。

ままよ、ひとりごちながら、小田原の南口に回った。とりあえず、今夜はここに一泊する。宿を探しておかなければならない。

宿といっても、駅前にあるビジネスホテル風のものは嫌だった。かつては城下町だったから、その名残のある古びた旅館風のほうがいい。

商店街の外れに、それ風の宿屋を見つけた。

素泊まりで頼むと、番頭らしき人物が迷い顔を見せた。

旅館は素泊まりに余りいい顔をしない。食事をつけないと、稼ぎが少なくなるからだ。

食事付きに変更すると、てのひらを返したように快く、歓迎してくれた。

旅打ちの楽しみは、ギャンブルを終えたあとに、夜の街を徘徊《はいかい》して、食べたり飲んだりすることにある。しかし、諦めるしかなかった。

六畳の部屋に入り、一服した。食事は、一時間後だという。

時刻は五時半。夏至に近い今は、外はまだ明るい。

姫子は店に出る前の六時ごろに、行きつけの美容室に出向く。まだ部屋にいるかもしれない。

部屋から、姫子に電話してみた。

――あら、どうしたの？　会社の結論は、もう出た？

「もう辞めたよ」

――やっぱりね。

姫子が電話口で、小さく笑った。

私はいきさつを簡単に説明した。

「それで、今、小田原にいるんだ」

――小田原？

「そう。砂押風日常、というのをやってみるのも悪くないとおもったんだ。彼への一番の供養になる」

――いいんじゃない。あしたはあしたの風が吹く。飽きたときが折り返し点ね。

それまでには、了のことについて訊いておいてあげる、と言うと、姫子は電話を切った。

食事の前に、ひと風呂浴びた。

タイル張りの浴槽で、なんとなく銭湯をおもわせる。

タクシーで二十分も走らせれば箱根だが、さすがにここまでは、温泉が引かれていない。

それがすこし不満だったが、申し分のない湯加減だった。

じっと浴槽に浸《つ》かっていると、しだいに孤独感に襲われた。

いつか、テコが教えてくれた彼女の父親の言葉が頭に浮かんだ。

――あしたやるべきことが見つけられない人だけが博打と出会う。そして、明後日の見えない人は博打に溺れ、将来の見えない人は博打で死んでゆく。

浴槽に頭ごと身体を沈めた。

材木商だったテコの父親は、博打に溺れて商売を潰し、最後は競輪の予想屋にまで身を落とした。

父親がその後どうなったのかは知らない。テコが私の前から姿を消してしまったからだ。

私は博打好きだが、博打打ちではない。そうつぶやきながら、私は何度も湯のなかに頭を突っ込んだ。

食事は、この旅館の外観からは想像もできないほど豪華で、しかもおいしかった。それもそのはずで、小田原には、駿河湾や相模湾で水揚げされた魚介類が集まってくるのだ。

今ごろ、ベティはどうしているだろう。こうしてひとりで豪勢な食事をしていると、とてもベティのことが気になった。だが、そばには和枝がいる。彼女に、すべてを正直に話しておいてよかった、とおもった。

食事のあと、ブラリと繁華街に出た。

麻雀屋というのは、どんな小さな街に行っても、必ず一軒や二軒はある。小田原というのは小さな街ではないが、ご多分に洩れず、麻雀屋の看板がいくつか掲げられていた。しかし、フリー、と謳っている店はなかった。どこも、セット麻雀のようだ。

その内の一軒に、ブラリと顔を出してみた。

麻雀牌《パイ》を白布で磨いていた店主らしき男が私をチラリと見た。

六卓ある雀荘で、その半分の三卓が動いている。

「ひとりなんですが、打てますか？」

私は男に訊いた。

店に入った瞬間、三卓動いている内の、一番奥の卓がフリー卓との見当をつけていた。

いかにも遊び人風の男が二人、あとの二人はまともな仕事をしている人間のようで、スーツにネクタイ姿だったからだ。どう見ても、会社の同僚とか、仕事上のつき合い麻雀には見えない。

「打てるけど、今夜は駄目だろうな」

私が見当をつけた雀卓のほうを見て、男が言った。

「ちなみに、レートは？」

「千点千円だよ。きみには、チョット、キツイんじゃないか」

男のそのひと言で、もうひと晩、小田原に泊まることを私は決めていた。

11

翌日の競輪は、特別観覧席——通称トッカンに入った。

席はすぐに売り切れてしまうのだが、朝食もそこそこに、呼んだタクシーで駆けつけたのだ。

ホーム側の吹きっさらしで、特別という呼称が笑えるほどの代物だが、ノミ屋に声を掛けられることもないし、買う気のないレースはただ席に座って時間潰しをしていればいいので楽だ。

それと、もうひとつ。私は今回の旅打ちに、十数冊の文庫本をバッグに入れてきた。そのすべてを読破するつもりだったから、指定席というのは格好だった。

文庫本は、松本清張、黒岩重吾、水上勉、この三人の小説。特に、今読みかけの、水上勉の『飢餓海峡』にはハマっていた。

ユーゴーの『レ・ミゼラブル』も、発端はたったひとつのパンだったが、この主人公も、やむにやまれぬ状況での出来心から、大きな事件へと引きずり込まれてゆく。特に、東北の寒村で、主人公が気のいい酌婦から受ける温かい応対の場面では、心が揺り動かされた。

人間社会では、貧しい者がいつも迫害を受け、哀《かな》しい道を歩かされてしまう。

幸いというか、社会人となってからの私は、いつも幸運に拾われて、貧しさとは無縁でここまで来た。だが幸運など、そう再々つづくものではない。

金のない身にだけはなりたくない。それは私の実感だった。その実感が私に、ポケットのなかの札束に手を触れさせた。

見《ケン》をするレースと買うレースを冷静に見極めたせいか、この日の成績は好調で、三十万と決めた軍資金は、最終レースが終わったときには、その倍の六十万余りに増えていた。つまり、昨日の負け分がそっくり返ってきた勘定だ。旅打ちの滑り出しとしては上々と言えるだろう。

競輪を終えて、昨日の麻雀屋に向かった。

店主の男には、競輪を終えたあとに顔を出す、と伝えて、五万円を預けておいた。冷やかしではない、という意思表示と、私にとってはさほどのレートでもない千点千円の麻雀をやる資格があることを教えるためだった。

五枚の万札を見た男は、私の上から下までをなめるように見たが、スタートは六時ということでメンバーを揃えておく、と約束してくれた。

宿にはもう一泊すると伝えたが、夕食は要らない、と断った。むろん夕食代込みの料金を払う。番頭格の男は戸惑いの表情を浮かべると同時に、若い私に好奇の目を向けた。

まだ六時までには間があったので、うどん屋で簡単な食事を摂《と》ったあと、麻雀屋に顔を出した。

私を見て、昨日の店主の男が、笑みを浮かべながら、預けておいた五万円を返してくれた。

チラリと見ると、奥の雀卓には、すでに三人の顔ぶれが座っていた。

店主が奥の雀卓に、私を連れて行った。

「この兄さんですよ」

皆に、私を紹介する。

「ふ〜ん。ずいぶんと若いじゃないか」

四十絡みの、去年の八月に公開されてヒットした映画、「男はつらいよ」の主人公のフーテンの寅さんに似た男が、私の全身をねめ回す。

「座んなよ。きのう、五万円も置いてったんだって?」

柔和な顔立ちの五十男が、ふしぎな物でも見るような目を私に向けた。

「ええ、まあ……。どうしても麻雀がやりたかったものですから。冷やかしだとおもわれてもいけないので」

私は低姿勢で、ピョコリと頭を下げた。

「自信がある、って顔だな」

三十そこその、このなかでは一番若い男が、私に言った。

直感で私は、この男が一番要注意だな、とおもった。

私を見る男の目は、鋭くて、狡猾《こうかつ》さも併せ持っている。ネクタイはしているが、遊び人崩れの匂いがある。

「で、ルールは教えてあるのかい？」

その男が店主に訊いた。

「まだですが、ルールはお任せで」

店主に替わって、私は男に言った。

「千点千円でだな――」

男の説明したルールは、ふだん東京でやっているのと同じだった。馬《ウマ》は、一万三万があるだけだ。

ただ、箱割れになっても続行するのだという。

「いきなり顔を出して、ナンなんですけど」

箱割れで終了ということにしてくれないか、と私は言った。

見ず知らずの雀荘で、箱割れナシのルールというのは、いくら千点千円の麻雀でも危険だった。グルになられたら、いつまでも終了せずに、負けた場合に底無し沼にはまってしまう。

「ずいぶんと場数を踏んでるようだな」

若い男が笑った。

「分かった。兄さんの言うとおりにしようや。ただでさえ初登場というハンデキャップがあるんだ」

柔和な顔の男が私の肩を持ってくれた。

「名前までは必要ないが――」

そう言って、店主が三人の顔ぶれのプロフィールだけを話してくれた。

フーテンの寅さん似は、小田原漁港の仲買人、柔和な五十男は土産物屋の店主、要注意の若い男は、パチンコ屋の息子らしい。

「で、兄さんは？」

店主が私に訊いた。

「ついこのあいだまで、東京の広告会社に勤めていたサラリーマンですが、遊びがすぎて、辞めました。だから、今は無職です」

「それで、競輪に麻雀ざんまいかい？」

いい身分だ、と言って、若い男が笑った。

「退職金をすこし貰ったんで、傷心旅行ですよ」

言いながら、たしかにそうかもしれない、と私はおもった。

店主から紹介されたプロフィールが事実なら、それほど警戒する必要はないだろう。皆が皆、正業を持っていて、地元に根づいている人間だからだ。

見ず知らずの人間と麻雀を打つときに気をつけねばならないのは、なんといっても、イカサマが第一。次がコンビ麻雀。

特に、それがやくざ者だったら始末におえない。イカサマやコンビを指摘したところで、開き直られてしまうからだ。なにしろこちらは堅気。そうなったら、逆にこっちが酷い目に遭う。

やくざ者とは麻雀を打たないことが一番だが、どうしても打たなくてはならないときには、揉《も》めたときに仲介に入ってくれるような人物が不可欠だ。

レートもさほどではないし、顔ぶれもやくざ者ではない。旅打ちの最初の麻雀では、ツイているというべきかもしれない。

オール伏せ牌《フパイ》に、サイコロは二度振り。なにも心配する点はなかった。

例によって、最初の半荘《ハンチャン》は、様子見に終始した。

相手の打牌《ダハイ》の癖、性格などを、なに食わぬ顔で、私は観察しつづけた。

その半荘《ハンチャン》、オーラスで、黙聴《ダマテン》の五千二百を出上がりして、二着に滑り込んだ。トップは、土産物屋の店主。

牌捌《ハイさば》きが達者なのは、やはり一番若いパチンコ屋の息子だ。それも、どうだ？　俺は上手いだろう？　とでも言いたげに麻雀を打つ。

土産物屋の店主も、魚市場の仲買人も、田舎町の麻雀好きに見かける典型的なタイプだった。朴訥《ぼくとつ》で、大きな手が入っているかどうか、聴牌《テンパイ》しているのかどうか、そうしたことがモロに表情となって出る。

もしこんな所で一年麻雀をしていれば、真面目に働く人たちの年収の数倍は稼げるだろう。だが、物事はそう簡単には収まらない。ずっと勝ちつづければ敬遠されて、呼ばれなくなる。麻雀で食っている雀《ジャン》ゴロは、その辺りの処し方に注意する。適当に勝ち、適当に負ける。そして終わってみれば、常に勝ち組、それも生活費以上のものを手元に残す。

しかし無職になったとはいえ、私は博打で食っていこうなどとは微塵も考えていない。テコの父親の言う、将来の見えないやつが博打で死ぬ、なんて人生には興味もない。

精算を終えた二回戦。フーテンの寅さん似の仲買人が、急に陽気になった。

——私、生まれも育ちも小田原です。姓名の儀は、杉井の英《えい》チャン、人呼んで漁港の英《ひで》と発します。

親番で二度、満貫《マンガン》を自摸《ツモ》上がりすると、鼻歌交じりにつぶやいている。

「うるせえ、ってんだよ」

パチンコ屋が苛立った声を出したその三本場、西家《シャーチャ》の私にこんな手が入った。

□□□🀅🀄🀄🀇🀇🀋🀋🀌🀎🀡

六巡回って、私の河はこんなだった。

🀏🀡🀎🀋🀙🀈

そして、私の手の内はこうだった。

□□□🀅🀄🀄🀇🀇🀇🀋🀌🀃🀃

ドラは🀔で、私の捨《ス》て牌《ハイ》からは、索子《ソウズ》をガメっているとおもわれるだろう。事実、上家《カミチャ》のパチンコ屋の息子は、しきりに私の河に警戒の目を向けている。

親のフーテンの寅さん似の漁港の英と土産物屋の主人は、私にはまったく無警戒だった。前の半荘《ハンチャン》で、たった一度だけ黙聴《ダマテン》の五千二百を上がった私を、さほど強い相手ではないとおもったのかもしれない。

漁港の英から出た[中]を見送ると、待望の[發]が重なった。打[北]。

チェッ、と舌打ちした漁港の英が、被った[中]を自摸《ツモ》切る。

「ポン」

声を発して、私は[中]を晒した。打[北]。

これで聴牌《テンパイ》。
□□□[發][發][一萬][一萬][一萬][伍萬][六萬]　[中][中][中]（ポン）
「ふ～ん。二鳴きかい」

パチンコ屋の息子が、私の河を睨む。たぶん彼は、私が索子《ソウズ》の混一《ホンイツ》に染めているとおもっているだろう。

小三元《ショウサンゲン》、混一《ホンイツ》。[四萬][七萬]でハネ満《マン》だが、私はそれで上がるつもりはなかった。

土産物屋の主人が[七萬]を切った。見送り。つづいて、親の漁港の英も、[七萬]の合わせ打ち。

パチンコ屋の息子が少考して、打[二萬]。私の自摸《ツモ》は、四枚目の[一萬]だったが、当然の如く、カンはせずに自摸《ツモ》切り。

私の河。

🀏🀡🀎🀋🀙🀈🀃🀃🀇

この捨《ス》て牌《ハイ》では、萬子《マンズ》の混一《ホンイツ》とはおもわないだろう。しかも、土産物屋の主人や漁港の英から出た🀍を私は見送っている。

しかし生牌《ションパイ》の🀅が切られることはないだろう。

下家《シモチャ》の土産物屋の主人が🀡を捨てたあと、漁港の英が手のなかから🀊を切り出した。

それをパチンコ屋の息子が、嵌《カン》🀊で食いを入れ、打🀍。

私の自摸《ツモ》🀕。たぶん当たりだろう。だが、誰からもロンの声は掛からなかった。

土産物屋の主人が、もう一枚🀡を捨てた。

「イケイケ、ドンドンだ。兄さん、こいつは駄目かい？」

漁港の英が🀅を切って、リーチをかけてきた。

「ポン」

私が声を発すると、パチンコ屋の息子が緊張の顔つきをした。

打🀇で、私の手の内はこうなった。

□□□🀇🀇🀋🀌　🀄🀄🀄（ポン）　🀅🀅🀅（ポン）

「ふ～ん、恐《こわ》いねぇ」

土産物屋の主人がつぶやきながら、山に手を伸ばした。

親の漁港の英のリーチは、明らかに断平系《タンピン》。たぶんドラの🀔も絡んでいる。親満《オヤマン》を立てつづけに自摸《ツモ》上がりしているから、カサにかかって攻めてきているのだ。

土産物屋の主人が[北]を手の内から切り出した。たぶん対子《トイツ》落としだ。私の切った[北]を見送って、安全牌《パイ》とする腹づもりだったに違いない。

裏を返せば、おっとりとした麻雀を打ってはいるが、この土産物屋の主人は、麻雀に年季が入っていることを意味する。今の場は、自分の流れになっていないと判断していたのだろう。

大三元《ダイサンゲン》の役満《ヤクマン》を聴牌《テンパイ》したとはいえ、小三元混一《ショウサンゲンホンイツ》のハネ満《マン》の上がりを、すでに二度見逃し、待ちの[四萬][七萬]は、場に四枚顔を出してしまった。だが、[四萬]も[七萬]も、親の漁港の英のリーチの現物。

漁港の英、自摸《ツモ》[八萬]。

「おっとぅ、こいつは現物だ」

おどけた口調で私の河を見、英が牌《ハイ》を卓に叩きつける。

パチンコ屋の息子が、やはり私の河を見ながら山に手を伸ばす。そして自摸《ツモ》ってきた牌《ハイ》を横に置いて少考した。

「まっ、二人でやんなよ」

そうつぶやくと、パチンコ屋の息子は手の内から、[四萬]を切り出した。

「ロン」

私の声に、パチンコ屋が信じられないという顔をした。
□□□[一萬][一萬][伍萬][六萬][中][中][中]（ポン）[發][發][發]（ポン）

そして、広げた私の手を食い入るように見る。

「やるねぇ、お兄さん」

やはり私の手を見つめる土産物屋の主人が言った。

「ハネ満《マン》を見逃すとは、いい度胸だ。ブラリと見ず知らずの雀荘に入ってくるわけだよ」

「冗談じゃねえよ」

吐き捨てるように言って、パチンコ屋の息子が、手牌《テハイ》を崩した。

前巡、パチンコ屋は、漁港の英の捨てた四萬を嵌《カン》四萬で食いを入れて、七萬を切った。たぶん、三萬三萬四萬伍萬伍萬七萬の形から鳴いたに違いない。

「おとなしそうな顔をして、おめえ、バイニンじゃねえのかい」

パチンコ屋が私を睨み、尻のポケットから財布を取り出す。

「ほら、まずご祝儀だ」

三枚の万札を、パチンコ屋が卓上に放った。

「役満《ヤクマン》のご祝儀は聞いてなかったので、いいですよ」

私はパチンコ屋に言った。

「言ってなかったのは、こっちのミスだ。いいから受け取んなよ、兄さん」

土産物屋の主人が温厚な顔でつぶやく。

「じゃ、次回から、ということで」

私の言葉に、漁港の英が笑い出し、

「気っ風がいいねえ、兄さん。生まれは、どこだい？」

と私に訊いた。

「生まれたのは遠い所ですけど、ガキのころから育ったのは、平塚です」

私は正直に答えた。

「ほう。ってことは、湘南《しょうなん》ボーイじゃねえか。やはり、湘南の風を吸って育つと、俺たちみてえに、イキになるってことだな」

漁港の英が、また高笑いした。

「おい、ジロー。久々に、面白い麻雀になりそうじゃないか。こんな達者な若い人と麻雀をやるのは、十数年ぶりだ」

土産物屋の主人が、パチンコ屋の息子に言った。どうやら彼の名は、ジローというらしい。

「兄ちゃん。名前はナンてんだい？」

ジローが私に訊いた。

「梨田です。梨田雅之」

「マサユキかい。気取った名前だが、なかなかイケてるよ。こんな挨拶をいただいたんだ。朝までつき合ってもらうよ」

久々の徹マン、いいだろ？　とジローが漁港の英と土産物屋の主人の同意を求める。

「いいよ、と言いたいところだが、俺《おり》ゃあ、三時には市場に顔を出さなきゃなんない。やっても、それまでだな」

なあ、徳さん――、と漁港の英が土産物屋の主人に言う。三人の名前が分かってきた。土産物屋は、徳さんという名前らしい。

「というわけだ。ジロー、やっても二時半までだな」

それでいいだろ？　と徳さんがジローに諭すように言う。

「わかった。じゃ、二時半までだ」

私の意向などお構いなしに、ジローが時間を勝手に決めた。

「なんだい、ジロー。大三元《ダイサンゲン》を振り込んだらしいじゃないか」

麻雀屋の店主が顔を出す。

「達者だよ。この若いの。平気な顔で、ハネ満《マン》を見送ってやがった。あれじゃ、十人中十人が振り込んじまうよ」

せめてものプライドだろう。ジローが顔を赤くして言い訳がましく言う。

一局目の精算をした。漁港の英が親満《オヤマン》を二度自摸《ツモ》上がりしていたが、私は積み場のわずかな点棒差で、なんとかトップ。しかし、実入りは、役満《ヤクマン》のご祝儀を断ったせいで、七万にも満たなかった。

大阪での麻雀や佳代ママの秘密麻雀荘と比べたら、まるで大人と子供ほども違う。

しかし私はとても満足していた。それは、麻雀をする相手のせいだった。

見ず知らずの相手と打つフリー雀荘の客層は、お世辞にも品がいいとは言い難い。金にガツガツしているし、雀品《マナー》だってひどい。だが、この面子《メンツ》は、皆それぞれに仕事を持っているせいか、麻雀がおとなしいし、きれいだ。

湘南の風か……。旅打ちの初戦に小田原を選んだのは正解だったと言えるだろう。

それから取り決めの二時半まで、麻雀はつづいた。

初《しょ》っ端《ぱな》に大三元《ダイサンゲン》の役満《ヤクマン》を上がったせいで、ドッとツキが私に流れ込んできた。なにしろ配《ハイ》牌《パイ》がいい。手の高い安いにかかわらず、いつも好形で、簡単に聴牌《テンパイ》してしまう。

しかし私は安い手のときには上がりを見送った。そんなときは、三人の打牌《ダハイ》を観察していた。

麻雀が一番達者なのは、土産物屋の主人の徳さんという男。牌《ハイ》捌きもしっかりしているし、人の手をよく見ている。だから、放銃はほとんどしない。このメンバーでいつもやっているのなら、間違いなく彼が勝ち頭だろう。

漁港の英は、俗にいう、お調子麻雀で、ツキの波に乗ると恐いタイプ。だが、その逆にツカないときは大敗するだろう。

そしてパチンコ屋の息子のジロー。彼の腕は、徳さんよりは下だが、漁港の英よりは上。お調子麻雀ではなく、慎重なタイプ。意外にも見掛けとは違って、かなり堅実だった。

最初に彼を見たときは、狡猾との印象を抱いたが、どうやらそれは、見ず知らずのよそ者にナメられてたまるか、という彼の気負いが、そんな印象を私に与えただけだったようだ。回を重ねるごとに、私はしだいにジローに好感を抱くようになっていた。

「あんた、どこで麻雀の修業をしたんだい？」

打牌《ダハイ》を重ねながら、ジローが私に訊く。

「修業なんてしてないですけど、学生時代から、新宿ではよく打ってました」

「ふ〜ん。新宿ねぇ。俺も数年前までは、ロマンスカーに乗って出掛けては、歌舞伎町でよく打ったもんだよ。あの街の麻雀で揉まれたんなら、強《つえ》えのは当たり前だよな」

オッと、英さん、そいつは当たりだ。そう言って、ジローが手牌《テハイ》を開く。

「マサ君よぅ」

ジローはいつの間にか、あんたから、マサ君へと私の呼び方を変えていた。

「昼間は競輪やってたんだって？」

「ええ、まあ……」

「で、勝ったのかい？」

「きのうときょうで、トントンでした」

「いくらぐらい賭けるんだい？」

ちょっと迷ったが、どうせ陽が昇れば別れる相手だ。私は正直に答えた。

「一日、三十万と決めてるんです」

「三十万？」

ジローが牌《ハイ》を持つ手を止めた。

「半端な額じゃないね。その年で、そんな大勝負するやつなんていないだろ？」

「人は人ですよ」

私は笑った。下家《シモチャ》の漁港の英から出た当たり牌《ハイ》を私は見送った。平和《ピンフ》・ドラ一の安い手だ。

「で、あしたも競輪かい？　決勝戦なんだろ？」

「まだ決めてないですけど、もしかしたら、名古屋辺りの競輪場にいるかもしれない」

「旅打ちをしている、ってことかい？」

黙って聞いていた徳さんが私に訊いた。

「ギャンブラーを気取ってるわけじゃないけど、まあ、そんなモンです」

私は笑いながら、徳さんに答えた。

「いいねぇ、若い、っていうのは。あした吹く風のことなんて気にしないでいられる」

たばこを吹かす徳さんは、本当にそうおもっているようで、羨しそうに目を細めた。

「競輪にも詳しいんだろ？」

ジローが私に訊いた。

「知ってる程度ですよ。まだ年季は入ってないですし」

「どうだい？　ジローと三人で、あした小田原競輪をのぞくかい？　これもなんかの縁だろう」

漁港の英が、ジローを見ながら、私に言った。英の仕事は、朝の八時ごろには終わるらしい。

「マサ君。どうだい？」

私に訊きながら、ジローが場を見回して、を切った。

「その自転車、落車ですね」

そう言って、私は手を広げた。
は、競輪とか、自転車と渾名《あだな》されている。彫られた二つの筒子《ピンズ》の形が、自転車の前輪と後輪の姿に似ているからだ。

面前清一色《メンゼンチンイーソー》の一盃口《イーペーコー》。ハネ満《マン》だった。

トップはジローだったが、直撃の上がりで私の逆転トップだった。

「チッ。ツイてやがるな」

舌打ちはしたが、ジローはさほど悔しそうではなかった。

「で、どうなんだよ？　マサ君。競輪、一緒に行くのかい？」

この回の精算をしながら、ジローが訊く。

いいですよ、と私は答えた。

別に拒む必要はない。車券を買うのは個人プレーだし、ジローや漁港の英を気にしなければいいことだ。

「おまえらの魂胆はミエミエだよ」

徳さんが笑った。

「この兄さんがツイてるから、あした買う車券に乗っかろう、ってんだろ？」

「乗っかってりゃ、落車はしそうにないだろ」

ジローがケロリとした顔で言う。

急に場が和んだ。ジローと英がかけ合い漫才のように喋りながら麻雀を打つ。

じつは、こういう雰囲気の麻雀は、私が一番苦手とするところだ。

麻雀を覚えたてのころから、私は学友たちと卓を囲むことは避けて、見ず知らずの連中とばかり麻雀をやってきた。

親しい人間と麻雀を打って、金のやり取りをするのが嫌だったこともあるが、闘争心が湧いてこないからだ。

私の麻雀には和やかさなど不要なのだ。負ければ怪我《けが》をするような、ヒリヒリ感がないと集中力が保てない。

案の定、最後の三回戦で連続してラスを引き、今夜の麻雀の収支勘定は、トントンとなって終わった。

その夜、宿に帰った私は、布団に横になって、ボンヤリと天井を見つめつづけた。

あしたの朝九時に、競輪場の正門前で会おう、とジローと英には約束したのだが、急に虚しさに襲われていた。

ひとり旅のつもりで東京を発《た》ったが、妙な成り行きで、こんなふうになってしまった。

たしかにジローも英もいいやつだ。だが、ただそれだけのことで、別に旅に出て、友人を作ろうとおもったわけではないのだ。

博打が好きな三人が気ままに話しながら競輪に興じる。そこに流れるのは無為な時間にすぎない。

ベティは今ごろ、向学心に燃えて、向こうであれこれと動き回っていることだろう。それに比べて、この私ときたら、きょう知り合ったばかりの博打好きと、あしたは競輪に行こうとしている。ベティは自分の人生を一歩前に踏み出しているが、私は一歩前どころか、二歩も三歩も後退しているではないか。

ひとりで競輪をやっているときはいい。ひとりだけの時間が流れて、いろいろと考えることができる。

薄暗い天井の板の木目がジグソーパズルのように見えた。

しだいに心は固まった。

あしたの競輪はやめにしよう。しかし私が顔を出さなければ、ジローも英も、いつまでも待ちつづけるかもしれない。

帰るとき、麻雀屋では、まだひと組が残って麻雀をしていた。雀荘のマッチを手に、部屋から電話をした。

すぐに店主らしき男の声が返ってきた。

「さっき麻雀を打っていた、梨田ですけど――」

――おや、どうしたい?

「じつは、急用ができて、あした競輪には行けなくなってしまったんです」

私は、ジローと英と交わした約束のことをかいつまんで店主に話した。

——なら、行かなきゃいいじゃないか。麻雀の勝ちは、最後に吐き出したんだろ？　勝ち逃げにはならんよ。

店主が小声で笑った。

「そういうことじゃないんです。もし僕が行かなかったら、二人はいつまでも待っているかもしれない。宿屋に二万円置いておきますから、それをジローさんと英さんに渡してください。車券購入の足しにでもしてくれ、と言って」

——律儀だな。そんな必要はないよ。

「でも、二人は、僕がツイているとおもったんですよ。この金はツキ金だと二人には伝えてください」

私は宿屋の名前を言って、店主に頼んだ。

——兄さん、気が良いんだな。でも、気の良さというのは、ギャンブルには一番不要なモンだよ。

分かった、あしたは俺が競輪場に行って今の言葉をそっくり二人に伝えるよ、と言うと店主は電話を切った。

12

小田原を発ったあと、岐阜と名古屋を回り、大阪は素通りして、岡山県の玉野競輪場に顔を出した。

大阪に立ち寄らなかったのは、相場の勝負の決着をつけた折に、大阪府警の島田刑事と、当分の間は大阪に足を踏み入れないとの約束をしていたからだ。

玉野競輪場で二日すごした私の胸のなかには、初夏だというのに、木枯らしのような風が吹いていた。

競輪をしていても、なにも楽しくはなく、ただ苦痛を覚えるだけだった。

理由は分かっていた。仕事を持たずにただ博打をしているということが、許せなくなっていたからだ。

いつか砂押が、なにもせずに生きるのには強い信念と哲学が要る、と笑いながら語っていたことがある。

戦争から帰還した砂押は、なにも仕事をせずに全国を放浪していた。政商だった父親の遺した汚い金を使い果たすのは自分の役目だと言ったが、たぶんそうすることが、死んだ戦友たちへの禊《みそぎ》となる、と考えたのだろう。

旅打ち……。なんと馬鹿げた遊びだろう。それは、あしたや明後日、そして将来の見えない輩《やから》が考えついた夢想にすぎない。

懐には、このために用意した三百万の軍資金の半分ほどがまだ残っていた。この玉野のあとは、広島まで足を延ばすつもりだったが、私にはもうその気力が残っていなかった。

競輪が終わったあと、競輪場近くの飲み屋で、へべれけになるまで酒を飲み、それから海のほうに向かった。

この玉野競輪場は、瀬戸内《せとうち》の海風が吹きつけることで知られている。

夜の瀬戸内の海は静かだった。まるで湖面のように、波ひとつない。

私の母方の郷里は、広島に程近い、瀬戸内の海に面した村で、幼いころ、母に連れられて何度か顔を出したことがある。

子供の私にとって、干潮時の海岸は別天地の遊び場だった。だが満ち潮になると、恐ろしいほどの速さで、海水が押し寄せてくる。

たぶん今の私は、干潮時なのだ。海の底が剥き出しになり、そのために喘《あえ》いでいる、取り残された小魚のような存在におもえた。

あんたは波の下で生きる人間か？　それとも海の底にへばりついて生きていく人間か？

和枝の言葉がおもい出された。

宿に帰った私は、東京の姫子の店に電話した。

――どう？　旅打ちは楽しい？

「いや、まったくその逆でね。もう切り上げるよ」

——それでこそマー君よ。

姫子が電話口で笑った。声には、私のことなんて、すべてお見通しよ、とでも言いたげな響きがあった。

電話があってよかった、と姫子がつぶやく。

——先日、例の了という男を連れてきた客が顔を出したのよ。それで、いろいろと訊いてみたわ。

細かいことは東京に戻ってから話す、と姫子が言った。

「分かった。今、岡山なんだけど、あしたの午後の新幹線に乗るよ。もし行けるようだったら、夜、お店をのぞく」

待ってるわ、とひと言残して、姫子は電話を切った。

13

翌日の新幹線で、私は東京に戻った。

部屋の郵便受けを見ると、外国郵便が入っていた。ベティからだった。

コーヒーを淹れてから、封を切った。

梨田クンへ。

何度か電話したのだけど、一度も繋がらなかったわ。会社に電話しようとおもったけど、気が引けてやめたのよ。というわけで、手紙。

こちらのようす、手紙では限界があるので詳しくは戻ったときに話すわ。ひと言で言うと、とても素敵な所よ。それに、坂本さんも、有馬さんも、とてもよくしてくれている。住む家の目星もついたわ。

でも、帰ってからのことを考えると、すこし憂うつ。母にはなにも話してないし、ひと悶《もん》着《ちゃく》は必至だものね。

まだはっきりとは決めてないけど、たぶんこの手紙を梨田クンが読んだあと、一週間前後で日本へ戻れるとおもう。帰ったら、電話するね。

ベティ

追伸。お腹《なか》の子は、とても元気よ。

私は何度となく、ベティの手紙を読み返した。短い文面なのは、きっと私に余計な心配をさせたくないからなのだろう。そうおもうと、私の胸は、痛むと同時に、ベティへの想いが強まった。

手紙の消印を見ると、数日前の日付だった。

広島に寄ったあとは、九州にまで足を延ばすつもりだったのだが、もしそんなことをしていたら、ベティが帰ったときに、私は東京にいなかったことになる。

玉野の夜に瀬戸内の潮風に当たって帰京を考えたのは、もしかしたら、ベティからの帰りなさい、とのメッセージだったのかもしれない。

ベティは、私が会社を辞めたことについてはなにも言わないだろう。しかし、次になにをしようとしているのか、その展望を持たないことを私は恥じた。

旅の汚れを落とすかのように、シャワーを浴びたあと、私は新宿の姫子の店に向かった。

夜の十一時。歌舞伎町は、ほっつき歩いた地方の街とは比べ物にならないほどの眩《まばゆ》いネオンに包まれていた。

そのネオンの明かりはまるで、おまえはあしたや明後日の見えない連中と一緒なのか、と私に問いかけているかのようだった。

今夜顔を出せるようだったら行く、とのあやふやな約束だったにもかかわらず、姫子は店の奥の席をひとつ空けて待ってくれていた。

すぐに姫子が他の席から移ってきた。今夜の姫子は、いつにも増してあでやかな和服姿だった。

「どうしたのよ。そのシケた顔。フーテン旅行がよほど性に合わなかったようね」

姫子がおかしそうに笑った。

「自分でも驚いている。俺がこんな勤勉な性格だったとはおもわなかった」

私もつられて笑った。

「ふつうの人は、遊び人や自由気ままに生きている人間を羨むけど、一度、経験してみたらいいわ。仕事もしないで生きるというのは、それはそれで、大変な苦痛を伴うものなのよ。刑務所での一番のお仕置きがなんなのか、知ってる？」

メンソールのたばこに火を点けて、姫子が訊いた。

「知らない。入ったことがないから」

水割りグラスを傾けながら、私は笑った。

「死んだ亭主の話によると、なにもさせないことなんですって」

「なにもさせない？　懲役というのは、懲らしめるために作業をさせることだろ？　もっと辛い作業をさせるんじゃないのかい？」

刑務所のなかで暴れたり違反行為をすると、懲罰を科せられるという話は聞いたことがある。姫子の話によると、その懲罰というのは、独房に閉じ込めて、なにも作業を与えないことなのだという。むろん、本を読むことなど許されない。

「ロクデナシだって、なにもすることがないのは辛いのよ」

「それは、俺のことを言ってるのかい？」

おもわず私は苦笑した。

「かもね」

笑った姫子がそれはそうと例の了という人物だけど——、と口調を改めた。

「本名は、やはり、一丸光一というらしいわ。仕事を離れての遊び場では、蒼井と名乗ったりしてるらしいの。了というのは、麻雀をするときだけの呼称ですって。ずいぶんとトボけた話だけど、株式相場を張るときは、人が変わったように真剣になるそうよ。現在の年齢は、四十五歳。十五年ほど、野本証券に勤めて、四、五年前に独立してから小さな事務所を構えたらしいわ」

野本証券というのは、株の世界では「ガリバー」と揶揄《やゆ》されるほどの、日本では一頭抜きんでた存在として知られている。だが、社員に厳しいノルマを課す、猛烈企業との悪評も併せ持つ。

そんな証券会社に十五年も勤務したというなら、了という人間は、よほど根性が据わっているのだろう。

「信用できる人間だと言ってたかい？」

「それが、笑っちゃうのよ」

メンソールたばこの灰を払いながら、姫子が笑った。

「信用できる人間なのか？　とわたしも同じ質問をしたのよ」

姫子が言った。

「そうしたら、そのお客さん、笑って言ったわ。株の世界に信用できる人間なんていない。信用してるのは、お金だけですって。つまり、了という男が、株で儲《もう》けさせてくれるあいだは信用する。損をさせたら、信用しないそうよ。つまり、彼の人間性なんて、どうでもいいことなんだって」

「ふ〜ん」

大阪時代の相場の経験から、その客の言うことがなんとなく分かった。株にしろ、商品にしろ、相場と名のつく金の勝負の世界には、世間的にいう、信用という言葉は、あってないようなものなのだ。

「でも、そのお客さん、今も了とのつき合いがあるということは、株で儲けさせてもらっているということなんだろうな」

「らしいわ」

姫子がブランデーをグラスに注いだ。

「ママも、株をやりたいのかい？　とそのお客さんに訊かれたわ。興味がない、と答えたけど……」

それでマー君――、姫子が私に、言った。

「了に会って、株の仕事に関わるつもりなの？」

「分からない。会ってからの話だな」

水割りを飲みながら、私は訊いた。

「了との取引の内容のことは、そのお客さん、どう言ってた？」

「詳しいことは教えてくれなかったけど、了が勧める株を、指定された口座で買いつけるらしいわ」

「ふ～ん」

もしそれが本当なら、かなり危なっかしい取引だな、と私はおもった。

人間は信用していないのに、その信用していない人間に金を預けるなんて、どう考えても矛盾している。

「ねぇ、マー君……」

ブランデーグラスを揺すりながら、姫子が言った。

「マー君がなにをしようと構わないけど、株なんて、しょせん、お金を儲けた損したというだけの話でしょ？　そんなことになにか意味があるの？」

「ハッキリ言って、なんの意味もないよ。大阪で、相場の勝負をしたから、そんなことは分かっている。でも、会社を辞めてしまった今、とりたててなにかやりたいことがあるわけでもないしね。俺は、今のこの世の中がどうなっているのか、それを知りたいんだ。それに、いざなにかの仕事をやろうとしても、先立つものは金だろ？　金さえあれば、人に頭を下げる必要もないし……」

「そう。分かったわ。マー君の好きなようにしたらいい。わたしにできることは、見守ってあげることしかないようだし」

姫子が微笑んだ。いつもそうだ。これまでに、ただの一度だって、私がやりたいことに姫子が反対したことなどない。この微笑がいつまでも私を後押ししてくれる。

今夜は泊まってゆく？　という姫子の誘いを断って、午前零時すぎに店を出た。

来るときに見た歌舞伎町のネオンの渦が私の身体に奇妙な闘争心を呼び起こしていた。それは、大阪時代に相場の勝負を張っていたとき以来、久しく忘れていたものだ。

あしたや明後日にやるべきことが見えない人間とは違う……。私は胸のなかでつぶやいた。

翌日の昼前に、了に電話をしてみた。

名刺の了の事務所は、茅場町《かやばちょう》になっている。茅場町といえば、証券会社の集まる街として知られている。

電話に出た女性が、代表は不在だと言った。

名刺には、一丸光一と書かれているだけで、肩書は記されていなかった。

会長でも社長でもない。代表か……。世の中にはいろいろな肩書があるものだ。

私は自分の名前を告げ、また電話する、と言って受話器を置いた。

そのときふと、「遊潮社」の小泉社長の顔が浮かんだ。

生前の砂押は、もし私が会社を辞めたときには力になってやってくれ、と彼に言ってくれていた。

小泉はいろいろな事業を手広くやっていて、各界に顔が広いらしい。

大阪にいたとき、株の本も買い込んで、ひと通りの勉強はしていた。しかしそれは、あくまでも本による知識であって、現実の今の株の世界がどうなっているのかとは、別の話だ。

小泉なら、いろいろとレクチャーしてくれるのではないか。

私は引き出しから、小泉の名刺を取り出して、会社に電話してみた。

すこし待たされたあと、聞き覚えのある小泉の声が耳に響いた。

「お久しぶりです。梨田です」

——おう、きみか。どうだ、元気にしているかね？

「はい。なんとか。じつは、有馬さん、ロスアンゼルスに行きました」

――知ってるよ。日本を離れる前に、わしの所に挨拶に来たからな。彼女から、便りはあるかね？

「いえ、まだ。でも近日中に、有馬さんと一緒に向こうに行った人間が帰ってきますので、話は聞けるとおもいます。じつは――」

自分も会社を辞めてしまったのだ、と私は言った。

――もうかい。

小泉が電話口で笑った。

「それで、もし社長にお時間があれば、うかがいたいのですが……」

――これからか？

「はい。駄目なら、日を改めます」

――いいだろう。じゃ、三時に来てくれ。なにしろ、先生から、きみのことを頼むと言われてたんで、断るわけにはいかん。

笑い声を残して、電話は切れた。

約束の三時に「遊潮社」を訪ね、勝手知った顔で、社長室のドアをノックした。

いいよ、という小泉の声で、私は部屋のなかに入った。

「たしか、三年は会社で辛抱する、と言ってなかったかね」

小泉が笑いながら、私にソファを勧めた。

「自主的に辞めたというより、辞めざるを得ない状況になったものですから」

「それでも踏んばるのを、辛抱というんだよ。しかし辞めたのなら、今更、なにを言っても無駄だな」

小泉がテーブルの上の箱から葉巻を一本抜き出した。カッターで端を切り、マッチの火を擦る。

室内に葉巻特有の香りが漂った。

「で、きょうは、なんの話だね。会社を辞めたいきさつなら、話さなくてもいい。わしは過去のことを振り返らない主義でね。これからの話なら、聞くよ」

「ありがとうございます」

私は小泉に頭を下げてから、言った。

「じつは、以前、砂押先生に連れてこられたとき、もし私が会社を辞めてなにかをしようとするなら、いの一番に小泉社長に相談するように、と言われたことをおもい出したんです」

「そんなことを言っとったな、先生は。それで、なにをやろう、というのかね？」

訊く小泉の顔は愉しそうだった。

「株です」

「株？　株を買おう、というのかね？」

小泉が小さく首を振った。そんな相談事で来たのか、とでも言いたげなほど、落胆した顔だった。

「そんな話なら、聞いたってしょうがない。もっと実のある相談かとおもったよ」

小泉が腰を上げようとした。

「ちょっと待ってください。株を買う相談ではないんです」

私はすこし狼狽《ろうばい》した。

「じゃ、なんだね？」

葉巻をくゆらせながら、値踏みするような目で、小泉が私を見た。

「砂押先生は、今の日本を知るには、広告会社が役立つ、と言ってTエージェンシーを紹介してくれました。ですが、その期待を裏切って、早々と辞めてしまった。株といっても、自分が買うということではなく、株の世界をのぞいて、今の日本の姿を知ろう、というのが目的なんです」

「つまり、今度は、株屋で働きたいということかね？」

「いいえ、違います。もう、人に使われて働くことはしたくありません。じつは――」

私は、了のことを正直に打ち明けた。

「彼は、私を見て、会社を辞めたら、連絡してこい、と言いました。私には、彼と同じ人種の匂いがある、と言うんです」

「同じ人種ねぇ……」

小泉は、すこし興味を抱いたようだった。

株に手を出す人間には二通りの人種がいる、と小泉が言った。

「株を単なる金儲けの手段とみなして、売った買ったを繰り返す人間。もうひとつは、なんらかの目的で株に手を出す人間。その二つだ。前者の人間には、株の終わりはない。死ぬまで株にまみれるんだ。そして大概の者は失敗して死ぬ。まあ、博打打ちみたいなもんだろう。巷では、相場師、なんて言葉を使って崇《あが》めるやつもいるようだが、そんなのは幻想にすぎんよ。相場師といわれた人間で成功したやつはおらん。大体が、大火傷をして、失意のままこの世とおサラバしてる」

小泉が葉巻の灰を払った。

「もうひとつのタイプには、株の終わりはある。なぜなら、目的があるからだ。目的が成就されれば、もう株なんてやる必要はないからな。代表的な人物は、きみが働いてた広告会社の親会社である、電鉄の創業者の故六島《むとう》昇一。そして六島の永遠のライバルといわれた、やはり電鉄会社のSグループを創業した桜井健二郎だ。彼らの目的は、株の売買による目先の金儲けじゃない。将来を見据えての、他企業の株の取得だ」

分かるかね？　と小泉が私に訊いた。

「ええ」

私はうなずいた。

六島と桜井の話は余りに有名だ。彼らは有望企業の株を支配することによって、巨大なグループを築いていった。

Tエージェンシーにいるとき、私は資料室に足を運んで、グループの社史にも目を通していたから、大体のことは知っている。

「そして、その二通りのタイプの人間の周辺には、それに関わることによって利益を得ようという人間も蠢《うごめ》いている。きみが今言った、了という人物は、たぶん前者か、その前者の周囲に巣くって金稼ぎをしている人間だろう。まあ、掃きだめのような世界で蠢く人間を見るのも、人生経験のひとつにはなるだろうから、もしきみが了とかいう人物と交遊を持ってみようというのなら、止めはせんよ」

しかし、な――、と言って、小泉が私に鋭い目を注いだ。

「株の切った張ったの世界をのぞくと、価値観も人生観も、ガラリと変わってしまうぞ。それだけは覚悟しておいたほうがいい。それともうひとつ――。正直言って、わしはその世界の人種は好かんし、興味もない。だから、わしの所に訪ねてくるのは構わんが、二度とその話はしないでくれ。もしきみが、それとは違うことで相談があるのなら、いつでも相談に乗る」

話は終わりだ、とでもいうように、小泉が腰を上げた。

今度は私は引き止めなかった。

というより、酷い屈辱感を味わっていた。

まるで、おまえはその程度の人間だったのか、と小泉に言われているような気がした。

小泉に会ってからというもの、あれほど了に関心を抱いていたのに、連絡を入れてみる気持ちが急激に萎えてしまった。

砂押は小泉のことを、いろいろな事業をしている人物だ、と紹介してくれた。たしかに彼は、泰然自若としたところがあって、とても魅力的な人物だ。

事業というのは、ある意味でギャンブルだ、という人もいる。しかし小泉にかぎって言えば、どうやら微塵もそんなふうには考えていないようだった。なにより、ギャンブル的な匂いをとても嫌っているように感じられた。

学生時代、社会人になってからのこの二年余を通して、私は常にギャンブルという環境のなかにいた。私が小泉を前にして屈辱感を抱いたり、萎縮してしまったのは、そのコンプレックスからきていたに違いなかった。

机の引き出しから預金通帳を取り出して、じっと見つめた。残高は一千百万。

同世代はおろか、長年サラリーマン生活をつづけた人でも、こんなに預金のある人間はいないだろう。

しかし私は、この金額なんて、あっという間になくなってしまうに違いないとおもった。

今の私には仕事はないし、あしたや明後日の見えない人間ではない、と自分に言い聞かせたにもかかわらず、私は自分のあしたや明後日を見定められてもいないのだ。

了に電話は入れなかったが、了が身を置く、株の切った張ったの世界にまで興味を失ったわけではなかった。

本屋に寄り、株の世界の話の載った本や雑誌を買い込んで、一週間ほど、部屋にこもって読みふけった。

時々ふと、電話に目がゆくが、ベティはおろか、誰からの電話も掛かってくることはなかった。

株雑誌に掲載されていた歩合外務員の告白を読み終えて、布団の上に寝転がった。

歩合外務員とは、証券会社に籍は置いても正規の社員ではなく、売買を扱った手数料のなかから、歩合で報酬を得る証券外務員のことをいう。その多くは、証券会社に勤務してから転身していた。腕のいい歩合外務員は、数千万からの年収を稼ぐらしい。

もしかしたら、了は、この歩合外務員を経験しているか、今も、その立場ではないのか。

そうおもうと、薄れていた彼への興味がまたぶり返してきた。

時刻は三時をちょっと回ったばかり。株式市場の後場は三時で終了する。

電話に手を伸ばしたとき、ベルが鳴った。

――もし、もし、梨田クン？　わたしよ。

わずか一カ月とすこしなのに、とても懐かしく聞こえるベティの声だった。

――会社におもい切って電話したら、辞めた、と言われて、ビックリしたわ。

「じつは、そうなんだ」

この電話、日本からなんだろ？　と私は胸の高鳴りを抑えて、訊いた。

自由が丘の自分の部屋から電話している、とベティは言った。

「いつ、帰ってきたんだい」

――ほんの三十分ほど前よ。アメリカ、って、やっぱり遠いわ。もう、クタクタ。それに追い討ちをかけるような手紙も置かれていたし。

「手紙？」

――そう、母親のよ。

ベティとの連絡が取れないことに業を煮やした母親が会社に連絡をして、すでにベティが四月末で退職したことを知ったらしい。

――大家さんに事情を話して、部屋に上がったみたい。わたし、って用意周到だから、そんなこともあるだろうと予想して、お部屋のテーブルに、母親宛ての手紙を置いていったのよ。心身をリフレッシュするために、一カ月ほどアメリカに行くけど、心配しないでね、って。もし大騒ぎして、警察にでも駆け込まれたらマズイじゃない。

ベティがアッケラカンと笑った。

久しぶりに耳にするベティの快活な笑いだったが、私はくるべきものがきたな、と覚悟をした。

母親に会えば、ベティは留学のことを話すだろうし、今妊娠中の身であることだって隠し通せるものではない。

「それで、身体のほうは、大丈夫なのかい？」

――なんの心配もないわ。それで、早速だけど、今夜、夕食を一緒に食べない？　積もる話もあるし、梨田クンだって、わたしに話したいことがあるでしょ？

「話がなくたって、会うよ。日本食に飢えてるんだろ？」と言いたいところだけど、生物《なまもの》はまだ駄目だろ？

——もう平気よ。

じゃ、あそこね？　ベティが西麻布の例の寿司屋の名前を言った。

七時ということにして、電話を切った。

ベティからの電話で、了に電話する気持ちが失せ、彼の名刺を名刺入れに戻した。

約束の時間よりも二十分も早く寿司屋に顔を出した。

夕食時だからだろう。カウンターは半分ほど埋まっていた。

「久しぶりだね」

私に笑みを向ける親爺は、私の服装を見て、訝しげな顔をした。

今夜の私は、薄いジャケットにノーネクタイという姿だった。無理もない。砂押に初めてここに連れてきてもらったとき以外の私は、いつもスーツにネクタイという勤め人のいでたちだったのだ。

会社を辞めたことを言うかどうか迷ったが、私は黙っていた。

キープしていたバランタインは、一杯注ぐと空になった。

新しいバランタインを出してもらったとき、親爺が入口のほうを見て、私に顎をしゃくった。ベティが入ってくるところだった。

その姿を見て、私は目を瞬《しばたた》かせた。これまでに見たことのない、ジーンズ姿だったからだ。

「お久しぶりです」

ベティが親爺に笑みを送り、私の隣に腰を下ろした。

「梨田クン。ちょっと見ないあいだに、ずいぶんと遊び人風になったわね。ひとりだけ浮いてる感じよ」

「こっちの姿のほうが似合ってる、とでも言いたげだけど、そっちのほうこそ、どうしたんだい？　ジーンズなんて、持ってたっけ？」

「どう？　西海岸風でしょ？　向こうにいるときは、ジーンズの短パンにTシャツというファッションだったんだから」

ベティが笑って、まずはビールを頂戴《ちょうだい》、と親爺に言う。

「元気な顔で帰ってきたんで安心したよ」

私はバランタインの水割りグラスをベティのビールグラスにぶつけて、乾盃した。

話したいこと、訊きたいことは沢山あったが、話のキッカケに詰まってしまった。これまでのベティとのつき合いで、こんなふうになったことはない。会話はごく自然に、どちらからともなくはじまったものだ。

「どうして、会社を辞めたの？」

ツマミのこはだをひと口頬張り、ベティが訊いた。

「そうだよな。まずは、俺の事情から話したほうがいいよな」

私もこはだをひと切れつまんで、言った。

「万博で神戸に行ったとき、有村部長の仕事のアルバイトに手を出していることは話したよな」

「ヤッパリね。それが会社で問題になったのね」

なにも説明しないのに、すべてはお見通しだとでもいうように、ベティがうなずいた。

「わたし、辞めた松尾専務の話を梨田クンにしてあげたでしょ？ あれは、広告会社なんていい加減だから、誘惑がいっぱいあるということを教えたかったからよ。それに、有村部長のよくない評判も教えてあげた。たぶん、有村部長も会社を辞めたんでしょ？」

「なんでも分かってるんだな」

私は苦い物でも飲むように、バランタインを喉に流し込んだ。

「それで、これからどうするの？」

ベティは、詳しい話は聞きたくないようだった。しかし、特に怒っているふうはない。

「なにかの目的があるから、会社を辞めたんじゃない。まったくの白紙だよ」

私は了のことを話すのを、なぜか躊躇《ためら》った。

「まあ、梨田クンのことだから、必ずなにかをするんでしょうから、別に心配はしないわ」

この話はやめにしましょ、とベティはアッサリと言った。

「そうだな。ジックリと考えるよ」

ロスアンゼルスでの話を早く聞きたかったが、私は訊いた。

「それで、お母さんには、いつ会うつもりなんだい？」

「もう、会ったわよ。というより、梨田クンとの電話のあと、電話したら、飛んできたわ」

母親は今、自由が丘の部屋にいる、とベティが言った。

「留学のこととかは、話したのかい？」

知りたいのは、妊娠を打ち明けたのかどうかということだったが、それを誤魔化すように私はベティに訊いた。

「まだ、なにも話してない。今夜は、わたしの部屋に泊まるそうだから、そのときに話すわ。義父《ちち》や義兄姉《あにあね》たちはどうでもいいけど、お母さんにだけは打ち明けないとね」

ベティが親爺に、アワビと中トロも切って頂戴と頼む。

「でも、打ち明けるのは留学の件だけよ。このことについては教えない」

キッパリとした口調で言って、ベティがお腹にそっと手をやる。

「だから、梨田クン、そんなに不安そうな顔をすることなんてないわ。お母さんと会って、なんて言わないから」

私はベティの口振りに、すこしムッとした。まるで私が、母親と会うのを嫌がっているとでも言いたげだったからだ。

「別に逃げてるわけじゃないぜ。お母さんには、いつだって会うよ」

「そんなことおもってないわ。わたしが会ってほしくないだけ。今は揉め事を起こしたくないの。もし揉めれば、留学のことだって、危なくなるもの。それに……」

「それに、なんだい？」

「もしそんなことになったら、結婚しろ、なんて言われかねないわ。わたし、今はそんなつもりは、まったくないし」

ベティが残りのビールを飲み干し、わたしもウィスキーにする、と言った。

「疲れてるんだろ？ それに、お母さんも待っている」

「だから酔いたいの。お母さんに話すには、すこしお酒の力を借りないとね」

ベティが笑った。

「すべて、自分のペースだな」

「そうよ。これからは、なんでも自分で決める。そう決めたの」

「俺が頼りないからかい？」

「それもある」

笑ったベティが、うそよ、と言った。

「初めて梨田クンに会ったとき、梨田クン、とても自信満々な顔をしていた。ふてぶてしいくらいに、ね。それが今は、まるで牙を抜かれたように弱々しげに見える。たぶんそれは、わたしとのことが原因よ。そんな梨田クンは、見たくないの。だから、わたしのことは気にしないで、自分のおもうとおりに、生きてほしいのよ。わたしみたいに、ね」

私は親爺から新しいグラスを受け取って、バランタインを注ぐと、ベティの前に置いてやった。

「わずか、一カ月とすこしだったのに、ずいぶんとたくましくなったみたいだ」

「そうよ。アメリカは広いわ。こぢんまりとした一生なんて、つまらない。そうおもった」

ベティがバランタインを口に含み、おもい出すような目を宙に泳がせた。

十時までには部屋に帰りたい、とベティが言った。出てくるのにも、ひと苦労だったらしい。

「帰国して早々、母親の自分に説明するより、もっと大切な用事があるの、って、目を三角にされたわ」

「男か、って訊かれたんだろう？」

ベティは答えなかった。そして顔を、私に近づけ、小声で言った。

「抱きたいんでしょうけど、そういうわけで、今夜は駄目よ。今月末まではこっちにいるから、また今度ね」

私もベティに倣って答えなかった。じつを言うと、そんな気持ちはまったく持っていなかった。

私の胸に、さっきベティが言った、私が牙を抜かれたように弱々しげに見える、という言葉が鋭いナイフのように突き刺さっていた。

今は八時前。しだいに店が混みはじめている。

「向こうでの話を聞きたいから、場所を移そう。表参道のバー、あそこでどうだい？」

「それなら、さっさと腹ごしらえしなくちゃ」

ベティが親爺に、握りを何点か注文した。

疲れている、と言ったのに、ベティの食欲は旺盛だった。

私は、といえば、まったく食欲がなかった。まだ、ベティの言葉が胸のなかでうずいていた。けっこう打たれ弱いんだな、俺は……。胸に突き刺さったナイフに語りかけながら、私は黙々とバランタインを飲みつづけた。

ベティが食べ終わったのを見て、腰を上げた。

タクシーで数分。表参道のバーは空《す》いていた。

例によってベティは、ブルーのカクテル、私はソルティードッグを頼んだ。とても酔いたい気分だった。

「で、どうだい？　手紙では、とても良い所だと書いてあったけど、これから四年間、やっていけそうかい？」

「大丈夫。石にかじりついても、やり遂げるから。でも、心配なのは、わたしよりも、坂本社長のほうよ」

「どうしてだい？」

「こんな不吉なことを言うのはナンだけど、わたし、彼の新しい仕事、失敗するような気がする」

デューク山畑が仲介して購入したという、リトル・トーキョーのなかにある雑貨屋は、お世辞にもきれいな店ではなかったらしい。滞在中、店内の整理の手助けに追われたという。

「事務所にするという二階だって、とてもではないけど、事務所にはできない感じよ」

「事務所なんて大した問題じゃないだろう。だって、通信販売をメインにするという話じゃないか」

「それはそうなんだけど……」

ベティが口ごもった。

あのデューク山畑という男《ひと》――、ベティが言った。

「あまり信用できないんじゃないか、とおもう」

「どうしてだい？」

私は坂本の会社で会ったときの彼の顔をおもい浮かべた。

英語かぶれしたような妙な日本語。自信ありげな物腰。しかし三十代半ばという年齢にしては、どことなく軽い人物との印象も受けた。だが、アルサロまで経営して人を見る目のある坂本が、簡単に、彼の口車に乗せられたともおもえない。

「坂本社長、ある日、彼と大喧嘩《おおげんか》してたわ。話が違う、って。なんでも彼は、買い取った雑貨屋には、日本から輸入した未販売の品物が倉庫に沢山ある、と説明してたらしいの。美術品とか骨董品《こっとうひん》とかの、ね。でも、現実には、その類の物はなにもなかったらしいわ。だから販売するための商品を一から仕入れなければならないらしいの。それともうひとつ――、彼は、通信販売するための顧客リストも揃えると言ってたらしいけど、それもないらしいのよ」

「ふ〜ん」

顧客リストがないのなら、通信販売をしようにも、できるわけがない。

「カリフォルニア州には、日系人が三十万人以上もいて、九州や中国地方、近畿圏の県人会だって組織されているから、それらのリストも手に入る、ってね」

「それもなかったわけかい？」

「どうやら、そうらしいの。デュークという男に、いくら仲介料を払ったのか知らないけど、彼の目的は、坂本社長の今度のビジネスに協力することではなく、単に仲介料を稼ぐためだったんじゃないかしら。わたしがおもうに、坂本社長、焦りすぎたんじゃない？」

ベティがナッツを口に放り込み、カリリと嚙んでからカクテルを飲んだ。

アルサロなんて水商売には飽き飽きした。旅行業なんてのは大資本がやってこそ旨味《うまみ》のある商売で、小資本でやったって儲かりゃしない――。坂本は、そう私に言っていた。

「じゃ、坂本、意気消沈してたろう？」

「内心はそうだったとおもう。でも平静を装ってたわ。感心したのは、有馬さんよ。彼女、ゼロからスタートしたほうが面白いじゃない、と言って、逆に坂本社長を元気づけてたわ。それに、わたしにもとても気を遣ってくれて、部屋探しの協力も喜んでしてくれた。あの女性《ひと》、きれいなばかりじゃなくて、とても芯が強くて賢いわ。わたし、自分の仕事を立ち上げたときには、迎えたいぐらいよ」

ベティの口調は、うそを言っているようには聞こえなかった。

私はすこし狼狽した。和枝と男と女の関係だったことをベティは知らない。もし和枝とベティが一緒に仕事をすることにでもなったら、とても複雑なことになってしまう。

「ビジネスは坂本がやることだから、あいつに任せておけばいい。俺が聞いたって、なにができるというわけじゃないし」

話題を変えるように、私は言った。

「俺が気になるのは、ベティの住む所だよ。向こうは治安が悪い、っていうじゃないか。良い目星はついたのかい？」

「決めたわ。デポジットも払った。今度、向こうに行ったら本契約して、すぐに住むつもりよ。有馬さんと一緒に、ね」

「彼女と？」

「そうよ。わたしも心強いし、なんといっても、この十月には、ママになるんだもの」

ママという言葉に、私はドキリとした。ベティが子供を産むということが現実となって迫ってきているのだ。ベティがママになるということは、私も一児の父親になることを意味する。

ソルティードッグを飲み干して、バーテンにお替わりを頼んだ。

「で、どんな所なんだい？」

ママという言葉が聞こえなかった顔をして、私は訊いた。

「リトル・トーキョーから、車で二十分ほどの一軒家よ。小さいけど、庭には芝生もあって、環境はとてもいいわ。梨田クンに貰ったお金、使わしてもらうけど、構わない?」

「当たり前だよ。俺は、なにもできないんだぜ」

庭に芝生のある一軒家。そこで赤ん坊を抱くベティの姿を想像してみたが、どこか夢のようで、現実味には程遠かった。

「で、坂本は、いつこっちに帰ってくるんだい?」

「現地で、スタッフの募集もすると言ってたので、二、三カ月後じゃないかしら。でも、本当にゼロからの出発になるみたいだから、当分は行ったり来たりの生活がつづくんだとおもう」

それから三十分ほど、ベティが向こうで見聞きした話を聞かせてくれた。

――こっちにいると、向こうで生活している日本人は皆、リッチで成功しているようにおもうけど、現実は違うわ。そんな人は、ほんのひと握り。農業をしている人の大半は、他人の土地を借りて四苦八苦でやってるし、ガーディナーと呼ばれている人たちは、白人たちの家の庭の設計や管理をしているように受け取られているけど、現実は、庭の掃除人よ。大きなバキュームを背負って、庭に落ちてる落葉やゴミを拾っているの。リトル・トーキョーという街だって、そう。観光客で食べているにすぎないわ。あの街の人たちのなかには、ただ日本が恋しくて懐かしくてという気持ちで互いに傷口をなめ合っている人も大勢いるし、ね。

「わたしは嫌よ。そんなの。わたしはビジネスの勉強に行くの。絶対に成功してみせるわ」

十時すこし前に、ベティが腰を上げた。

勘定をしようとする私に、ベティが言った。

「お母さんがマンションの前で待っている気がするから、送ってくれなくていいわ。梨田クン、無職なんだし、帰ってもしょうがないでしょ。もっと飲んでいったら？」

「無職という言葉にカチンとくるのは、気のせいかな」

笑って、じゃそうするよ、と言って私は座り直した。

「お母さんとの話の結果は、あとで教えてくれよ」

「分かった」

バーテンが背を向けた瞬間、ベティが私の頬にキスし、店から出て行った。

「帰られたんですか？」

顔馴染《なじ》みになっても、滅多に会話に入ってこないバーテンが、私に訊いた。

「そうだよ。見送りは要らないと言って、置いてけぼりを食っちゃったよ」

私はソルティードッグの替わりに、バランタインのストレートを頼んだ。

「ところで、お二人で来られたの、久しぶりですよね」

「彼女、会社を辞めて、アメリカに行ってたんだ。でも、またすぐに向こうに行くから、ここに来るのも、あと一、二回だろうな」

「どうしてです？」

「今度行ったら、帰ってくるのは四年後なんだよ。彼女、留学するんだ」

「ほう、それはまた……」

あまり余計なことを訊かないほうがいいとおもったのだろう。バーテンはカウンターの隅の客のほうに移動した。

無職か……。このあいだの小泉の話のあとだけに、ベティのこの言葉は効いた。

三杯、ウィスキーを飲むと、ふだんならこれぐらいでは酔わないのに、視界が揺れはじめた。

15

店の電話を借りて、「小三元」に電話してみた。

「梨田ですけど……」

――ああ、きみか。

「了さんの自宅の電話番号、教えてくれます？」

――彼なら、ここにいるよ。替わろうか？

雀荘に了がいるというのは意外だった。彼は安い麻雀はやらない、と言っていた。

「大きな卓が立ってるんですか？」

――この前、お嬢とやったのと同じレートだよ。でも、そろそろお開きになるみたいだ。

今夜は、わしはノケ者にされちまった。

雀荘のマスターがそう言って笑った。

「電話は替わらなくていいです。でも、これから二十分もしないで顔を出すので、待っててくれるよう伝えてください」

私は電話を切り、勘定をしてくれるよう、バーテンに言った。

店を出るとき、足を取られて転びそうになった。

転んだっていいじゃないか。まだ若いんだ。今は世の中をのぞくことのほうが先決だ。

通り掛かった空車に、私は手を挙げた。

「小三元」に着くと、了は店のマスターと二人で談笑していた。しかし、二卓では、まだ麻雀をやっている。

「すいません。引き止めちゃって」

私は了に小さく頭を下げた。

「この前も、事務所に電話をくれたそうだな。つまり会社を辞めた、ってことかい？」

笑いながら、了が言った。

女性事務員が了のことを代表と言ったせいか、スーツにネクタイ姿の了が、私の目には、いつもとは違って見えた。

「まあ、そういうことです」

「な、親爺。言ったとおりだろ」

了がマスターに右手を出した。

「ふ～ん。いくらなんでも、そんなに簡単に辞めるもんじゃない、とおもったがな……」

マスターが、差し出した了の手に、千円札を一枚置いた。

「俺をダシに、賭けをしたんですか？」

「なにもしないで待ってるより、マシだろ？」

了が笑って、飲みに行こう、と私を誘った。

「二度、奢られましたよね。今夜は、俺の勘定持ちということで」

「見栄っぱりなところも気に入ったよ」

了と一緒に雀荘を出た。

「店も、俺が決めていいですか？」

「任せるよ」

私は了を連れて、姫子の店に向かった。

もうすぐ零時になろうとしている。いくら繁盛しているとはいえ、ひとつやふたつ、空席はあるだろう。

姫子の店の前に来ると、了が、おやっ、という顔をした。

「ここ、知ってんのかい？」

「ええ、古いつき合いです。学生時代からのね」

「学生時代？　とんだ不良学生だな。ひとつひとつが、いちいち気に入るよ」

店内は混んでいた。

黒服の顔見知りの店長が飛んできて、奥のテーブルに案内してくれた。

すぐに姫子が顔を出す。

私は姫子に、了の下調べをしたことは内緒にする旨を、ウィンクして伝えた。

姫子はうなずいたようだった。

「あら、どうしたの？　この組み合わせ」

姫子が私と了とを、交互に見比べて、驚いたような顔をする。

「ママ、この人を知ってるの？」

私はトボけた。

「ええ。お馴染みさんが連れてきてくださったわ。でも、梨田さんも知り合いだったなんて、奇遇ね」

「ヒョンなキッカケで知り合ったんだ。なかなかの勝負師だよ、この人」

私は了を持ち上げた。

「ママとは古いつき合いらしいね。若いのにいいタマだとおもっていたが、おもってたとおりの人間だよ、彼は」

了は笑ったが、目は笑っていないように、私は感じた。

了と知り合ったいきさつは、すでに姫子に話してあるが、それを隠すために、もう一度私は語った。

「和枝ママというと、以前一度、梨田さんが連れてきた女性《かた》ね。あの女性、そんなに麻雀が強いんだ」

如才のない姫子は、私の話に適当につき合ってくれた。

「それで、ね。この了さんが――」

これまた、もう姫子に打ち明け済みの了とのことを、私は反復するように話した。

「あら、梨田さん、もう会社を辞めちゃったの？」

姫子のトボけ方に、私は内心苦笑していた。

「ああ。だから、今話したように、一丸さんに連絡を取ったというわけだよ」

「一丸さん――」

姫子がブランデーグラスを傾けながら、了を見る。

「この梨田さん、って、そんなに貴方と同種の匂いがするの？」

「ああ、するね」

了が口元に、皮肉っぽい笑みを浮かべた。

「生意気で、世の中のことなんて、自分のおもいどおりになる、って顔をしてるよ。まるで、俺の若かったときと一緒だ。彼の話によると、彼の学生時代からの知り合いだそうだが、ママだって、そうおもうだろ？」

「たしかに、無茶だったわ。学生証を担保に、ロクでもない連中と、平気で麻雀を打ってたりしたもの」

ねぇ、梨田さん、と言って、姫子が笑いをこらえている。

「なるほど。当時から、無茶やってたわけだ」

笑った了が、ウィスキーの水割りを一気に飲んだ。

「それで、この梨田さんに、なにを教え込もう、というの？」

「別に、そんな気はないさ。ただ、博打事《ばくちごと》が好きそうだから、この世の中の一番の博打は、株だと言ってやっただけさ。それでも俺に会いたがる、ってのは、株に興味があるからなんだろ」

違うかい？　と了が私を見つめる。

「まだ世の中のことを知らないヒヨッコなんで、なんでも見てやろう、とおもってるんですよ。了さんは興味深い人間だし、株の世界ものぞいてみたい」

私は正直に言った。

「ところで、その、了という呼び方は、もうナシにしよう。そいつは、安い、チンケな麻雀を打ってるときの、おふざけの名だからな」

「じゃ、蒼井さん、というのは？」

「そいつは、新宿や銀座で遊ぶときの名前だ。これからは、一丸でいいよ」

「それは、本名なんですね？」

「仕事のときまで、偽名にはせんよ」

「分かりました。一丸さん」

ウィスキーグラスを一丸にかざしたとき、黒服の店長が、姫子を呼びに来た。どうやら他の客席からお声が掛かったようだ。

「誰か、可愛い子を呼ぶわ」

店長に指示しようとした姫子に、私は首を振った。

「女の子は、あとでいいよ。俺、一丸さんとすこし話がしたいんだ」

「分かったわ」

私と一丸を残して、姫子が他の席に歩いて行った。

「お嬢といい、ママといい、おまえさん、年増キラーなんだな」

一丸が笑った。

「そんなんじゃありませんよ」

「いいって。別に妬《や》いてるわけじゃない。しょせん、この世は男と女だ。好きに生きたほうが勝ちだ」

「一丸さんは、好きに生きてる？」

「生きてるさ。人間なんて、いつ死ぬか分かりゃしない。人生は、うたかただよ」

一丸がウィスキーを手酌で注ぎ足した。

「で、株の知識は、すこしはあるのかい？」

「表面上の知識は。でも、世の中で大切なのは、人の目に触れる表面よりも、その裏ですよ。ずいぶんと知ってるんでしょ？　裏のこと」

「知ってるもなにも、裏稼業みたいなモンだからな。つまり、株の世界の裏側を知りたいというわけだ」

「興味があります。一丸さん、大手の証券会社にいたそうですね。有馬さんから聞きましたよ」

「お嬢に、そんなこと、喋ったっけな……」

一丸が首を傾げた。

「話したはずですよ。でなければ、俺が知ってるわけないでしょ」

和枝が話したかどうか、私の記憶も曖昧だった。だが姫子に頼んで客から聞いたことだけは知られたくなかった。

「一丸さんの事務所に電話したとき、電話に出た女性が、一丸さんのことを代表と言ってましたけど、いったいどんな仕事をしてるんですか？」

「馬鹿。軍の秘密を、誰にでもペラペラと喋れるかよ。しかし、おまえは気に入ったから教えないでもない。どうだ？　会社を辞めたから、時間を持て余してるだろ？」

「正直、やることも、特にないですし……」

「時間と小銭を持った博打好きがやることといえば、麻雀、競輪、競馬、ってのが通り相場だ。愚の骨頂だな」

一丸がウィスキーをグイと飲み、まさかおまえもそのクチじゃないだろ？　と私に言った。

「ふしだらな生活は嫌いじゃないですよ。でも、仕事もしないで、というのは嫌だな。麻雀や競輪で生計を立てようなんて考えは微塵もないですし……。こんなことを教えてくれたやつがいますよ」

――あしたやるべきことが見つけられない人だけが博打と出会う。そして、明後日の見えない人は博打に溺れ、将来の見えない人は博打で死んでゆく。

「ふ〜ん。洒落てるな。つまり、おまえさんは、将来を見たい、ってわけだ」

私を見つめて、一丸が言った。

「将来なんて、見たくたって、見えるわけないですよ。あしたのことだって分からないのに」

私は一丸に言った。

「だから、今、この世の中にあることのすべてを見てみたいんですよ。不必要なものは、この世の中から自然に消えてゆく、というのが俺の考えなんです。裏を返せば、今、この世に存在しているものは、なんらかの理由があって存在しているということです」

「分かったような、分からんような理屈だな」

一丸が笑い、洋モクのポールモールに火を点けた。

「おまえさんのその理屈からすると、俺のやってる仕事は、絶対に失くならんよ。なんせ、人間の欲に直結しているからな」

「つまり、金ですか？」

「そうさ。金だ。なんだかんだと言うやつもいるが、俺が信用するのは金だけさ。言っとくが、俺はおまえさんを信用してるんじゃない。ただ、好きというだけだ。好きなのと、信用するのとは、まったくの別モンだ。俺は、女には惚《ほ》れるが、信用はしない。それと同じだよ」

金、ってのはなぁ——、一丸がポールモールの煙を吐いた。

「不思議な生きモンだよ。まるで可愛がってる犬みたいなモンだ。可愛がってるかぎり、絶対に主人を裏切らない。犬はその替わりに、怪しいやつや、嫌いなやつには寄りつかんだろ？　この世の中で裏切りを働くのは、いつだって人間だよ」

「なんか、変な話になっちゃいましたね」

私は苦笑した。

私だって金は嫌いじゃない。しかし、飼ってる犬のように好きなわけでもない。だが、この一丸には興味を抱いている。

「なんで、俺に興味を抱いた？」

まるで私の胸の内を見透かしたように、一丸が訊いた。

「一丸さんが金持ちだから興味を抱いたわけじゃないですよ。世の中、金持ちなんて、ゴロゴロいる。なにをやってるのか分からないのに金持ちだから興味を覚えたんです」

「なんでも見てやろう、っていう、アレかい？」

「早い話が、そういうことです」

「なかなか正直でいい」

私は一丸の空のグラスにウイスキーを注いでやった。

「一丸さん、証券会社を辞めて、歩合外務員をやってるんですか？」

「歩合外務員？　そんなモンはやってないよ。あれは、人に使われる商売だ。俺は連中を使う側だよ」

一丸がたばこの火を消し、ウィスキーグラスを手に取った。

「俺の仕事の内容をどうしても見てみたいか？」

「できたら」

簡単に答えはしたが、一丸の世界への興味は益々強くなっていた。

「よしっ、分かった。見せてやろう」

一丸がうなずいた。

「ありがとうございます」

「礼を言うのは、まだ早い。ただし、条件がある」

「俺にできることでしたら」

「できないことを出すのは、条件とは言わんよ。体のいい断りというのは、できない条件を出すこと、というのが通り相場だからな」

私は黙って、一丸の顔を見つめた。

「条件のひとつは、おまえさんが見たり聞いたりしたことは、たとえどんなことがあろうとも、絶対に口外しないということだ。女にも、だぞ」

一丸がすこし離れた席にいる姫子のほうを見たような気がした。

「分かりました」

「条件の二、だ。おまえさん、今、どれぐらいの金を持っている?」

「財布のなかに、ですか?」

一丸の質問の意味は分かったが、私はわざとはぐらかした。瞬間、考える余裕が欲しかったからだ。

「馬鹿。そんなはした金のことを訊いてるんじゃないよ。預金とか株とか、つまり自由になる金という意味だ」

「そういうことですか。一千万ほどですよ」

実際は一千二百五十万ほどだが、二百五十万ぐらいは、なにかのときのために残しておかなければならない。それからすると、自由になるお金というのは一千万ほどで、別にうそを言っているわけではない。

「一千万か……。まあ、おまえさんの年からしたら金を持ってるほうと言えなくもないが、お嬢が言ってたほどの額じゃないな」

一丸がニヤリと笑った。

「じゃ、その半分の五百万は俺が預かろう。なに、いただくわけじゃない。保証金みたいなもんだ。むろん、預かってる旨の一筆は書くよ」

「保証金、って、いったいなんのための保証なんですか?」

「口外はしないという約束――つまり、俺に迷惑はかけないということの保証だよ」

「もし、破ったら?」

「それでも金は返すさ。おまえさんと縁を切るときに、な。俺が信用するのは金だけで、人間は信用しない、と言ったろ?」

「返すんだったら、保証金を預かったって、なんの意味もないじゃないですか」

「あるさ。返してもらうときに、おまえさんは嫌なおもいをする。面倒臭い決着の仕方なんて、おまえさんだって、嫌だろ?」

「なるほど、用心深いんですね。条件は、それで終わりですか?」

「いや、もうひとつある」

一丸が新しいポールモールを一本抜き出した。

ポールモールは、ふつうのたばこよりも長いのだが、一丸がくわえると、妙に様《さま》になっている。

「おまえさんの麻雀の腕は、なかなかのもんだ」

一丸がウィスキーをなめるように飲んでから、言った。

「その腕を生かしてもらいたい」

「どういう意味です?」

「株をやる人間は、ご多分に洩れず、麻雀が好きでな。証券会社の人間、さっきあんたが言った歩合外務員、証券金融会社の連中——」

証券金融会社というのは知ってるな? と一丸が訊いた。

「なんとなく」

「なんとなく、じゃ駄目だ。俺の世界をのぞくなら、アヤフヤな知識は命取りになる」

一丸がポールモールの灰を払った。

「では、正確に教えてください」

「銀行は担保があれば金を貸すというもんじゃない。そこが、街の金貸しと違う点だ。証券金融会社というのは、株券を担保に取って金を貸す。ただし、株券の時価評価額の七割までだ。なかには、八割まで貸す金融屋もいるが、そういうところは、危なっかしい。兜町《かぶとちょう》には今、そういう証券金融会社が雨後のタケノコのようにできつつある。俺たちの世界では、証券金融会社をよく使う。だから、取引の形態や仕組みはきちんと理解しておかなきゃならない」

私は空になった一丸のグラスにウィスキーを注いでやった。

「まあ、いきなりすべてを教えるのは難しいから、これからボチボチと教えるよ」

それでだ——、ウィスキーに口をつけ、一丸が話をつづけた。

「今、言った連中の他に、株で儲けようという連中もいる。世間じゃ、投資家なんて言葉を使うが、俺に言わせりゃ、チャンチャラおかしい。投資というのは、長い目で見るもんだ。農家が種を蒔《ま》いて稲が実るのを待つように、な」

一丸がニヤリと笑った。

「ところが、そういう連中は、実りの秋なんて待ちやしない。待っても、せいぜいが夏までだ。で、俺たちの仕事は、そんな連中を相手にしている、ってことだ。きれいな言葉で、一応は、お客さん、とは呼ばせてもらっているけどな」

一丸のことを訊いてみてくれ、と姫子に頼んだ店の常連客も、つまりは一丸にとっては、お客さんと呼ばれる存在なのだろう。

「おまえさんには、今、俺が話した連中と麻雀を打ってもらう。むろん、そういう場面は俺が設けるよ。だが、その麻雀が問題だ。ただ、勝てばいい、ってもんじゃない。ときには、わざと負けてやらにゃならんこともある。俺の指示どおりに、打ってほしいんだ」

「イカサマをやれ、と……？」

「イカサマじゃねえよ。ちゃんとした勝負だ。だが、勝ち負けの操作が自由にできる腕が要る、ということだ」

「タネ銭はどうするんです？」

かなり危なっかしい話だ。一丸の目を見ながら、私は訊いた。

「タネ銭は、おまえさん持ちだよ」

一丸がアッサリと言った。

「それは、いくらなんでも酷じゃないですか？　だって、わざと負けなければならないときもあるんでしょ？」

ふざけた条件に、私は鼻白んだ。

「まあ、聞けよ。わざと負けろ、と俺が指示したときは、その負け分は俺が払う」

「でも、勝つにしたって、手ごころを加えるんでしょ？」

「そういうときもある。だがな、連中の麻雀の腕なんて、チョロイもんだよ。おまえさんが本気でやれば、いくらでも勝てる。手ごころを加える必要がないときは、俺がそう言うから、いくらでもカモっていい。なにしろ連中は、株の世界で千万単位、億単位の金を動かしているから、麻雀の金なんて、屁《へ》ともおもってやしない。ガードなんて、ないようなもんだ」

四千万以上あった金も、今や一千万ほどにまで減ってしまった。今の一丸の話が本当なら、私にとってはオイシイ話だ。

「レートや、ルールは？」

私はたばこに火を点けて、訊いた。

「レートは安いよ。千点千円だ。しかし、馬《ウマ》は、五万十万と、まあまあだ。ひとつ違うのは、ルールだ。東風戦《トンプウ》だよ。連中は、東南戦《トンナン》なんていう時間のかかる麻雀は好かん。つまり、レートは倍と考えればいい」

私は、ちょっと算盤《そろばん》を弾《はじ》いた。一回のトップで、十三、四万にはなる。つまり、東南戦《トンナン》での二十六万前後に相当するのだ。ひと晩やれば、百万ぐらいは稼げるだろう。

「大体は分かりましたけど、それで、一丸さんにはどんな利があるんです？」

「情報を得られるということが、ひとつ。もうひとつは、投資家気取りのお客さんに、もっと出資金を出させることができる」

「要は、俺は接待役というわけですか」

「接待という仮面を被った、雀ゴロだよ」

一丸がニヤリと笑った。

「もし、断ったら？」

「構わんよ。一向に。こんな旨い話を断るとはおもえんが、ね」

「俺は、一丸さんのやってる仕事を知りたいんです。麻雀をやりたいわけじゃありませんよ」

「教えるのに、タダというわけにはいかんだろう。麻雀なんて、俺から知識を得るための授業料と考えればいい。それが嫌だったら、諦めるんだな」

話は終わりだとでもいうように、一丸が急に興味を失った顔になった。

「いいでしょう。その話、乗りますよ」

私は覚悟を決めて、一丸に言った。

なにも惧《おそ》れることはない。私には失う物など、なにひとつとしてないのだ。

「よしっ。じゃ、交渉は成立だ」

一丸が乾盃しようと言って、グラスを手に取った。

16

一丸と別れてから四日経った。

一丸は、麻雀をやるときは、午後の三時までには連絡を入れる、と言った。部屋の電話番号も教えてある。

しかし、この四日のあいだで、一度も電話の鳴ることはなかった。ベティからの電話もない。

ベティのことは気になったが、彼女の部屋に電話はしなかった。母親とどんな話し合いが持たれたのか、話したくなったら、ベティのほうから連絡があるだろう。

この四日間、三時を回ると、私は外出した。行先は、新宿駅の東口にある、東風《トンプウ》戦専門のフリー雀荘だった。それも、ブー麻雀だ。

ブー麻雀というのは、ふつうの麻雀とは違って、点棒の勝ち負けではなく、誰かが持ち点のすべてを失うか、その逆に、誰かが持ち点が倍になった時点で、ゲームセットになる。そのときに、百点棒の一本でも欠けていたら、負け組。たったひとりの負けなら、チンコロといい、二人が負ければ二コロ、三人とも負けていれば、マルエーと称して、一番実入りがいい。

元々は関西で発生したゲーム形態だが、それが関東でも流行して、今ではこの方式のフリー雀荘が多くなっている。なにしろ勝負が早いから、雀荘の思う壺《つぼ》なのだ。

私は一丸から、勝負は東風《トンプウ》戦と聞いたので、しばらく遠ざかっていた東風《トンプウ》戦麻雀の勘を取り戻すために、しばらく通うことに決めたのだった。

だがレートは、笑っちゃうほど安い。五、六時間打っても、勝ち負けは、せいぜい一万円か二万円ぐらいのものだ。しかし不満ではなかった。東風《トンプウ》戦の勝負勘を呼び戻すのが目的だったからだ。

雀荘には、いっぱしの雀ゴロを気取る、私よりも若い学生の姿が多く見られた。彼らは、バイト代を握りしめて、五、六千円を勝つことを目標にして麻雀を打つのだ。それでも、バイトで一日に得る金額よりも、はるかに稼げる。

この四日間、私はツキにツイて、勝ちっ放しだった。なにしろ、懐の余裕がここに出入りする客とは違う。博打事など、金に余裕がなければ、そう勝てるものではない。勝負どころで、腰が引けてしまうからだ。

何人かの学生とも卓を囲んだが、最初は私がツイているな、という顔をしていたものだが、二、三時間もすると、彼らは諦め顔で席を立ってしまった。

麻雀を打ちながら、私は学生のころをおもい出していた。

私も彼らと同じく、わずかな金を握りしめては、この新宿のいたる所の麻雀屋に通ったものだ。姫子とも、そんなときに会ったのが縁だった。

それが、あれからまだ六、七年しか経たないのに、今では一千万単位が動く麻雀にも平然としていられるようになってしまった。

それから三日経った月曜日の三時近くに、一丸から電話があった。

――おう、いたかい。出掛けたんじゃないか、と心配したよ。

「俺のほうの心配は、話がチャラになったんじゃないか、ということでしたよ」

それは私の本音だった。近いうちに電話する、と一丸は言ったが、あれからもう一週間もすぎているのだ。

――クダらん話につき合ってやるほど、俺も暇じゃないさ。で、五時に、俺の事務所に顔を出せるか？　渡した名刺の住所だ。

一丸は、大雑把な道筋を私に教えた。

茅場町という街には、まだ一度も行ったことはない。大阪時代は、北浜には何度か顔を出した。証券会社が集まる街ということなら、たぶん似たようなものだろう。

では五時丁度に行きます、と言って、私は電話を切った。

四時になったとき、外出の準備をしていると、また電話が鳴った。

ベティからだった。

「連絡がないんで、心配してたよ」

――梨田クン。六時ごろ会えない？

「きょうのかい？」

――決まってるじゃない。

「あしたにしてくれないか。きょうは、これから予定が入ってるんだ」

――まさか、麻雀とかじゃないでしょうね。

ベティの口調には、若干怒りが感じられた。

「じつは、新しい仕事の打ち合わせなんだ」

間違っても、麻雀などとは言えない。しかし、仕事というのも、あながちうそではない。

——新しい仕事、って、どんな仕事なの？

「電話では簡単に説明できないよ」

——わたしと、その新しい仕事を天秤《てんびん》にかけても、そっちのほうが重要？

私は言葉に詰まった。ベティの苛立ちを感じた。

「そう、無理なことを言うなよ。ベティとの約束をキャンセルするわけじゃないんだ。先約があった、というだけだろ？」

——分かったわ。

ひと言、言うと、ベティは一方的に電話を切った。

ベティにしては、珍しい態度だった。ベティは理屈の通らないことには妥協しないが、どう考えても、彼女が無理を言っている。

私は心にわだかまりを抱えたまま、表通りで空車を拾った。

茅場町の交差点でタクシーを降り、一丸から聞いた道筋に沿って歩くと、目印となる喫茶店が目に入った。

一丸の事務所は、その喫茶店のビルの七階らしい。

夕暮れ時の歩道には、勤め人風の人たちが大勢行き交っていた。しかし、どの人たちも、私が初めて目にする人種のようにおもえた。

ビルのエレベーター脇の入居者プレートの七階には「朝日顧問」と記されていた。

一丸の名刺には、名前と住所、電話番号があるだけで、事務所の名称も、彼の肩書なども書かれていない。

エレベーターで七階に上がった。

廊下の両側にはドアが四つあり、一番手前のドアに、「朝日顧問」のプレートが貼ってあった。

ドアフォーンを押すと、どちら様？　と女の声が返ってきた。私が名乗ると、すぐにドアが開いた。

紺色のスーツを着た、三十前後の女が顔を出す。なかなかの美形だが、眼光が鋭い。

どうぞ、と女が招き入れた。

デスクが四つ。しかし女の他には誰もいない。

「代表は、そちらです」

四つあるデスクの横にあるドアのほうに、女が案内してくれた。

「代表。お客さんがお見えです」

「おう。入れよ」

女がドアを開けると、私の足元に、ゴルフボールが転がってきた。

「ボギーだな」

ゴルフのパターを持った一丸が私を見て、ニヤリと笑った。

女がゴルフボールを拾い、一丸に渡す。

「お茶を淹れてくれたら、もう帰っていいぞ」

一丸が女に言い、私にソファを勧めた。

「なるほど。ここが一丸さんのお城ですか」

私は素早く、部屋のなかを観察した。

ソファの向こうには、大きな木製のデスクが置いてあり、その背後の壁には、神棚らしき物が設置されていた。

「なんだ？　珍しい物を見るような目で」

ソファに座った一丸がパターをテーブルに立て掛ける。

「株で食ってる人の事務所を見るのは、初めてですから」

「じゃ、きょうは、歴史的な日だな」

一丸が声を出して笑った。

大阪時代に体験した商品相場の事務所というのは、スチール机と電話があるだけの、インチキという言葉がピッタリの代物だった。

しかし一丸の部屋には、書棚もあるし、新聞や雑誌のためのラックも備わっていて、それなりの格好はついている。

さっきの女がお茶を運んできた。

「おい、宍戸《ししど》クン。彼の名前と顔は覚えたかな？　これからチョクチョク顔を出すんで、よろしくな」

「宍戸です。よろしく」

ニコリともせずに一礼すると、ではお先に、と一丸に言って、女は部屋から出て行った。

「無愛想だけど、金は持ってるぜ。うちの金庫番をやらせている」

お茶をすすりながら、一丸がニヤリと笑った。

「デスクが四つありましたけど、社員の方はあの宍戸さんを含めて、四人ということですか？」

私もお茶をすすりながら、一丸に訊いた。

「どうした？　小さくてガッカリしたのか？」

一丸がポールモールに火を点けた。

「そういうわけではないですけど……」

「何事も、表面だけで判断しないほうがいい。裏のほうに興味がある、と言ったのは、おまえさんだぜ」

このフロアには、ここの他に三つ部屋があっただろ？　と一丸が言った。

「あの部屋のすべてに、他の社員がいるよ」

「じゃ、このフロアを全部使っているんですか？」

「仕事を分担させてるのさ」

そう言って、一丸がテーブルの上の薄い小冊子を私に放った。

小冊子のタイトルは、「朝日レポート」となっていた。紙数にして、十枚程度の物だ。

「どこかの新聞社のレポートみたいですね？」

「うちの事務所のプレートを見なかったたか？　『朝日顧問』となってただろ？　別にパクったわけじゃない」

　一丸が不敵に笑った。

「隔週で一回、そのレポートをうちの会員に送ってる。それを作る連中と、うちの会員に、なにかと株のアドバイスをしたり、いろんな折衝をする人間とがいる。全部で、十四、五人、というところかな」

　私は一丸に渡された小冊子をパラパラとめくってみた。

　巻頭は、「今週の株式市況」という見出しで、株式市場の動向の解説が記され、その他の頁は、「狙われている銘柄」「推奨銘柄」と区分され、各種の株の銘柄名が列挙されて、短い文章も添えられていた。

　質問しようとした私の口を封じるように、一丸が言った。

「きょうの授業はここまでだ。ところで、約束の金の五百万は持ってきたかい？」

「ここに」

　私は手元の紙袋を叩いてみせた。

　一丸と話した翌日、銀行から金を下ろして、部屋に置いていたのだ。

「なるほど……」

　私が差し出した紙袋を受け取り、なかの札束を確かめると、一丸が笑いながら、その紙袋を私に返した。

「こんな話を信じたのか。おまえさんも、バカっ正直だな。いいかい？　梨田クンよ。こっちの世界では、人を信用するな、と言ったろ？　これは、俺のテストだよ。おまえさんという人間を確かめるためのな。しかし、おまえさんは約束を守った。俺も、それなりのことはしてやらんといかんな」

「そういうことですか……」

じつのところ、きょう五百万を持ってくることを、若干迷っていた。一度事務所を見てからのほうがいいのではないか、とおもっていたのだ。

それで——。五百万の入った紙袋を脇に置いて、私は訊いた。

「今夜の麻雀は、どう打てばいいんです？　わざと負けるんですか？　それとも、勝ち負けなしに、ほどほどに？」

「制約なしだよ。好きに打っていい」

一丸が笑った。

「メンバーは？」

「証券会社の部長と歩合外務員、あとは俺とおまえさんだ。部長と外務員にとっては、俺は大切な客だから、気兼ねなんて、なにも要らんよ」

「なるほど。で、その人たちには、俺のことをどう紹介するんです？」

「年は若いが、うちのお客さんということにするよ。つまり、金持ちのボンボンで、株をやりはじめたばかりだ、ってな」

「俺、ボンボンに見えます？　だって一丸さん、言ってたじゃないですか、自分と同じ匂いがする、って」

一丸はお世辞にも、育ちのよいボンボンには見えない。どこか崩れた雰囲気がある。ならば私も、崩れた匂いがあるということだ。

「なんだ？　まるで俺が怪しげな人間に見えるとでも言いたげだな」

一丸はそっけなく言ったが、気を悪くしたふうには見えなかった。

「株なんてモンを長くやってりゃ、皆、俺みたいな顔になるのさ。じつを言うと、俺と同じ匂いがするとは言っても、おまえさんには、どこかボンボン風の雰囲気がある。それは、この世界では貴重な代物だ。だから、もしかしたら、おまえさんが、どこかの場面で使えるかもしれない、とおもってたのさ」

「言っときますけど、妙な仕事の手助けはお断りですよ」

「分かってるさ。給料を払って、おまえさんを使うわけじゃないからな」

じゃ、そろそろ行くか、と言って、一丸が腰を上げた。

部屋の外に出ると、他の部屋のドアが開いて、二人の男が顔を出した。

私の想像に反して、三十すぎのその二人の男たちは、どこにでもいる平凡なサラリーマンの風体だった。

二人が一丸に頭を下げ、ひとりが私をチラリと見ながら言った。

「代表。お帰りですか？」

「おう。あとは頼む」

一丸は二人に、私を紹介しようとはしなかった。

一丸とエレベーターに乗った。

「どうした？　うちで働く人間は、もっと胡散《うさん》臭い連中だとおもってたか？」

「じつは、正直なところ……」

「俺は、だな。そういう人間は雇わんのだよ。お客さんの信頼が得られんからな」

一丸が声を出して笑った。

ビルの外には、黒塗りのクラウンが駐《と》められていた。運転席から、五十前後の男が飛び出してくる。

「乗れよ」

運転手が開けた後部座席に、一丸が顎をしゃくった。

車に乗ると、飯田にやってくれ、と一丸が運転手に言った。

分かりました、とひと言応えると、運転手が車を発進させた。

「どこに行くんです？」

「東銀座だよ。うちの会員さんが割烹《かっぽう》屋をやっている」

「割烹屋？　麻雀をやるんじゃないんですか？」

「一階から三階までが割烹屋で、麻雀をやるのは、六階にある麻雀部屋でだ」

四階、五階は、店のオーナーの住居になっているのだという。

「麻雀は、オーナーの唯一の道楽でな。専用の個室まで作っちゃったのさ。いや、もっと道楽があった。株だよ」

一丸がニヤリと笑った。

「その人、きょうはなぜやらないんです？」

「やりたくても、できやしないだろ？　店があるんだ。その替わり、土、日は、トコトンやってるよ」

東銀座にビルを所有し、株と麻雀が道楽。聞くだけで、大金持ちであることが想像できる。一丸は、いったいどのくらい、そういうお客さんを抱えているのだろう。

しかし、私は不思議におもった。

なぜ一丸は、歌舞伎町の裏通りの、あんなチッポケな「小三元」なんていう雀荘で麻雀を打っているのだろう。その気になれば、大きな麻雀をする相手はいくらでもいるではないか。

だが、その疑問を口にするのは控えた。

この車は、一丸の専用車なのだろうが、運転手の耳がある。余計な話はしないほうがいいとおもったからだ。

「そうだ。ひとつ言っておくと、時間が空いたときには、店のオーナーが麻雀をのぞきに来る。そんなときは、俺が交代するよ。なんせ、東風戦《トンプウ》で、半荘《ハンチャン》二十分ぐらいで終わるから、オーナーにとってはいい息抜きになるんだ」

「分かりました。で、きょうは、何時までやるんですか？」

「深夜の零時を回っての麻雀には入らない。なにしろ、彼らは、あしたの仕事が控えているからな」

17

車が止まった。

昭和通りに面したビルで、一階には、「割烹飯田」の看板が掲げられている。

「代表。十二時に、車を回しておけばいいですか？」

無駄口を一切挟まなかった運転手が、一丸に訊いた。

「そうしてくれ」

私は一丸につづいて、車を降りた。

一丸が和服姿の女性従業員に声を掛けると、厨房《ちゅうぼう》の奥から、恰幅《かっぷく》のいい六十前後の男が出てきた。

「もう、皆、来てるよ」

男が私をチラリと見てから、一丸に言った。

「そうですか。部屋、きょうもまた、使わせてもらいます」

そうだ、と言って、一丸が男に私を紹介した。

「こちら、今度、うちの準会員になった、梨田さんです。飯田さんと同じく、麻雀が趣味だというんで、連れてきました」

準会員？　私は内心の苦笑を隠して、よろしく、と飯田に頭を下げた。

「そうですか。麻雀にかぎらず、仕事の折には、是非、うちを使ってください」

なかなか好印象の親爺だった。株をやっていると、皆、俺と同じ顔になる、と一丸は言ったが、飯田はどこかおっとりしていて、品を感じさせた。

「橋田精機、調子良いじゃないか。毎日が楽しみだよ」

飯田が一丸に白い歯を見せる。

橋田精機というのは、中堅の精密機器メーカーで、たぶん一丸が推奨している株なのだろう。

「もうすこし、買ってみますか？」

一丸が小声で飯田にささやく。

「二千万だな。あした用意しとくから、取りに来てくれ」

事もなげに言うと、じゃあ、と私に頭を下げ、飯田は厨房に戻って行った。

一丸に二千万の金を預ける。飯田の一丸に対する態度は、まるで証券会社の社員か銀行員を相手にするかのようだった。

ビルの裏のエレベーターに、一丸と一緒に乗った。

飯田との取引の内容を訊きたかったが、私は黙っていた。私は一丸と株の取引をしたいのではない。一丸がやっている仕事の裏側をのぞいてみたいだけなのだ。

だが、こうして一丸と行動を共にしていれば、しだいにそれも分かってくるだろう。

六階でエレベーターを降りた。

勝手知った顔で、一丸がフロアの一室のドアを開ける。

部屋の中央に置かれた雀卓で談笑していた二人の男が、私と一丸に顔を向ける。

「五分遅刻だよ、代表」

猿顔の四十前後の男のほうが、言った。

たぶんこっちが、歩合外務員の男だろう。もうひとりもスーツ姿だが、いかにも証券会社の部長に見える。顔に笑みを浮かべているが、目は笑っていない。私を値踏みしているように見えた。

「紹介するよ。梨田さんだ。金持ちのボンボンで、麻雀も達者だよ」

一丸がシレッとした顔で、二人に言った。

「それで、だ――」

一丸が私に、二人を紹介した。

やはり猿顔のほうが歩合外務員で、名前は沢村。もうひとりの証券会社の部長のほうは長谷部とのことだったが、二人は私に軽く頭を下げただけで、名刺を出そうとはしなかった。

「ルールはもう、梨田さんには説明してある。じゃ、はじめるか」

一丸が空いている椅子に腰を下ろし、雀卓に東南西北を並べた。

摑《つか》み取りで、一番若い私が先に引けという一丸の言葉に従って、私は伏せられた四枚の牌《ハイ》に指を伸ばした。

東を握ったのは私だった。私は空いている残りの椅子を指差して、そこでいいです、と言った。

南は沢村、西は一丸、私の上家《カミチャ》の北には長谷部という順。

遊び人、ゴロツキ、雀ゴロ、やくざ、金貸しにパチンコ屋の親爺——、それこそ種々雑多な人種と麻雀を打ってはきたが、株屋連中と卓を囲むのは初めてだ。商売柄、日常的に大きな金を扱う彼らが、いったいどんな麻雀を打つのか、私にとっては勝ち負けのことより、そちらの興味のほうが強かった。

千点千円で、馬《ウマ》が十万二十万。つまり、点棒の勝負よりも、馬《ウマ》の勝負なのだ。

伏《フ》せ牌《パイ》で洗牌《シーパイ》をし、各自が山を作る。

私は、初対戦の沢村と長谷部の山作りをさりげなく観察した。伏《フ》せ牌《パイ》だから、積み込みの心配はない。観察したのは、二人の牌《ハイ》捌きだった。指先に牌《ハイ》が吸いつくような牌《ハイ》捌きなら、麻雀の年季が入っている。

二人の牌《ハイ》捌きは、まあまあ、だった。

東風《トンプウ》戦というのは、親が一回しかないから、その親でどれぐらい得点できるかが、勝負の分かれ目になる。先手必勝、と言っていい。

仮東《カリトン》の私がサイコロを振った。二度振りで、私が出親になった。幸先がいい。

牌《ハイ》取りは、南家の沢村の山から。

私の配牌《ハイパイ》は絶好だった。断幺系《タンヤオ》の手で、しかも、ドラの🀠が対子《トイツ》になっている。

第一打に、🀁を切り出した。

「ポン」

いきなり、沢村がその🀁を鳴いて、打🀛。そして、三巡目に、私の切った🀐で、ロンの声を掛けた。

🀈🀉🀊🀑🀒🀔🀕🀖🀞🀞　🀁🀁🀁（ポン）

沢村の広げた手と、河とを見比べて、私は内心苦笑した。

🀁を叩いたときの捨《ス》て牌《ハイ》は🀛で、ふつうなら、二、三、四の三色《サンショク》に色気を持つものだ。

「梨田さん。言い忘れたよ」

一丸が笑いながら、言った。

「この男、キックの沢村、って言われてんだよ」

「なるほど」

私は千点を払いながら、今度は苦笑を表に出した。

キックの沢村か……。親を簡単に蹴り落とすから、そう言われているのだろう。

今、巷では、キックボクシングが人気で、なかでも沢村忠というキックボクサーが花形だった。彼が編み出した一撃必殺技の真空飛び膝蹴りという荒技にファンは狂喜している。

しかし、「キックの沢村」というのは、いささか誉めすぎだろう。私の親は、たったの千円で蹴られたが、麻雀は、キックボクシングではない。私の胸のなかでは、久しぶりに闘争心が躍っていた。

二局、沢村の親。

三巡目に私が切った🀖を、沢村がまたしても食いついた。しかも、両面形《リャンメン》だった。そして次巡、一丸の捨てた🀚で、上がった。

🀛🀜🀑🀒🀓🀈🀉🀊🀃🀃　🀔🀕🀖（チー）

ドラは🀒で、二千九百点。この男、本当に麻雀を知っているのだろうか。この手で、🀖を鳴くやつなんて、まずいない。

東風戦《トンプウ》は、一翻《イーハン》下げても、上がりを優先しろ、というやつもいる。しかし沢村のこの🀖の食いは論外だ。一本場。今度は、証券会社部長の長谷部が🀄をポンして、二千点でまたしても一丸から軽く上がった。まだ六巡目という早さだ。

そして、長谷部の親のときには、ふたたび沢村が、🀋をポンしての、千点の安上がり。放銃は長谷部。

一丸の親番。これでもう、この半荘《ハンチャン》は終わりだ。開始から十分も経ってはいない。

私の点棒は、配給原点から千点だけマイナスの二万四千点。沢村は、千点二回と二千九百点の上がりによって、持ち点は二万九千九百点。長谷部は二万六千三百点。一丸がラスで、一万九千八百点。

しかし、この点棒差では、誰にでもトップのチャンスがある。

ドラは🀡で、六巡目に私はリーチをかけた。この半荘《ハンチャン》での、初めてのリーチ宣言だ。

私の手はこうだった。

そして、私の河。

（リーチ）

黙聴《ダマテン》でも満貫《マンガン》でトップだが、聴牌《テンパイ》したらリーチと決めていた。黙聴《ダマテン》なら辺《ペン》にするのだろうが、それだと、沢村や長谷部に好きに手を進められてしまう。それに、親の一丸は萬子《マンズ》に走っているようで、目下ラスの彼は、ノンストップで突っかかってくるだろう。

「ふ～ん。リーチねえ……」

自摸《ツモ》った沢村が、一瞬考え込んでから、の筋のを切った。

「ロン。一発ですね」

広げた私の手を見て、沢村が苦虫を嚙み潰したような顔をしている。

「真空飛び膝蹴りを食らったか」

一丸が声を出して笑った。

「なるほど……。代表の言うとおり、この梨田さん、いい腕をしている」

私を誉めはしたが、沢村の言葉には、棘があった。

たぶん、私がリーチをかけたことに納得がいかないのだろう。

は、河のの筋とはいえ、切りのリーチでは警戒される。もしリーチをするなら、二、三巡待つのがセオリーだ。

私がリーチをしたのは、上がりが目的というより、安上がりが専門の、沢村や長谷部がリーチをかけたらどう打ち回すのか、それが見たかったからだ。

半荘《ハンチャン》一回で十五分も要しなかった。今は七時前で、終了する零時まではまだ時間がある。

これで沢村の腕とくせは、大体見当がついた。あとは長谷部だ。

私は勝ち金の二十数万の金を、持ってきた五百万の入った紙袋のなかに無造作に放り込んだ。

「それ、軍資金かね？」

長谷部が私の紙袋を見て、訊いた。

「ええ。負けて払えなくなったら失礼ですから」

チラリと一丸を見ながら、私は答えた。

「五百万はありそうだね？」

日頃から札束を見慣れている沢村は、すぐにおよその見当がつくのだろう。私と紙袋を見比べている。

「どうです？　差し馬《ウマ》、いきませんか？」

たぶんの放銃で熱くなっているのだろう。私に誘いの言葉を投げる沢村の口調は、とても挑戦的だった。

「いいですよ。で、いくら？」

「二十」

沢村が事もなげに言った。

「分かりました」

私も事もなげに、応えた。

「なんだい？　もうヒートアップしちゃったのかい？　なら、レートを上げよう」

黙って聞いていた一丸が、私と沢村、長谷部へと順ぐりに目を向ける。

「いいね」と長谷部。

「分かった」と沢村。

「任せますよ」

私は一丸にうなずいてみせた。

「じゃ、レートは五千円。馬《ウマ》は、二十四十でどうだね？」

一丸の提案に、沢村と長谷部が同意した。

私もうなずき返した。

今夜の麻雀では、好きに打っていい、と一丸は言った。レートは、一気に三倍近くになったが、私は負ける気がしなかった。

博打事は、熱くなったら負けだ。きっと、今夜の麻雀で大敗するのは沢村だろう。しかし、たとえどんなに負けても、株の世界で食っている彼にとって、大した痛手ではないのかもしれない。

「レートが上がったんですから、差し馬《ウマ》はナシにしましょう」

私は沢村に言った。

尻込みしたのではなく、沢村をおもってのことだった。熱くなっている上に、私に神経を使えば、益々泥沼にはまるのは目に見えている。

「いや、言い出しっぺは私だから、引っ込めるわけにはいかない。相場は弱気になったら負けだ、ですよね？　代表」

沢村が一丸の顔色をうかがう。

「好きにするさ。だけど、相場では、強気一辺倒になると、大怪我するぜ」

一丸が私を見てニヤリと笑った。その笑い方は、勝負の結末を確信しているかのようだった。

18

第二回戦。半荘《ハンチャン》四回での場替えとのことだから、布陣は前回と同じだ。

沢村は私との差し馬《ウマ》を引っ込めようとはしなかったが、差し馬《ウマ》というのは、上家《カミチャ》のほうが圧倒的に有利なのだ。なぜなら下家《シモチャ》の沢村が欲しそうな牌《ハイ》を絞り込めるからだ。

出親は、沢村だった。ドラは🀔。

私の配牌《ハイパイ》には役牌《ヤクハイ》の🀆が対子《トイツ》になっていて、🀆を鳴けば、楽に上がれそうな手格好になっていた。しかも、ドラの🀔は一枚ある。だが私は、沢村の動きを確かめるまで、🀆が出ても見送るつもりだった。

そして、長谷部と一丸が、六巡目、七巡目と、つづけて切った□をスルーした。

例によって沢村は、三巡目に、一丸の切った六萬をポンして、断么《タンヤオ》に走っている。

麻雀の打ち手のなかには、鳴けば早上がりになる、と勘違いしている者もいる。しかしある程度牌《ハイ》形が整わないうちに鳴くと、かえって上がりは遠くなるものだ。鳴いて牌《ハイ》を晒すのは、手の内を相手に見せるということになり、必然的に、欲している牌《ハイ》も教えてしまう。だから、出る牌《ハイ》も出なくなってしまう。

私は沢村の河を見ながら、彼には不要とおもえる牌《ハイ》しか切らなかった。

そして、十巡目すぎからの私の□の対子《トイツ》落としを見て、沢村は明らかに苛立ちはじめていた。

十四巡目。私はこんな聴牌《テンパイ》をした。

待ちの嵌《カン》六萬は、沢村がポンしているが、私は、伍萬七萬を切って、聴牌《テンパイ》形を変える気はなかった。半ば、上がりを捨てていた。
ドラがのせいで、場は索子《ソウズ》が高く、逆に、沢村の六萬ポンで、萬子《マンズ》が安くなっている。にもかかわらず、伍萬七萬は生牌《ションパイ》で、たぶん沢村が、どちらかの牌《ハイ》を鳴きたいのか、あるいは当たりになっている可能性が高い、とおもっていた。
十六巡目。私がを自摸《ツモ》切ると、自摸《ツモ》った沢村が少考してから、カン、と発声した。

たった今自摸《ツモ》ってきた六萬を鳴いている六萬に勢いよくぶつける。

「ロン」

私の声に、沢村が表情をゆがめた。

「張嵌《チャンカン》、断么《タンヤオ》、ドラ二。満貫《マンガン》ですね」

私は手《テ》牌《ハイ》を広げて、沢村に言った。

「言わなくたって、分かってるよ」

憮然とした顔で、沢村が点棒をつまみ出した。

「またまた、真空飛び膝蹴りを食ったか。十八番《オハコ》を奪われたんじゃ、本家は形無しだな」

一丸が笑った。

「その、真空飛び膝蹴り、っての、やめてくれます？　こっちは相当、カチンときてるんですから」

猿顔の沢村の顔面は紅潮していた。

二局、親は長谷部。

前回、長谷部は、沢村の安上がりにつられるように、二千点の安っ手を一度上がったが、私の見るところ、あれは沢村を勢いづかせないための方策のようで、じつは大物手指向のタイプのようだった。

東風《トンプウ》戦で、もう沢村の親番はない。つまり、いくら早仕掛けの彼でも、満貫《マンガン》を放銃した以上、ガメってくるに違いなかった。逆に言えば、大物手指向の長谷部は、要注意だ。沢村の早仕掛けがなければ、ジックリと構えてデカい手を作ってくる可能性がある。

ドラは中で、私の配牌《ハイパイ》は、前局の上がりがうそのようなクズッ手だった。

私は上がりに見切りをつけ、序盤から中張牌《チユンチヤンパイ》を捨てていった。安上がりのできない沢村が食ってくることは考えられなかったからだ。

六巡目を回ったところで、長谷部が筒子《ピンズ》をガメっているのがハッキリしてきた。

こうなると、上家《カミチヤ》の沢村は益々苦しくなる。下家《シモチヤ》で親の長谷部に筒子《ピンズ》の好牌《コーハイ》を切るわけにはいかなくなり、必然的に手が狭まってしまう。だが沢村は、私への満貫《マンガン》放銃を取り戻しにいかねばならない。

私は高みの見物だった。放銃さえ回避すれば、沢村との差し馬《ウマ》は勝ちで、たとえ三着に終わっても出費はほとんどない。

十巡目、私はオタ風《カゼ》の北を素知らぬ顔で切った。案の定、長谷部から、ポンの声が掛かった。

この回の私の役目は、これで終わりだ。あとは、字牌《ジハイ》や筒子《ピンズ》の牌《ハイ》を、ただの一枚も切る気はなかった。

たぶん一丸は、そんな私の胸の内を見透かしているのだろう。もう早々とオリに回っている。なにしろ一丸には最後の親がある。なにも、親の長谷部に突っかかる必要なんてないのだ。掃除役を、沢村に任せる気なのだろう。

筒子《ピンズ》を絞っていた沢村だが、十四巡目、こらえきれないように🀝を切った。

「ロン」

長谷部が手牌《テハイ》を倒す。

こんな手だった。

🀛🀛🀛🀜🀜🀜🀝🀝🀄🀄　🀃🀃🀃（ポン）

🀚🀝🀄、の変則三面《サンメン》待ち。🀚なら満貫《マンガン》で済むが、🀝ではトイトイとなって、ハネ満《マン》だ。

前局で満貫《マンガン》を私に放銃していた沢村は、これで箱割れ。

「言ってなかったが、箱割れは、点棒は関係ない。マイナスの三万点計算だ」

一丸が私に言った。

沢村が苦虫を噛み潰した顔で、カバンのなかから、金を取り出す。銀行の帯封のついた百万円の束だ。

点棒のマイナスが十五万。ラスの四十万。そして、私の差し馬《ウマ》の負けが二十万。都合七十五万の負け。

東風《トンプウ》戦だから、佳代ママの秘密麻雀クラブでの勝負よりも大きい。

沢村が札束の銀行の帯を指先で、プチッと解く。

その金を横目で見る私は、すこしずつ緊張が膨らみはじめていた。

今は四千万以上現金があったときとは違う。

こんな勝負で、つづけて何度か負ければスッテンテンになってしまう。なにか大きな金の入る見込みでもあればまだしも、なにしろ、今の私は無職で、なんの見通しもない。

今回の私の収入は、二着の二十万と、沢村との差し馬《ウマ》の二十万。点棒は三千点の浮きで、わずか一万五千円。つまり、馬《ウマ》の勝ち分の金が入っただけ。

19

部屋の電話が鳴った。

一丸が受話器を取ってうなずきながら、食事はどうする？　と沢村と長谷部に訊く。

「飯田さん、ここで麻雀をやると、食事の用意をしてくれるんだ」

一丸が私に言った。どうやら電話は、内線を使っての、飯田からのようだった。

「じゃ、いつもの刺身の盛り合わせで」

長谷部が答えると、沢村も、同じものを、と言う。

「じゃ、私も」

私の言葉に、一丸が電話口に、いつものを頼みます、と言って、受話器を置いた。

三回戦目の山を作りながら、長谷部が一丸に言った。

「代表。沢村さんにばかりでなく、うちにも玉を回してくださいよ。このところ、注文がめっきりと減ってるじゃないですか」

「なにか、情報があるのかね？　情報と引き換えだよ」

「情報ですか……」

つぶやきながら、長谷部がチラリと沢村を見る。

「今度、事務所に顔を出しますよ」

どうやら長谷部は、沢村には聞かれたくないらしい。

「私のことなら、心配無用ですよ。どんな株が、どう動こうと、関心はないですから。私は、手数料を稼がせてもらったら、それでいいんです」

沢村が、シラッとした顔で山を積んでいく。

三回戦目が終わるのを待っていたかのように、割烹屋の主人の飯田が顔を出した。後ろにはお膳を抱えた女性従業員がいた。

「食事、お持ちしましたよ」

雀卓に置かれた精算金の札束に目を向け、飯田が言った。

「誰が調子いいんです？」

「キックのひとり負けだよ」

一丸があくびを交えながら言った。

三回戦も、沢村は箱割れして、ラスを引いた。負け金はやはり七十五万。この三戦ですでに二百万も負けている。

一回戦は私がトップ、二回戦目は長谷部、そして今回のトップは一丸で、私は二着に滑り込み。一丸が言うように、完全に沢村のひとり負け状態だった。

「ひとまず、飯にしましょう。頭を冷やさんとね」

猿顔を赤くして、沢村が部屋のソファテーブルに並べられたお膳の前に移動した。

私もテーブルに座り、いただきます、と飯田に言ってから、箸を握った。

さすがに名のある割烹屋だけあって、お膳に載せられた料理は、どれも旨い。

「で、社長。次は、入りますか？」

一丸が飯田に訊いた。

「いいかな？　下はまだ忙しいんで、一回だけしかできんが」

「いいですよ。俺が抜けますから」

一丸の言葉に、飯田が顔をほころばせ、じゃ十分ほどしたらまた顔を出す、と言い残して部屋から出て行った。

私の興味は、すでに麻雀から、彼ら三人が交わすだろう、株の話へと移っていた。

しかし、食事をする三人の口から、株の話は一切出なかった。ただ黙々と箸を動かしている。

株の世界では信用できる人間などいない、と一丸は言っていた。株についてひと言も触れないのは、その証《あかし》かもしれない。

だとすると、この三人を結びつけているものは、いったいなんなのだろう。ただ単に、麻雀のメンバーというだけのことなのだろうか。

「梨田さんのお父さんは、どんなお仕事を？」

いきなり長谷部に訊かれた。

「なにもしてませんでした。祖父の遺産を食い潰してただけです。一年ほど前に、他界しましたけどね」

私はシレッとした顔で言った。頭に浮かんだのは、砂押の顔だった。どうせ信用できない間柄なら、これぐらいのうそは許されるだろう。それに砂押は、ある意味で、私の父親以上の存在だったのだ。

「ほう。そうでしたか。それは失礼なことを訊いてしまった。じゃ、梨田さんは、その遺産で、株をやりはじめたというわけですか」

「まあ、そんなところです」

これでいいだろ？　という顔で、私は一丸の表情をうかがった。

一丸が口の端を緩め、小さく笑っている。

それはそうと――、一丸が箸を置いて、沢村と長谷部に言った。

「二人とも、梨田さんに、名刺を渡してなかったんじゃないかね？　俺への気兼ねなら必要ないよ。梨田さんは、うちの準会員だから、うちの推奨銘柄を買う以外はなにを買うのだって自由なんだ」

「えっ、そうだったんですか。では、注文があるときには、是非」

急に態度を変えて、沢村が名刺入れを取り出す。それを見て、長谷部も負けじと、名刺を私に手渡した。

「私はブラブラしている身なんで、名刺はないんです」

二人の名刺を手に、私は小さく頭を下げた。

馬鹿げたレートのこの麻雀を平然として打っていることで、十分名刺替わりになっていることだろう。

「必要ありませんよ。なにか用がありましたら、その名刺の番号に電話をいただければ」

長谷部の言葉に同調するように、沢村もうなずいている。

共栄証券　第一顧客部部長、というのが長谷部の肩書だった。共栄証券というのは準大手の証券会社で、私もその名は知っていた。

しかし、沢村の名刺の山地証券という会社は、聞いたことがない。肩書もなかった。

私の表情に、沢村が言った。

「長谷部部長の会社は大きいですけど、うちは地場の小さな会社ですんで。でも、小さいということは、それなりの利点もあるんですよ。お客さんにとっては、ね」

地場証券。一丸と知り合ってから、株関連の本を何冊も読み漁《あさ》った。株のメッカ、兜町には小さな証券会社が軒を連ねている。特定顧客との結びつきが深く、小回りがきくことから、好んでそこを使う客も多いらしい。つまり沢村は、地場の山地証券に籍を置いて歩合外務員として働いているのだろう。

「他人名義の口座で売買もしてくれるし、税金逃れには、もってこい、というわけさ」

一丸が冷やかすように言って、笑った。

「泥棒、強盗以外のご用命なら、どうぞ」

沢村が猿顔をゆがめて、笑い返す。

なんとなく、一丸と沢村の接点が分かったような気がした。

一丸は客から金を預かって、株の運用をしている。たぶん、沢村のような歩合外務員を多く利用しているのだろう。

一丸にとって、長谷部には長谷部の利用価値があるのだろうが、今の私には見当もつかなかった。

全員の食事が終わったとき、飯田が戻ってきた。

「いや、ご馳走《ちそう》さんでした。とてもおいしかった」

一丸が飯田に礼を言い、じゃ、どうぞ、と麻雀卓を指差す。

「レートは、どうします？　いつものやつに戻しますか」

長谷部が沢村に訊く。

「戻す、って、いくらでやってたんです？」

飯田が訝る顔をした。

「いや、ね……」

一丸がレートの説明をした。

「このキックの沢村さんが、エキサイトしちゃったんで、変更したんですよ」

「千点五千円の二十万四十万？　私、一回しかできないんですよ。いつものやつにしましょうや」

飯田が穏やかな顔で、肩をすくめてみせた。

「でも、私、負けてんですよ」

沢村が不服げに、つぶやく。

「でしたら、この一回だけということで、差し馬《ウマ》を倍額にしましょうか？」

私は提案した。沢村との差し馬《ウマ》は、私が二連勝している。倍にすれば、文句はないだろう。

「なら、それでいきましょう」

沢村が渋々ながら、同意した。

「差し馬《ウマ》、って、いくら握ってたんです？」

飯田が私に訊いた。

「二十万です」

「へぇ〜。お若いのに、よくやりますな」

「いえ、成り行きで、たまたま」

「じゃ、仕方ない。千点五千円でやりましょう。迷惑かけたくないですから」

飯田が、一丸の座っていた椅子に腰を下ろした。

「後ろで、見学していいかい？」

一丸が私に訊いた。

「どうぞ」

一丸が部屋の隅にあった丸椅子を、私の後ろに引き寄せた。

出親は、私だった。

配牌《ハイパイ》取りは、飯田の山から。ドラは、🀆。

私の配牌《ハイパイ》に、ドラの🀆が対子《トイツ》で入っていた。

🀃🀆🀆🀇🀈🀌🀏🀚🀜🀞🀒🀔🀖🀘

しかし、他の牌《ハイ》形が、すこぶる悪い。よほどの自摸《ツモ》に恵まれないかぎり、聴牌《テンパイ》すら難しいだろう。

第一打に🀃。

第六巡に、こうなった。

🀆🀆🀇🀇🀈🀎🀏🀚🀚🀜🀜🀞🀘

下家《シモチャ》の沢村が筒子《ピンズ》の混一《ホンイツ》模様だったので、筒子《ピンズ》を絞って、半ば上がりを放棄していた。

七巡目に、上家《カミチャ》の飯田が、ドラの🀆を切った。

私は黙って、スルーした。

十四巡目。私の手の内はこうなった。

🀆🀆🀇🀇🀚🀚🀜🀜🀝🀞🀞🀠🀡

🀝🀠🀡が重なれば、七対子《チートイツ》の聴牌《テンパイ》となる。

そして次巡、🀡を引いてきた。

下家《シモチャ》の沢村の河には、まだ一枚も筒子《ピンズ》が切られていない。

ここまで、私は各自の切る字牌《ジハイ》に注意を払ってきた。すべて二枚切れか、三枚切れになっていて、もし沢村が聴牌《テンパイ》していれば、面前清一色《メンゼンチンイーソー》の可能性が高い。

沢村と差し馬《ウマ》をやっていなければ、🀠を切って、とりあえず、七対子《チートイツ》の聴牌《テンパイ》にとるだろう。差し馬《ウマ》相手への直撃放銃は、倍の点棒分の痛手となる。ハネ満《マン》の放銃だと、二万四千点の差開きとなって、ほぼ勝負アリだ。

私は少考もせずに対子《トイツ》の🀇を一枚、外した。

後ろで見ている一丸の、ライターを擦る音がした。

二巡回って、🀝を自摸《ツモ》り、ふたたび聴牌《テンパ》った。しかし今度は、同じ七対子《チートイツ》でも、面前混一色《メンゼンホンイーソー》だから、出上がりでも、親のハネ満《マン》という超弩級《ちょうどきゅう》の手だ。

🀆🀆🀚🀚🀜🀜🀝🀝🀞🀞🀡🀡🀠

むろん、黙聴《ダマテン》。

しかし、次巡の私の自摸《ツモ》は、ドラの🀆だった。

🀠を切れば、🀚と🀡の双碰《シャンポン》。しかも、面前混一《メンゼンホンイツ》、🀆、一盃口《イーペーコー》ドラ三で、親の倍満《バイマン》。

十人中十人までが、🀠を切るに違いない。しかし私は、🀆を自摸《ツモ》切った。

沢村に、🀠が当たりそうな気がし、飯田が六巡目に🀆を切っているので、私だけが知っている絶対安全牌《パイ》だからだ。

「ふうん……」

私の切った🀆を見て、沢村がつぶやく。

自摸《ツモ》った沢村が、少し考えてから、カン、と言って、手の内の🀟の四枚を晒した。新しいドラは、🀚だった。そして、🀠を切る。

「ロン」

私は小さく声を発して、手牌《テハイ》を倒した。

「🀚が新ドラになったので、倍満《バイマン》ですね」

猿顔の沢村の顔面は紅潮していた。

「おい、キック。どんな手をしてたんだ？」

一丸がたばこを吹かしながら、冷やかしの声を掛ける。

「親のドラ切りじゃ、カンするしかないでしょう」

沢村が手牌《テハイ》を広げた。

🀙🀙🀚🀚🀛🀛🀜🀝🀞🀞　🀟🀟🀟🀟（カン）

カンで嶺上《リンシャン》から自摸《ツモ》ったのは🀞だったらしい。つまりその前の形は、こうだったことになる。

🀙🀙🀚🀚🀛🀛🀜🀝🀞🀟🀟🀟🀠

四枚目の🀟が危険なのは分かる。ならば🀙を切ればいい。同じく、🀛🀞🀡🀠の四面《ヨンメン》待ちで、一盃口《イーペーコー》が崩れたところで、🀡なら倍満《バイマン》はあるのだ。

たぶん、筒子《ピンズ》を絞った私に、🀙ですらも切るのが嫌だったのだろう。それに、カンをしても、どんな牌《ハイ》を引いたところで聴牌《テンパイ》の形は維持できる。

「キック、おまえ、相場を張るんじゃないぞ。そこで、🀙を切れないようじゃ、相場で勝てるわけがない」

一丸が声を出して笑った。

一丸の言うとおりだ。この沢村には勝負勘が欠けている。今の局面で、場を支配しているのは彼なのだ。

沢村が聴牌《テンパイ》したのは、たぶん、六、七巡前だろう。もし私なら、面前清一《メンゼンチンイツ》のリーチをかけていたかもしれない。相手を下ろすためだ。四面待《ヨンメン》ちなら、自摸《ツモ》れる可能性が九割方ある。

結局、その半荘《ハンチャン》は、上家《カミチャ》の飯田が、黙聴《ダマテン》の千点を、またしても沢村から上がって、沢村の箱割れで終了。

「なんか、悪いね。わずか数分で、こんなにお金をいただいちゃって」

二着の二十万近くの金を数えながら、飯田が穏やかな笑みを浮かべる。

私はトップの勝ち金を数えることもなく、無造作に紙袋に入れた。

一丸は、好きに勝っていい、と私に言った。

たしかにツイてはいるが、長丁場の麻雀になったら、私が負けることはまずないだろう。

麻雀が好きで、金もある。つまり、沢村の麻雀は緩いのだ。

これまで私は、数えきれぬほど、いろいろなメンバーと雀卓を囲んできたが、これほど楽な面子《メンツ》と麻雀を打ったことはない。

はじまる前に、一回だけ、と飯田は言ったが、アッサリと半荘《ハンチャン》が終わったので、一丸がもう一局やるように勧めた。

四回戦が終わったので、場替え。

今度は、沢村が私の上家《カミチャ》になった。だが、沢村にとっては、むしろアンラッキーだろう。

私は基本的に面前《メンゼン》派だし、ましてや、下《くだ》りポンや、チーをするのが嫌いなのだ。上家《カミチャ》の沢村は牌《ハイ》を絞りにかかるだろうが、それは逆に、彼の手を縛ってしまい、身動きがとれなくなるに違いなかった。

そして次の半荘《ハンチャン》。私のその予想はズバリと的中して、沢村はまたしてもラスを食った。トップは長谷部で、二着は飯田。私は二着とは僅差の三着だったが、沢村との差し馬《ウマ》のおかげで、出費は微々たるものだった。

「じゃ、私はこれで」

飯田が一丸に席を譲り、店のほうに帰って行った。

20

「沢村さんよぉ――」

一丸が沢村に言った。

「酷い負けようで気の毒だから、あした、注文を出してやるよ」

最後の半荘《ハンチャン》が終わったのは、零時ちょっと前だった。

「いやあ、マイった。今夜は降参だ」

猿顔の沢村が、両手で顔をツルリとなでた。

「ツカなかったね」

トップで締め括った長谷部が、沢村が卓上に置いた現金を摑み取る。

私の計算では、沢村の負け金は、総額で七百万近くになっているはずだった。差し馬《ウマ》は私の全勝だった。

「代表、駄目ですよ。こんなに強い新人さんを連れてきては」

私を見て、沢村が愚痴ったが、意外にも口調はサバサバしていて嫌味は感じられなかった。

五百万の入った私の紙袋は、勝ち金でパンパンに膨れていた。

「そうだ、一丸さん」

私は紙袋を手元に引き寄せて、一丸に言った。

「あした、沢村さんに注文を出してあげるんでしょ？」

「それが、どうかしたか？」

「今夜の勝ち分で、私にもその株を買ってくれませんか？　すべて任せますよ」

どんな株を買うのか、それには興味がなかった。一丸がどう株を動かすのか、それを知りたかった。どうせ、麻雀で勝った金だ。失ったところで、痛くも痒《かゆ》くもない。

「やっぱりな」

一丸が笑った。

「俺の言ったとおりだろう」

一丸は、いずれ私が相場を張る、と予言した。しかし、相場を張る、と言うには余りにも金額がすくない。麻雀の勝ち金など、四百万ぐらいのはずだ。

「言ったとおり、って、代表、梨田さんになにを言ったんです？」

沢村が一丸に訊いた。

「俺と同じ匂いがする、と言ったんだよ」

軽くあしらって、いくらあるんだ？　と一丸が私に訊いた。

私は紙袋のなかから、帯封のついた五百万を除いた金額を、卓上に晒した。数えてみると、四百二十万ほどだった。

「なら、四百を預かるよ」

一丸が卓上の四百万を、持ってきた革のカバンのなかに無造作に放り込む。

「代表、なにか、仕掛けるんですか？」

やり取りをじっと聞いていた長谷部が初めて口を開いた。

「仕掛けなんてないよ。相場観さ。俺だって、たまには、相場観で選ぶ株もある」

笑いながら一丸は言ったが、私はなんとなく、一丸が買うのは、入ってきたときに飯田に勧めたあの精密機器メーカーの株のような気がした。

時計を見た。麻雀に熱中して忘れていたが、初めてベティのことが頭をもたげた。

「じゃ、お開きだ」

一丸の言葉に、沢村と長谷部が腰を上げる。

四人連れ立って、エレベーターで一階に下りた。

割烹の暖簾は下りていたが、後片づけをしているらしく、店内から薄明かりが洩れている。

すこし先に駐めてあった一丸の黒い専用車が近づいてきた。

「飯田さんには俺が挨拶してくるから、お二人はお先にどうぞ」

一丸が沢村と長谷部に、このまま帰ってもいい、と言った。

「では、代表。あした、事務所にうかがいます」

と長谷部。

「代表。あしたの注文、待ってます」

と沢村。

二人は私に軽く会釈を残して、それぞれが空車に乗って消えた。

「どうだい？　楽勝のメンバーだろ？」

一丸が私を見て笑った。

「沢村さんは、ね。でも、長谷部さんは、そこそこの腕ですよ。ツカれたら、やられるかもしれない。懐も深そうだし」

「そりゃあ、まあ、そうだろ。彼は接待麻雀が多いし、下手な腕だったら拙《まず》いからな」

沢村のひとり負けだったが、長谷部はさほど勝ってはいない。それは私が見るところ、ツカなかったというよりも、初めて対戦する私の腕を観察しているようなフシがあったせいもある。

ちょっと待っててくれ、と言うと、一丸が店内に入って行った。

零時を十分ほど回っている。

ベティはたぶん自由が丘のマンションだろう。しかし私は、電話すべきかどうか、迷っていた。

ほどなくして、一丸が店内から出てきた。

「一杯、飲むか？　もし帰るのなら、送ってやるぞ」

一丸の誘いに、踏ん切りがついた。ベティには、あした、謝りの電話を入れればいい。

「じゃ、すこしだけ」

待たせている車に乗り込むと、並木通りに行くよう、一丸が運転手に言った。

「ところで、買う株、現物にするか？　それとも、大きくやるか？」

「大きくとは？」

たばこに火を点ける一丸に、私は訊いた。

「金融に放り込むんだよ。金利は、日歩三銭だ」

四百万だと、現物買いなら五千株。金融を使うなら、その三倍の一万五千株まで買える、と一丸は言った。

「任せますよ」

「任されてもいいが、値を下げりゃ、四百万は吹っ飛ぶぜ」

一丸はアッサリと言った。

株を買うには、現物買いと信用買いがあることぐらいは知っている。

現物買いというのは、丸代金を払って株を取得することであり、信用買いというのは、証券会社の口座の株や金を担保にして買うことで、それも丸代金ではなく何割かで済むから大きく勝負ができる。つまり、私が大阪で体験した商品相場のシステムと若干似通っている。

しかし一丸の言う、金融を使って株を買うという仕組みについて、私はまったく無知だった。

四百万の元手で三倍買うなら、三倍のリスクを背負うことになるのだ。

「吹っ飛んでもいいですよ。そのときは授業料だとおもって諦めますから」

一丸に倣って、私もアッサリと言った。

「おまえ、広告屋にいたときの給料はいくらだった？」

「十万もなかったですよ」

「じゃ、四百万の重みは知ってるな？」

たばこを吹かしながら、その若さでいい度胸をしてやがる、と言って一丸が笑った。

「株は、俺向きだと言ったじゃないですか」

私も一丸に笑みを返した。

「でも、お金のことはいいにしても、取引の仕組みだけは教えてください」

「あとで教えるよ。レッスン・ワンだ」

運転手が車を止めた。どうやら、どこの店に行くのかも知っているようだ。

「一時間ほどしたら、また迎えに来てくれ」

一丸が運転手に言い、私に車を降りるよう促した。

もう零時を回っているのに、並木通りは、まだ人と車でゴッタ返していた。

世の中はいざなぎ景気だと浮かれている。その実感が私にはなかったが、こういう光景を目にするとうなずける。

一丸が連れて行ったのは、目の前のビルの七階にあるバーだった。

カウンターのなかに五人ほどの女がいるが、どこか水商売風には見えない。

「あら、代表。いらっしゃい」

客と話していたそのなかのひとりが、一丸に声を掛ける。

「よう。久しぶりだな。歌を聴きたくなってな」

一丸がカウンターの奥に、私を誘った。

「クラブなんてのは飽きた。俺はここに来ると、元気になるんだ」

水割りを頼む、と一丸が言った。

「じゃ、代表、ご希望に応えて」

一丸に声を掛けた女が、他の女たちに合図を送る。

カウンターにいた数人の客たちが一斉に拍手すると、女たちが全員で手を繋いで歌いはじめた。

♫すみれの花、咲くころ〜

私も知っている宝塚の有名な歌だった。

「なんですか？　これ」

私は小声で一丸に訊いた。正直なところ、面食らっていた。

「どうだ、なかなかユニークだろ？」

一丸がニヤリと笑って、言った。

「真ん中で歌っているのが、元タカラジェンヌで、その他は全員、タカラジェンヌに憧れはしたが、夢破れた連中だよ。ここに来ると、夢は大切だが、失敗するとこうなるんだ、という世界を教えられる。俺は、な……、なんとも言えない、この雰囲気が好きなんだ」

「シニカルな性格をしてるんですね」

「シニカル、か……。まあ、そう見えるかもしれんな。しかし、俺にとっちゃ、彼女らはある意味で、反面教師なんだ。俺は失敗したって、絶対にどこかに逃げ込んで、傷口をなめるような真似はしない。夢の残り火に浸るような人生は、真っ平、ご免だよ」

水割りをなめる一丸の横顔には、麻雀をしているときとは別人の表情が浮かんでいた。

「一丸さんの夢、って、なんなんです？」

私はグラスの氷を揺すりながら、訊いた。

「あの街で、伝説になることだよ」

「あの街？」

「兜町だよ。復讐《ふくしゅう》みたいなもんだ」

「復讐？　なんに対する復讐なんですか？」

「俺を捨てたことに対してだ」

一丸が水割りを一気に呷った。

俺を捨てたこと――、どういう意味だろうか。訊きたい衝動をかろうじて抑えた。一丸の顔には、苦々しさというよりも、怒りのような色が滲んでいたからだ。

「どういうことなのか、知りたい、って顔をしているが、俺と一緒にいれば、いずれ分かるよ」

女たちの歌が終わり、客が拍手をしている。一丸が手を叩くのを見て、私も小さく拍手をした。

元タカラジェンヌだという、さっきの女が私たちの前にやってきた。

「代表、珍しいわね。人を連れてくるなんて」

「ママの歌を聴かせたくてな。人生勉強さ」

「あら、そうなの。そういえば、若いときの代表と、どこか似た匂いがあるわね」

私を見て笑い、女がママです、と言って、私に名刺を差し出した。

「バー花園　ママ　蘭《らん》」となっていた。

「一丸さんとは、長いつき合いなんですか？」

「そうよ。代表が株屋の駆け出しのころからのね」

一丸の年齢は四十五、六だろう。すると、二十年以上のつき合いになる。

「貴方も、株のほう？」

ママが訊いた。

「俺の世界をのぞいてみたいそうだ。梨田というんだが、顔を忘れないようにな」

私に替わって、一丸が言った。

「よろしく」

「こちらこそ」

新しい水割りを作り、笑みを残すと、ママは離れて行った。

21

「じゃ、レッスン・ワンだ」

一丸が言った。

「株の金融取引の仕組みを教えてやる」

一丸が、私の水割りグラスと彼のグラスの間に、コースターを置いた。

「このおまえのグラスが証券会社で、俺のグラスが客。コースターは、金融会社ということにしよう」

株の決済は四営業日目ということは知ってるな？　と一丸が訊いた。

「ええ」

「つまり、買い注文を証券会社に出してから四営業日目に客は代金を用意しなければならない。むろん証券会社は、株券を、な。このコースターの金融会社は、株の時価評価額の七割までを、株券を担保にして貸してくれる。そこで、だ――」

一丸が謎解きをするような目で私を見る。

「おまえは手元に三千万の金しかないのに、証券会社に一億の株の買付注文を出した。……どうすれば、いい？」

「なるほど。そういうことですか」

私は瞬時にして、仕組みを理解した。

「注文を出してから四営業日目に、このコースターの金融会社で、証券マンと私が会うようにするわけですね」

そう言って、私は私のグラスと一丸のグラスをコースターの上に並べて置いた。

「証券マンは一億分の株券を、俺は三千万の現金を。そして金融会社は七千万の金を用意して待っている。受け渡しは無事完了で、株券は担保として、金融会社が預かる……。そういうことでしょう？」

「見込んだとおりだな。正解だよ」

一丸が笑って、コースターの上の水割りグラスに手を伸ばす。

「この仕組みを上手く利用すれば、手元の資金を三倍まで活《い》かすことができるわけだ。十億あれば、三十億の取引も可能なのさ」

「でも、株価が三割下落したら、すべてがパー……」

「むろん、そうなる。一割下げたら、金融会社から、担保の増額を求められるよ。それに応じられなければ、即刻、市場で担保の株は売られてしまう」

「危険な取引ですね」

「危険を避けたいなら、株の相場になんて、手を出すもんじゃない。引き返すなら、今だぜ」

「四枚目の□だって、安全牌《パイ》じゃないですよ。国士無双《コクシムソウ》に当たることだってあるじゃないですか」

大阪時代の商品相場で、危険な取引は嫌というほど味わっている。しかし一丸に、そのことを話すつもりはなかった。

「で、あした買う株というのは、橋田精機ですか？」

「読みも鋭い。レッスン・ワンは終了だな」

一丸がコースターの上の私の水割りグラスに、自分のグラスをぶつけた。

「株の話は、もう終わりだ。レッスン・ツーは、また今度、会ったときにする」

一丸が言った。

「今度、って、いつです？　俺にも予定があるので、あらかじめ決めてくれると助かるんですが」

「会社、辞めたんだろ？」

一丸がニヤリと笑って、コレか？　と小指を立てた。

「まあ、そんなところです」

私は曖昧にうなずいた。

もし今度、ベティの誘いを断ったなら、彼女は本気で怒るだろう。再渡米するまで、ゴタゴタが起きるのは、もうご免だった。

「そうしてやりたいのは山々だが、株ってのは生きモンだからな。俺にも予定が立てられん。俺が気が向いたときに、顔を出せないというのなら、それはそれで仕方がない」

そう言うと、一丸が名刺を一枚取り出して、その裏に、ペンを走らせた。

「これ、今夜預かった四百万の預り証だ。あした買いつけた『橋田精機』の買値と株数の報告書を送るよ」

おまえさんの住所を書いてくれ、と言って、一丸がもう一枚名刺を取り出した。

住所を記して、一丸に渡した。

「ひとつ訊いていいですか？」

「答えられることならな」

「あんなにオイシイ麻雀の面子《メンツ》がいっぱいいるのに、なんだって、あんなちっぽけな『小三元』なんて麻雀屋に出入りするんです？」

「株で飯を食ってるやつらと麻雀を打ったって、つまらんからだよ。麻雀で勝った負けたなんて金は、俺にとっちゃ、どうでもいいんだ。『小三元』の客は、ギリギリの金を握って勝負しに来る。俺にとっては、それが意味のあることなんだ。金にあかせた麻雀なんて面白いもんじゃない。この金を失ったら拙いという切羽詰まった連中との勝負だから面白い。つまり、俺は自分の原点を失わないようにしてるんだよ」

「自分の原点、って、一丸さん、ドン底を味わったことがあるんですか？」

「あるよ。その話も、機会があれば、いずれするよ」

一丸が時計を見て、帰るか、と腰を上げた。

「ママ、歌の代金だ」

蘭というママを呼んで、一丸が財布から五万円を抜き出す。

「いつもすみません、代表」

今度また寄らせてもらう、とママに頭を下げ、私は一丸のあとにつづいた。

黒い専用車が先刻の路肩で待機していた。

「家の近くで降ろすよ」

後部座席に、一丸と並んで腰を下ろすと、すぐに車が発進した。

しばらく黙っていた一丸が、六本木に近づくと、ポツリと言った。

「おまえ、株で金を得ようとおもったら、余計な雑念は捨てろよ。雑念があるうちは、金が寄ってこんぞ」

22

電話の音で目が覚めた。

窓の外がうっすらと白く、時計を見ると、まだ早朝の五時だった。

――もし、もし、梨田クン。

ベティだった。

「ああ。きのうは悪かったな。電話しようとおもったんだが、帰ってきたのは深夜の二時だったから、きょう、連絡しようと……」

――途中からでも電話できなかったの？　わたし、ずっと待ってたんだから。

「ごめん。これ、きみの部屋からかい？」

――そうよ。これから梨田クンの部屋に行っていい？

「それは構わないけど、タクシーでかい？」

――電車で渋谷まで出て、それからタクシーを飛ばすわ。

「じゃ、特許庁の前で待ってるよ」

一時間後には着く、と言うと、ベティは電話を切った。

三時間ほどしか眠っていなかったのに、急に目が冴えてしまった。

インスタントコーヒーを淹れて、たばこに火を点けた。

きのうの電話とは違って、ベティは怒っているふうではなかった。しかし、早朝のこんな時間に、家まで来るということに、私は嫌な予感がした。

六時前に部屋を出て、特許庁の前でベティを待った。

こんな時間なのに、遊び疲れた顔をした若者たちが、目の前を通りすぎる。どの顔も、私とはさほど違わない年齢に見える。

きっと彼らは、夜を徹して、六本木の繁華街で飲み明かしていたのだろう。

それに比べて、私は法外な賭け麻雀をした上で、彼らとは無縁の株の世界のレクチャーを受けていた。

そればかりか、これから来るベティは、妊っている上に、遠い異国のアメリカに留学しようとしているのだ。

私とベティは、同年代の彼らとは異なる人種なのだろうか。

たばこを二本吸い終えたとき、私の前でタクシーが止まった。

ジーンズに半袖姿のベティが降りてくる。

私を見るベティの大きな目に、みるみる涙が溢《あふ》れてくる。

「なんだい、泣くことはないだろ。きのうは仕事だと言ったじゃないか」

「悲しいから、泣いてるんじゃない。梨田クンの顔を見たら、急に安心したからよ」

「なにがあった？」

「コーヒーを飲みたい。話はそれからよ」

ベティが私の腕に腕を絡めた。

急に愛しさが込み上げ、私はベティの肩に手を回して、部屋のほうに足を向けた。

「前に来たときも思ったけど、六本木の割には静かなところよね。もっと賑やかしい場所に住んでいるものだとばかりおもってたわ」

「人間に裏があるように、街にだって、裏の顔があるのさ」

「梨田クンの裏の顔、わたしまだ見てない？」

「俺はそんなに謎めいた男じゃないよ」

私は笑って、ベティを部屋に案内した。

「そこに座っててくれ。コーヒーを淹れるよ。インスタントだけどな」

「わたしがやるわ」

「いいから。ベティは、お客さんだよ」

椅子に顎をしゃくって、私はキッチンに立った。

「わたし、って、梨田クンにとってはお客さん？」

「訂正するよ。恋人がいい？　それとも、女房？」

「女房？　結婚したら、梨田クンはそう呼ぶんだ？　意外と古臭いタイプなのね」

ベティが小さく笑った。

インスタントコーヒーに湯を注ぐ私は、すこしホッとしていた。迎えに行ったとき泣いていたのに、しだいにいつものベティに戻ってきていたからだ。

「感心じゃない。これ、全部読んだの？」

部屋の隅に積み上げてある小説のひとつを手に取って、ベティが言った。

「小説家に向いている、と誉めてくれたのは、どこの誰だっけ？」

淹れたばかりのコーヒーをベティの前に置いて、私は笑った。

「ありがと」

ベティがカップを口に運ぶ。

「なにをしたっていいけど、活字だけは、いつもそばに置いとかなきゃ駄目よ。世の中のことを実際に目で見るのは大切だけど、それを検証する能力に欠けていたら、なんの意味もないしね。他人の意見に耳を傾ける梨田クンじゃないから、せめて本のなかの声ぐらいは聞かないと」

「なんか、家庭教師を迎え入れた気分になってきた」

「家庭教師がこんなことする？」

コーヒーカップを置いて、ベティが私の手を取って、甲にキスをした。

「で、お母さんのほう、どうだったんだ？」

私もコーヒーをひと口飲み、ベティに訊いた。

「正直に打ち明けたわ」

ベティがアッサリと答えた。

「そうか……。じゃ、俺もお母さんと会う必要があるな……」

結局、こうなったか。しかし私は意外なほどサバサバしていた。

「なにを勘違いしているの？　わたしが打ち明けたのは、会社を辞めたのは、アメリカに留学するためで、将来は会社を興すつもりだということよ。お腹の子供のことは、なにも言ってないわ。もしそんなことを教えれば、すべての計画が台無しになるのは分かっているし、ね。母に打ち明けるのは、子供が生まれてからよ。だから梨田クンは、気にすることなんて、これっぽっちもないわ」

「そうか……。話さなかったのか……」

さっきはサバサバしていたのに、今度は内心ホッとしていた。しかし私は、それを隠して言った。

「俺はいいんだぜ。お母さんに打ち明けたって。言っとくが、責任回避をする気なんて、まるでないからな。いつでもお母さんに会うし、ベティが結婚したいと言えば、あしたにでも結婚するよ」

「ありがとう。でも、良い父親になるかどうかは分からない……。でしょ？」

ベティが笑った。

「まあ、その自信があるか、と訊かれれば、正直言って、ない。でも言うじゃないか、親はなくとも子は育つ、って」

「その考えがあるうちは、恐くて結婚する気になれないわ。わたしが帰ってくるまでに、直っていればいいけど」

正直なところ、もうあと何カ月もしたら子供の親になるという実感が私には皆無だった。他人事のような気すらする。

「問題は、母よりも義父《ちち》のほうよ。あのあとで実家に帰ったんだけど、義父が激怒してね。留学するんだったら、父子《おやこ》の縁を切る、とまで言ったわ。もっとも、わたしにとっては、渡りに舟だけど、ね」

ベティがペロリと舌を出した。

「お義兄《にい》さんやお義姉《ねえ》さんは？」

「まったく無関心よ。好きにすれば、っていう感じ。母だけがオロオロしていた。考え直してくれ、って。それで、きのうは梨田クンにどうしても会いたかったのよ。気が滅入《めい》っちゃってね……」

「そうか。悪かった」

「でも、もう大丈夫。こうして梨田クンに会うと、気分もスッキリした」

ところで、新しい仕事って、なに？　とベティが訊いた。

「仕事といえるかどうか……。やると決めたわけじゃないし……」

コーヒーに口をつけてから、株だよ、と私は言った。

「株？」

ベティが、呆れた、とでもいうような顔をした。

「つまり、今度は証券会社に就職するということ？」

「まさか。もう宮仕えはコリゴリだよ。俺はもう、二度と会社勤めなんてしない」

「じゃ、どういうこと？」

もう一杯コーヒーを淹れる、と言って、私はキッチンに立った。

ベティは株の世界のことについては、なにも知らない。どう話すかが問題だった。

新しいコーヒーをベティの前に置き、私はたばこに火を点けた。

「じつは、有馬さんも知っている人物で、了という男がいる」

「了？　なに、それ？」

「本名は、一丸というんだが、なんにでも、終わった瞬間に、了、と言うから、そういう渾名がついてるんだ」

私は一丸と知り合ったいきさつを、かいつまんで説明した。

「なんか、怪しげな人物ね。その一丸さんという男《ひと》……」

ベティの顔に不安げな色が流れた。

「まあ、まともじゃないだろうな。でも、まともじゃないから悪人と決めつけるのは、ね。それとこれとは別だよ。ベティは俺のことを悪人とおもうかい？」

私はベティの不安を取り除くように、笑って言った。

「俺みたいな人間の生きる道は、坂本と同じように、大資本が見向きもしない世界にしかないんだよ。だがそれにしたところで、俺は余りにも、そういう世界について知らなすぎる。博打ざんまいで、遊び呆《ほう》けていたからね。それに、なにをするにしたって、先立つものは金だし、その準備をしたくなったんだ」

「大阪でやったように、株の相場に手を出すの？」

「あれとは違う。株には、すくなくとも、世の中を動かす実態がある。でも、言ったように、株をやるかどうかは、まだ決めかねている。しばらくは一丸のそばにいて、彼の世界をのぞいてみたいんだ」

「お金が必要なら、わたしの預かっているお金を返してもいいのよ」

「そういう問題じゃない。俺は自分の生きる道を探したいんだよ」

ベティが黙り込んだ。そして、ややあってから、言った。

「わたしと同じで、なにを言っても無駄のようね。いいわ。梨田クンの好きなようにして。失敗したって、元を正せば、スッカラカンだったんだし、梨田クンは。それに、最後は、小説を書くという仕事だってあるんだから」

「ありがとう。ベティがそう言ってくれると、気が晴れるよ」

「朝早くだったから、眠いでしょ？　いいわ、一緒に寝よ。わたし、梨田クンを抱いてあげる」

椅子から立ち上がり、ベティが私の肩に手を回した。

もしかしたらベティは、昨夜はほとんど寝ていなかったのかもしれない。

ものの数分で、私の腕枕のなかでベティは寝息をたてはじめた。

ベティへの愛しさで胸がいっぱいになり、私は髪を指先で何度も梳《す》いてやった。

口では強がりを言ったが、きっとベティは不安と寂しさとで押し潰されそうになっているに違いない。

眠れぬままに、枕元の株の本を読んでいたのだが、「株式投資のノウハウ」の項に入ったところで、睡魔に襲われてしまった。

目覚めたとき、横にベティの姿はなかった。窓からは初夏をおもわせる陽が差し込んでいる。午後の三時を回っていた。

テーブルの上に、ベティのメモが置かれていた。

——梨田クンへ

グッスリ眠っているから、帰るわ。今度、アメリカに行くのは二週間後だから、それまでは何度も会える。梨田クンのほうから、会いたくなったら連絡して。わたしが言っても、どうせ柳に風でしょうけど、お金で心まで売ってしまうのだけはやめてね。

ベティ

私はそのメモを、まるでお護《まも》りのように、財布の奥に収《しま》い込んだ。

23

三日後に、一丸からまた電話があった。

麻雀ですか？　と訊く私に、きょうは麻雀はやらない、と一丸が言った。

――報告書は見たか？

「いえ、まだですけど」

――きょうあたり、着いてるはずだ。

今は正午で、まだ郵便受けをのぞいていなかった。

――場が引けたあとの三時すぎに、事務所に来られるか？

分かりました、と言って、私は電話を切り、一階の郵便受けを見に行った。

新聞に交じって、一通の封書が届いていた。差出人は、「朝日顧問」となっていた。

部屋に戻って封書を開けてみた。

報告書は、まるで証券会社が発行する報告書のようだった。購入した銘柄と株数、それに購入価格が記されている。

橋田精機、一万五千株、買値八百三十円
もう一枚は、融資金の報告書だった。

買付総額は一千四百万強だから、融資額は一千万を超えている。

私は新聞の株式欄を開いて、橋田精機を探した。昨日の終値は、八百九十円になっていた。

単純計算で、一日で九十万の利益が出ていることになる。

会社を辞めてからネクタイなどしたことがないのに、スーツにネクタイという姿で部屋を出た。

表通りの喫茶店で時間を潰し、私は三時前にタクシーに乗って、一丸の事務所に向かった。

一丸の事務所に顔を出すと、また、あの宍戸という女性が対応に出た。

きょうは彼女の他に、六十すぎの男がひとり、デスクで仕事をしていた。

「代表は今、来客中よ。すぐに終わるから、どうぞ」

宍戸が空いているデスクの椅子を私に勧めた。そして、私の存在など無視するかのようにして、書類に目を走らせる。もうひとりの男は、私が来たことすらも気づかないかのようにペンを動かしている。

――社長、じゃ、受け渡しはあしたの四時ということで。

ひっきりなしに掛かってくる電話に宍戸がテキパキと対応している。話の内容はいずれも、金や株券の受け渡しのようで、似たり寄ったりだった。

しばらくの後、一丸の部屋から出てきた男の顔を見て、おもわず私は声を上げそうになった。

「羽鳥珈琲」の常務だったからだ。

「おっ、なんだ？　きみ」

羽鳥も私を見て、驚きの声を洩らした。

「どうしたんです？　常務。彼とは知り合いなんですか？」

羽鳥のあとから顔を出した一丸も、驚いたようだった。

「知ってるよ。麻雀の強い広告屋さんだ。しかし、なんでまた、ここに？」

「ヒョンな縁でしてね。でも常務、彼はもう広告屋じゃありませんよ。辞めたんです」

「辞めた?」

本当なのか? と羽鳥が私に訊いた。

「ええ。あの節は、いろいろとお世話になりました。六月半ばに、Tエージェンシーは退社したんです」

「有村部長のことは噂で知ってるよ。部長と同時に退社したということは、彼と行動を共にしたということかい?」

「いえ。まったく別です」

「まさか、ここで働いてるというんじゃないだろ?」

「違います。社会勉強です」

羽鳥が時計を見て、俺の名刺、まだ持ってるか? と私に訊いた。

「すみません。前の会社の物は、すべて整理してしまいました」

「じゃ、一度、電話してくれ、きょうは時間がないんだ」

そう言うと、私に名刺を渡して、一丸への挨拶もそこそこに、羽鳥は事務所から出て行った。

「ふ〜ん。奇遇、ってわけか」

一丸がニヤリと笑い、部屋に入れと、私に顎をしゃくった。

「羽鳥常務、ここのお客さんなんですか?」

ソファに座るなり、私は一丸に訊いた。

「そうだ。一年ぐらい前からのな」

なにかを思案する顔で、一丸が答えた。

立ち入った質問もどうかとおもい、私は羽鳥とのことを訊くのは控えた。

「で、きょうは？」

「レッスン・ツーだ。うちからの報告書は届いてただろ？」

「ええ。来る前に見ました。もう上がってるんですね。驚きました」

「きょうは、九百円を抜けたよ。終値は、九百十円だ」

「すごいですね。わずか三日間で、一割近くも上げたんですか」

先日飯田は、追加で二千万を渡す、と一丸に言っていた。彼は現物買いなのだろうか。それとも、あの二千万も金融を使っての買いなのだろうか。もし後者なら、橋田精機を六千万も買ったことになる。その一割が儲けとすると、飯田はわずかこの三日間で、六百万を儲けた計算になる。

「短期間での急激な上げは、あまり好ましいもんじゃない。提灯《ちょうちん》買いがついたんだろうな」

「どこかの仕手が入ってるんですか？」

「株のことは、そこそこ知っているわけだ」

一丸がニヤリと笑い、たぶんな、とはぐらかした。

「提灯買いというのは、ゴキブリみたいなもんでな。チョットの噂で、すぐに逃げちまう。値動きが荒くなるんだ」

宍戸がコーヒーを持ってきた。

「代表。これを飲んだら、そろそろ……」

「おう。きょうは、彼も同行させる」

「えっ、いいんですか？」

宍戸が私をチラリと見た。その目は、信用できるのかどうか、疑っているように感じられた。

「レッスン・ツー、なんだ」

「なんです？　それ」

「こっちの話だ。十分後に、車を回しておいてくれ」

分かりました、と頭を下げると、宍戸は部屋から出て行った。

「報告書にあるように、おまえさんの買いには、一千万からの融資が発生している。どんな仕組みなのか、耳で聞くだけではなく、その現場を見せてやろう、とおもってな」

コーヒーをすすり、一丸がたばこに火を点ける。

「金融屋に連れて行こう、と……？」

「そうだ。おまえさん、六千万、七千万の現金の束を見たことがあるかい？」

「一度だけ、ありますよ」

大阪での相場の勝負。永田は勝負に勝って、積まれた七千万の現金の束をカバンに放り込んだ。

しかし私は、そうした詳細を一丸に話すつもりはなかった。

「その若さで、もうそんな大金を目にしたのか。それがおまえさんの将来に、吉と出るか、凶と出るか、ごろうじろだな」

コーヒーを飲む私に、じゃ行くぞ、と言って、一丸が腰を上げた。

一丸に連れて行かれたのは、車で二、三分も離れていない、古ぼけたビルだった。

重そうな黒い革カバンを持った宍戸が、先にエレベーターに乗り、私と一丸もつづいた。

七階で降り、なんの変哲もない鉄扉の横のインターフォンを押して、宍戸が名前を告げた。

すぐに内鍵の外される音がし、ドアが開いた。

ここが何千万も動かす金融の事務所？

ちょっと意外だった。広さは、七、八坪しかなく、中年の男女が二人いるだけだった。

「沢村さん、まだかい？」

一丸が男に訊く。

「数分で着くと……」

男の言葉が終わらないうちに、たった今閉じたばかりの鉄扉が開いて、あの猿顔の沢村が、息せき切った表情で顔を出した。

「代表。スイマセン。先客のほうが手こずっちゃって」

一丸に謝った沢村が、私の姿を見て、オヤッという顔をした。

「きょうは、梨田さんも？」

「現場を一度、見たいんだそうだ」

一丸が私の替わりに答え、奥のテーブルに座るなり、言った。

「さっさと片づけよう」

宍戸が黙って黒い革カバンを開け、なかから銀行の帯封つきの百万円の束をテーブルの上に積み上げる。その他に、輪ゴムで留めた札束が三つと、端数の万札。

「七千万でしたね」

中年の男がカウンターの内側にある鉄の金庫のなかから、やはり銀行の帯封つきの札束を数え出して、宍戸が積み上げた札束の横に置く。

「現金が二千万と、一千万の預手《よて》が五枚。この端数は、数えましょう」

男が女を呼び、輪ゴムの札束と端数の万札を手渡した。

「じゃ、これ、株券です。確かめてください」

沢村が手にしたカバンのなかから株券の束を出して男に渡す。

バサ、バサ、バサ――。女が金を数えるのに使っているのは、銀行などにも置いてある金の計算機だった。しかし、その計算機も、鉄製で、いかにも年代物をおもわせる。

古ぼけたビルに、古ぼけた鉄扉、それに金庫や計算機まで古ぼけた鉄製だ。

私はまるで、ひと時代逆行しているような錯覚に陥ってしまった。

「三百五十五万、たしかにありました」

女が数え終えた金をテーブルに戻した。

「株券もたしかに」

男のうなずくのを見て、沢村が用意してきた大きなバッグに、テーブルの上の金を収い込みはじめた。

一丸と宍戸が、黙って見つめている。

「それでは、これで――」

金を収い終えた沢村が、一丸と宍戸に軽く頭を下げると、足早に事務所を出て行った。

総額で一億とちょっと。五千万は預手にしても、五千万の現金ともなると、そこそこ重い。

帰る沢村の背は、その重みのせいで、妙に滑稽に映った。

「代表。じゃ、これ、預り証です」

男から受け取った預り証を、一丸が宍戸に手渡す。

「じゃ、帰るか」

一丸が腰を上げたのを見て、私も立ち上がった。

「ありがとうございました」

事務所の男と女が一丸に頭を下げる。

インターフォンが鳴った。どうやら、客らしい。

事務所を出ると、沢村と似たような服装の男が二人、立っていた。私たちと入れ替わる。

「どうだ？　雰囲気は分かったか？」

エレベーターに乗ると、一丸が私に訊いた。顔には薄笑いが浮かんでいた。

「正直、驚きました」

さっきの取引を目にしたせいか、私の一丸に対する口調は、若干変わっていた。

ビルの外に出ると、一丸の車が待っていた。

「代表。わたしは事務所に戻ります」

宍戸が言った。

「じゃ、俺の車を使っていい。あとで、銀座の飯田さんの店に迎えに来るよう、言っといてくれ」

「じゃ、ここで」

宍戸が車に乗り込む。

24

車が消えると、一丸が言った。

「あんなのは、まだ序の口だ。おまえさんに、一端だけ見せてやろうとおもってな」

「まさか、あんな事務所だとは想像もしていませんでした。一日に、億の金が動くにしては、ちょっと物騒じゃないですか？」

「まあ、物騒、っちゃあ、物騒だな。しかし意外にも、泥棒や強盗の話なんて、聞いたことはないよ」

歩きながら、一丸がたばこをくわえた。

「おい、あの連中を見てみな」

一丸が指差した十数メートル離れた歩道を、黒カバンを手にした男たちが、せかせかと歩いている。どの男たちも、さっきの沢村と、なんとなく雰囲気が似ていた。

「あの連中も、地場の証券マンだ。手にしている黒カバンのなかには、沢村と同じように、札束がビッシリと詰まっているよ」

一丸がたばこを指先で弾いた。

「十円、二十円で走り回る主婦もいりゃ、億に近い金をバッグに詰めて歩き回る人間もいる。どうだ？　世の中の不思議だろう？」

「たしかに、そうですね」

先刻の取引の場面が私の脳裏に甦った。

一丸も宍戸も、まるで千円か二千円のやり取りを見守るかのような顔をしていた。

もっと不可思議なのは、あの金融屋の中年の男女だ。彼らにとっての札束というのは、もはや金の意味をなさない代物なのかもしれない。

飯《めし》にはまだ早いな、とつぶやいて、一丸は通りすがりの喫茶店に私を誘った。

そして、店の赤電話から電話をしはじめる。

窓際の席に腰を下ろして、私は夕暮れの迫った窓の外にボンヤリとした目を向けた。

——お金で心まで売ってしまうのだけはやめてね。

メモに記してあったベティの言葉が頭に浮かんだ。

金の単位も、金に対する姿勢も、なにもかもがこれまでとは違う。麻雀で何百万も賭けていたことなど、子供騙しにおもえた。

引き返すのなら今かもしれない。いったんこの世界に足を踏み込んでしまうと、もう二度とふつうの生活には戻れなくなるような気がした。

「連絡を待ってる客が他にもいろいろいるんでな」

電話を終えて私の前に座った一丸が、たばこを取り出す。

「きょうは、レッスン・ツーだったわけですね」

「まあ、そういうところだ。で、どうだね？　感想は」

「無造作に金を扱うんで、正直ビックリしました。ああいう金融屋は、この街に沢山あるんですか？」

「大小、合わせれば、三、四十はあるだろうな。今の業者は、最低ランクの部類だよ」

「見た目には、それほど金があるようにはおもえませんでしたけど、それでも、日に二億や三億は動かすんでしょ？」

たばこをくゆらせ、一丸が事もなげに言った。

「日によったら、それ以上だろうな。でも、別に連中が金を持ってるわけじゃない。卸問屋から金を引っ張ってくるのさ」

「卸問屋？」

まるで乾物かなにかを扱うような言い草に私は首を傾げた。

「金の卸しをする、彼らの上の業者がいるのさ。つまり、金貸しに金を貸す、金貸しのボスってわけだ」

銀行は担保さえあれば、闇雲に金を貸すわけではない。金を貸すにも、然るべき理由が要る。したがってさっきのような小さな金融屋は、銀行から融資を受けることはできない。

「銀行はノンバンクに融資し、そのノンバンクを経由して、中小の金融屋に金が流れるという寸法だ。さっき担保に差し出した株券は、連中のところから、その卸しの金貸しのもとに流れるのさ」

「なるほど……」

「俺が今の金融屋を使ったのは、おまえさんに見せるのには、一番手っ取り早いとおもったからだよ。ふだんは、もっと大きな業者と取引する」

もっといろいろと聞きたかったが、「レッスン・ツーはここまでだ」と言って、一丸がコーヒーカップに手を伸ばした。

25

まだ五時をすこし回ったばかりなのに、「割烹飯田」は、もう半分ぐらい席が埋まっていた。

先刻の喫茶店からの電話で予約もしていたのだろう。奥の小座敷に案内された。

すぐに、店主の飯田が顔を出す。上機嫌の顔だった。

「どうも。調子良いですね。お礼に、きょうは奢りにしときますよ。好きなものを食べて行ってください」

「それとこれとは別ですよ。きちんと請求してください」

一丸がぶっきら棒な口調で言った。

「では、ごゆっくり」

飯田が私にも挨拶して、引っ込んだ。

橋田精機が値を上げている。飯田が上機嫌なのも分かる。

「でも、株であんなに儲かっちゃっては、商売なんてどうでもよくなるんじゃないですか?」

「株なんてのは、儲かるときもあれば、損するときもある。今度のは、たまたま上手くいってるだけだ」

「そうは言っても、一丸さんには確信があったんでしょ?」

「それが仕事だからな」

一丸は、きっとなんらかの情報を入手して、橋田精機を推奨したに決まっている。しかしその裏を私に話す気はなさそうだった。

女性従業員に料理を適当に注文し、ビールを先に持ってきてくれるよう、一丸が言った。

「単純な疑問を訊いていいですか?」

「レッスン・ツーは終わりだが、まあ、いい。なんだ？」

「証券会社に口座があれば、あんな金融屋を使わなくても、信用取引で、買えるじゃないですか。それに、もしあの金融屋がドロンでもしたら？」

「ドロンしたら終わりだな」

アッケラカンと言って、一丸が笑った。

「だから、信用できる業者しか使わんよ。どんな世界にも、泥棒や詐欺師はいる。こっちだって、馬鹿じゃない。もうひとつの――、なんで信用取引を使わないのか？　そんなの決まってるだろ。大きく勝負するのと、税金対策さ。誰だって、損をしようとおもって株をやってるわけじゃない。信用取引でやれば、痕跡が残るだろ？　その点、金融屋をかませれば、どうにでもなる」

ビールが運ばれてきた。

一丸が私にビールを注いでくれた。

「ところで、羽鳥常務とは、けっこう親しそうだったが、どんな関係だったんだ？」

「親しいとか、そういうんじゃないですよ」

料理が運ばれてきたので、話をやめた。

「まあ、食いながら、聞かせてくれ」

従業員が退《さ》がると、ビールを一気に飲んでから、私は言った。

「『羽鳥珈琲』は、辞めた広告会社のクライアントだったんですよ」

そう前置きしてから、羽鳥と知り合ったキッカケや麻雀での対戦、その後に飲みに行ったことを一丸に語った。

「さっきの彼の態度でも分かったが、つまり羽鳥常務は、おまえさんに対して好印象を抱いているというわけだ」

「好印象かどうかは知りませんけど、嫌われてはいないでしょうね」

一丸は従業員に、ウィスキーをセットするように言い、私には、遠慮せずにどんどん食え、と勧めた。

黙々と箸を動かす一丸は、なにかを考えているようだった。

食事を終え、ビールをウィスキーに替えた。

「この前、宝塚のOBの店で言ったこと、覚えてます？」

私は一丸に訊いた。

「なにを、言ったかな？」

「俺を捨てたことに復讐してやる、と言ったんですよ。誰に復讐するんですか？」

「ああ、あのことか……」

一丸がウィスキーグラスの氷を揺すった。

「大手の証券会社さ」

私は胸の内で笑った。

一匹狼《いっぴきおおかみ》の一丸が、大手の証券会社を相手にどう復讐するというのか。まるで巨大な象に対する小さな蟻《あり》のような話だ。

一丸はまた、あの街の伝説になる、とも言った。

もしかしたらこの一丸は、誇大妄想癖があるのかもしれない。

「復讐する理由は捨てられたからですか？」

胸の苦笑は隠し、訊いた。

「おまえさん、株で儲かったやつの話なんて、まず聞いたことがないだろう？」

「まあ、そうですね。むかしから、木の株にも手を出すな、といわれるぐらいですから」

「なぜだか、分かるか？」

「売り買いを繰り返すうちに、手数料で食われちゃうからでしょ？」

商品相場の経験から、そのことは嫌というほど知っていた。小豆《あずき》相場など、売買を十回もすれば、元金など吹っ飛んでしまう。

「知ってるじゃないか。そのとおりさ。客にすこしでも儲けが出れば、証券会社は、すぐに次の株に乗り換えさせる。客はジェットコースターに乗ってるようなものだ。ジェットコースターは上がったり、下がったりしているうちに、やがて降り口で停車する。客が降りられるのは、無一文駅に着いたときさ」

笑った一丸が、またグラスの氷を揺すった。

「それと、もうひとつは、客への嵌《は》め込みだ。嵌め込みの意味は分かるか？」

「上がりもしない株を、強引に客に押しつける？」

「よく知ってるじゃないか。どうやら、すこしは、株の勉強をしてたようだな。俺は、その両方に背いて、捨てられたのさ」

一丸が一気にウィスキーを呷った。空のグラスのなかの氷が、カランと乾いた音をたてた。

「俺は自分の顧客を儲けさせようとした――」

一丸が淡々と話しはじめた。復讐という過激な言葉がうそのような静かな口調だった。

「客には、持ち株が上がっても、まだ上値があると見込めば、上司がどんなに言っても売らせなかったし、上がる見込みのない株を買わせる指示にも逆らった。ノルマなんて、クソ食らえさ」

一丸が空のグラスにウィスキーを注ぎながら笑った。

「ある日、突然、辞令が出た。九州の営業所に行け、だとさ」

「それで、辞めたんですか？」

「俺の客は、応援するから独立しろ、と言ってくれたよ。それで、独立したんだ。ところが、応援してくれたのは最初だけさ。すこしの失敗も許しはしない。やってるのは株なんだぜ。相場だから、思惑が外れることだってある。儲かることが百パーセント分かっているなら誰だってやるさ。しだいに客は離れていったよ。でも、客のことを恨んでやしないぜ。信じなくなったというだけのことだ」

この街には信用できる人間なんているものか、と一丸は言っていた。つまり、勤めていた証券会社も、一丸が身体を張って守ってやった客も信用できない、と悟ったのだろう。

ウィスキーをグビリと飲んで、一丸が言った。

「答えは見つけたよ。それなら、上がる株を予想して買うんじゃなくて、買った株を上げりゃいいんだ、ってな。これなら、百発百中だろ？」

「つまり、仕手？」

「まあ、そんなところだ」

一丸がニヤリと笑った。

「おまえさん、簡単に、仕手というが、仕手をやるにゃ、莫大《ばくだい》な資金が要るんだ。こっちにはそんな資金はありゃしない」

私はすこし身を乗り出し、訊いた。

「どういうふうに、やったんですか？」

「話はここまでだ。それから先は、レッスン・スリーのもっと先の話になる」

一丸が手を打って従業員を呼び、勘定をするよう、告げた。私に、もう一軒つき合え、と言う。

店を出ようとしたとき、店主の飯田が厨房から顔を出した。

「店の奢りだと言ったのに」

「礼をしたいのなら、資金のほうをもっと出してください。それが、私にとっての最大のお礼ですから」

「分かりました。考えておきます」

私にも笑顔を向け、飯田が引っ込んだ。

26

表には、一丸の専用車が待っていた。意外にも、宍戸が乗っていた。

「代表。どうせ、どこかに行くんでしょ？　わたしも、一緒していい？」

宍戸が私に、初めて笑みを見せた。

車を降りたのは、先日の宝塚のＯＢがやっている店のビルの前だった。てっきりそこに行くものとおもったのだが、入ったのは隣のビルの七階にあるクラブだった。

どうやら宍戸は何度も顔を出したことがあるようで、迎えた店長らしき男に、一丸に替わってあれこれと指示を出している。

店はゴージャスな造りで、いくつかあるテーブル席では何人かの紳士然とした客がホステスと談笑していた。私たちが案内されたのは、彼らのいるフロアではなく、いくつかある個室のなかのひとつだった。

「どうだ？　『クラブ姫子』より、上等な店だろう？」

一丸がニヤリと笑った。

「店構えや造りが上等でも、働く女性が下等だったら、意味ないでしょ」

私にとっては、姫子の店が最上級で、店構えや造りなど問題ではない。

「言うねぇ。男は、そうこなくっちゃ」

一丸が声を出して笑った。

「その『クラブ姫子』っていう店、どこにあるの？」

運ばれたレミーマルタンの封を切りながら、宍戸が訊いた。

「新宿だよ。彼の恋人がやっている店だ。ほら、根津さん、彼のご贔屓《ひいき》の店でもあるんだ。梨田クンから偶然誘われて、分かったのさ」

どうやら姫子の言う一丸を連れてきた常連客は、根津という名前らしい。

「ふ〜ん。そうなんだ。でも、こんなに若いのに、もうクラブのママを恋人にしてるわけ？」

宍戸が私を初めて見たときに向けた、あの値踏みするような目で、私を見た。

「恋人じゃないですよ。それ以上の存在です」

「それ以上ということは、奥さん？」

「それ以上です」

「奥さんよりも上ということは、菩薩さん？」

「まあ、そういうことです」

私は姫子の背の、菩薩の入れ墨をおもい浮かべていた。

「代表の台詞ではないけど、言うわねぇ、貴方も。見直したわ」

宍戸は注いでくれたブランデーのグラスを私の前に置いた。

「見直す、ということは、これまでは見下してたわけですね」

私は突っかかるように言った。

「ストップ。それまでだ」

一丸が笑って、私と宍戸のグラスに、自分のグラスをぶつけ、乾盃で仲直りだ、と言った。

「一丸さんの話では、大層なお金持ちらしいですね」

一丸は仲直りと言ったが、半分嫌味を込めて、私は宍戸に言った。

「貴方にとってのお金持ちというのは、どのくらいのお金を持っている人のことをいうの？」

宍戸がやんわりとした笑みで、私に訊いた。

「本人の器以上にお金を持ってる人ですよ。千円札一枚の生活が似合っている人が一万円持ってればお金持ちだし、一億使っても平然とできる人が、一千万円しかお金がないのなら、貧乏。そういうことです」

「じゃ、わたしの器は、どう見えるの？」

宍戸のやんわりとした笑みは消えなかった。

「二、三億、というところかな」

「面白い男《ひと》ね、この梨田さん。気に入ったわ」

乾盃と言って、宍戸が私のグラスに彼女のグラスをぶつけた。

「じつは、貴方が初めてうちの事務所に顔を出したとき、正直、どこの馬の骨、っておもったの。すべて撤回するわ。ゴメンナサイ」

「だろう？　この世界での素質がある、と俺が目をつけたんだ。すぐに分かってくれるとおもってたよ」

一丸は上機嫌だった。

「じゃ、俺も撤回しますよ。最初に見たとき、俺は宍戸さんのことを、どこの女狐《めぎつね》だ、とおもったんですよ。美人だし、ふつうの男ならイチコロだろうな、って」

「ものすごい評価だったのね、わたし」

「おまえさんは、人を見る目もたしかだよ。宍戸クンは、うちの突撃隊長だからな」

おかしそうに言う一丸に、宍戸がキッとした目を向ける。

「なんです？　その突撃隊長というのは？」

「訂正だ。忘れてくれ」

ところで、話は変わるが――、と言って、一丸が私に真面目な顔を向けた。

「俺はおまえさんに、無償で、レッスン・ツーまで教えてやった。レッスン・スリーを終えたら、俺にもひとつ、協力してくれんかね？　なに、金を出せというんじゃない」

どうだ？　という目で、一丸が私を見た。

「なにをしろ、というんです？」

「羽鳥常務だよ。彼をうちの、最上ランクの会員にしたいんだ。なかなか慎重な男でね、もうひとつ、はっきりしないんだ」

「最上ランクの会員？　だって俺はまだ、一丸さんの会社の仕事の内容も知らないんですよ。

それは無理というもんでしょう」

「だから、レッスン・スリーを終えたら、と言っている。もしそのレッスンが終わって、おまえさんがノーと言うのなら、諦めるよ」

私と一丸の話に耳を傾ける宍戸がブランデーのグラスに白く細い指先を伸ばす。

そのとき初めて私は、彼女の指先の赤いマニキュアに気がついた。

27

激しい頭痛で目が覚めた。

昨夜は、深夜の二時近くまで、一丸と宍戸と飲んでしまった。

私はブランデーから、ウオッカに替え、しかも数杯もお替わりしたのだ。

一丸と宍戸は、もう株の話をしようとはしなかった。ゴルフとか、ラスベガスのカジノの話に花を咲かせていたが、私はゴルフをやらないし、カジノにだって行ったことがない。しだいに話がつまらなくなり、無性に酔いたくなってしまったのだった。

家まで送る、という一丸の申し出を断り、タクシーでマンションに着いたときは、酩酊《めいてい》状態だった。

酔いたかったのは、彼らの話題のせいばかりではなかった。

羽鳥を最上ランクの会員にしろ——。宍戸は突撃隊長だよ——。一丸の言葉で、彼らの今いる世界への興味よりも、なにか、見えないグレーの世界に対する、本能的な危険信号を感じ取ったせいだった。

インスタントコーヒーを飲むと、いくらか頭痛が鎮まった。

別れしな、近々また連絡する、と言った一丸に、曖昧な返事をしたことは覚えている。

もう一丸と会うのはやめるべきだろうか……。

ベティは、アメリカに行くまでにはまだ時間があるから何度でも会える、と言ったが、今のこのモヤモヤとした気持ちでは、とても会う気にはなれなかった。それに、私のこの胸の内をベティに相談するのには、彼女はあまりにも不適格なような気がした。

ベッドでたばこを吸っていると、妙なもので、あれほど勤め人生活を軽視していたのに、懐かしさを覚えてしまった。

今は昼前の十一時。もし勤めていれば、松崎課長から言われた仕事をなにも考えずに黙々とこなしていただろう。

しかし今は、やるべき仕事がなにもないのだ。自由といえば聞こえはいいが、自由であることの苦痛がすこしずつ私を包みはじめていた。

そしてもうひとつ。自分には友人と呼べる存在が誰ひとりとしていないことにも、改めて気づかされた。

午後になって、六本木で遅い昼食を摂ったあと、ぶらりとフリー雀荘をのぞいた。気が遠くなるほどの安いレートの麻雀で二時間ほど潰したが、心の空白は、埋まるどころか、益々広がってしまった。

私の今の心情を吐露できるのは、やはり姫子しかいなかった。

もう姫子は起きているだろう。

電話をすると、すぐに姫子の声が返ってきた。

——どうしたの？　その暗闇の奥からのような声は？

いらっしゃい、と笑うと、姫子は電話を切った。

タクシーを飛ばして姫子のマンションに向かった。ドアを開けた姫子は、赤のジャージー姿だった。

リビングのソファに腰を下ろすなり、姫子が言った。

「なによ、その迷い顔。もう、壁にブチ当たったの？」

「お見通しだな」

「何年のつき合いだとおもってるのよ」

コーヒーを淹れる、と言って姫子がキッチンに立った。ブルーマウンテンの芳ばしい香りが流れてくる。

ベランダの鳥籠のなかでは、二羽のカナリヤが飛びはねていた。

姫子がコーヒーを私の前に置く。

「どう？　一丸という人物、マー君のお眼鏡にかなったの？」

「それが、よく分からない」

コーヒーを飲みながら、初めて一丸の事務所に呼ばれてからのことを、姫子に語った。

「結局のところ、彼は競馬や競輪のコーチ屋と同じく、株のコーチ屋ということでしょ？」

「まあ、そうだな。でも決定的な違いは、競馬や競輪のコーチ屋は、客から金を預かりはしないけど、彼は預かる」

「つまり、きちんと精算しているのかどうか、それが疑問なわけね？」

「相場師というのは、自分の金で勝負するモンだろ？　そこがもうひとつ分からない。それに、羽鳥を最上ランクの会員に誘え、と言ったことも、引っかかってるんだ」

「それなら、やめればいいじゃない」

姫子はたばこに火を点けた。メンソールの香りが漂った。

「やめるのは簡単だけど、そうすれば、株の世界の裏を知らないままに終わってしまう」

「要するに、今は中途半端な気持ちになって、苛々《いらいら》してるわけね」

「まあ、そういうことだよ」

私もたばこを吸おうとしたが、空だった。姫子のたばこを一本もらったが、メンソールの味が、口に合わずに、すぐに火を消した。

「学生のころに味わった自由と、社会人になってからの自由とでは、意味がまったく違うことが分かったよ」

「そりゃ、そうよ。わたしと知り合ったころのマー君は、自由の意味を取り違えていただけなのよ。逃げ場があったからね。いつでも学生に戻れるという……。でも、今は逃げ場がない。自由に生きるのには、強い意志と、生意気かもしれないけど、哲学がいるのよ。今のマー君には、哲学がないわ。チャランポランなのよ」

「きついことを言うね。でも、そのとおりだとおもう」

「いつか、わたしが言ったでしょ？　やるんなら、トコトンやりなさい、って」

「そうか……、トコトンか……」

ベランダのカナリヤが、なにに驚いたのか、激しく籠のなかを飛び交った。

五時を回ると、姫子が店に出る準備をはじめた。電話でタクシーを呼んでいる。

「一緒に夕食をしたいけど、生憎《あいにく》きょうは先約があるのよ。あとで、飲みに来る？」

「いや、やめとくよ。昨晩は、一丸と深酒をしてしまったんだ。まだすこし、頭が痛い」

私は空振りを食った気分だった。久々に姫子と夕食をすることを期待していたのだ。

「なによ、そんな寂しそうな顔をして。気持ちがグラつくじゃない」

姫子が和服の帯を締めながら、笑った。

「じゃ、一緒に出よう。先に美容室に行くんだろ？　送るよ」

「今夜はどうするの？　泊まっていってもいいのよ。もし泊まるのなら、早目に帰ってくるわ」

「じゃ、そうするかな」

姫子と話したことで、私の胸のなかのモヤモヤは、うそのように消えていた。

インターフォンが鳴って、迎えのタクシーの運転手の声がした。

タクシーに乗り込むと、姫子が訊いた。

「で、彼女、元気にしてるの？」

彼女とは、むろんベティのことだ。

「二週間ほど前に、アメリカから帰ってきたよ。十日もしたら、また旅立つそうだ」

「そうなの……」

姫子が細めた目で私を見た。

「また旅立つ、って、今度は長いんでしょ？　なぜ一緒にいてあげないの？」

そう言ったあと、そうか……、と姫子が笑みを浮かべた。

「つまり、どっちつかずの中途半端な気持ちだから、会いたくないいんだ？　それで、わたしの所に来たのね？」

「それも、お見通し、ってわけだ」

私はあっさりと白状した。

いつものことのようで、タクシーの運転手は勝手知った顔で、新宿に程近い美容室の前で車を止めた。

「マー君。わたしは嬉しいけど、今夜は家《うち》に泊まるのは駄目よ。彼女と食事をして、一緒にいてあげなさい。それが、男というものよ」

言い残すと、姫子はさっさと車を降りて、美容室のなかに消えた。

「どちらに？」

運転手が訊いた。

私は角にある公衆電話ボックスを指差した。

「どこに行ったらいいのか、分からないんだ。電話に訊いてみるよ」

怪訝《けげん》な顔をしたが、運転手は徐行運転しながら、公衆電話ボックスに車を横付けした。

ベティの部屋に電話をしたが、コール音が響くだけだった。

車に戻り、ちょっと考えたあと、麻布十番にやってくれるよう、私は運転手に言った。

それが男というものよ――。姫子の言葉が頭にこびりついている。

ふつうの男だったらどうするだろう……。ベティのマンションに行って、帰ってくるのを待つのだろうか。それとも、部屋に戻って、ベティが帰るまで、何度も電話をするのだろうか。

いいじゃないか。どうせ俺は、ふつうの男とは違う、ロクデナシなんだ。頭を振って、姫子の言葉を追い払った。

麻布十番の佳代ママの秘密麻雀クラブの近くで車を降り、薬局の前の赤電話に十円玉を放り込んだ。

もしメンバーが揃わないようなら、その辺りで夕食を摂ってから部屋に帰るつもりだった。

――もし、もし……。

電話に出た声は、佳代ママとは違う声だった。水穂でないのは当たり前だ。彼女は佳代ママから、店でのアルバイトは禁止されたし、それに、タレント業で忙しくしている身だ。

「佳代ママは？」

——どちら様？

知らぬ電話は用心するよう言われているのだろう。訊く声は、どこか慎重だった。

「梨田というんです。佳代ママとは、古い馴染みですよ」

彼女の警戒を解くように私は言った。

——ママは、六時に来ます。

今は五時半を回ったところだ。しかし、来る、とはどういうことだろう。佳代ママは、雀荘部屋の隣に住んでいたはずだ。

「じゃ、六時すぎに顔を出します。ママには、俺がそう言ってた、と伝えてください」

すぐ近くにあった中華屋に入って、ラーメンと餃子《ギョーザ》という夕食を摂った。

まるで学生時代に戻ったような気分だった。あのころの、定番の夕食のメニューだ。そしてそのあとで、フリー雀荘に乗り込むというのも定番だった。

姫子には夕食を断られ、ベティとは連絡がつかない。気の置けない友人のひとりだって、近くにはいない。

結局のところ、自分にはこういう図が似合っているのだ、と私はおもった。と同時に、完全に踏ん切りがついた。一丸の世界をトコトンのぞいてやろう。自分の道は、自分で切り拓《ひら》くしかないのだ。

六時十分すぎに、佳代ママの秘密麻雀クラブのインターフォンを鳴らした。

梨田です、の呼びかけに、すぐドアが開いた。

「久しぶりじゃない。元気にしてたの？」

佳代ママは、すでに銀座勤めに行く和服姿だった。

「いろいろあったんで、すこし足が遠のいてました」

「まあ、入って」

佳代ママの後ろにつづくと、麻雀卓の近くに、初めて見る顔の女が立っていた。

「梨田さん。紹介するわ。魔子さんよ」

「マコさん？」

「そう。悪魔の魔子さん」

よろしく、と言って、女が頭を下げた。

二十代半ばにも見えるし、三十代半ばにも見える。化粧が濃く、ストレートの髪を胸元まで伸ばしているせいだ。

「すごい名前だな。取って食われそうだ」

笑って、私も彼女に小さく頭を下げた。

「お店での源氏名だったんだけど、そのまま使ってるのよ。名前なんて、どうでもいいでしょ？」

佳代ママが長ソファに座り、笑みを向けた。

「だった、ということは、もうホステスさんじゃない？」

「そう。二カ月ほど前、うちの店で働きたい、と言ってきたんだけど、麻雀が三度のご飯より好きだというから、ここの専属で働いてもらうことにしたのよ。人手もないし、麻雀のメンバーもすくなくなったから、丁度よかった。メンバーが足りないときは、彼女が入るわ。わたしは麻雀ができないから、つまりわたしの代打ちというわけ」

「ふ〜ん」

たばこに火を点けながら、私はもう一度、そっと魔子という女に目を向けた。

ここの高額のレートで代打ちさせるということは、麻雀の腕は相当なものなのだろう。

魔子は、私の視線を受け流し、コーヒーを淹れると言って、キッチンに立った。

「ミホちゃん、ご活躍だね」

麻雀卓の椅子に座り、私は佳代ママに小さな声で言った。

「順調にいけばいいけどね」

佳代ママもたばこを手にした。

「大丈夫だよ。ミホちゃんは可愛いし、だいいち、華がある。将来のスターは間違いないよ」

「よくもまあ、イケシャアシャアと」

佳代ママが皮肉たっぷりに言った。

「貴方、水穂を振ったらしいじゃない。水穂から聞いたわよ」

「とんでもない。会社も辞めたし、ミホちゃんの足手まといになるとおもって、身を引いたんだ」

魔子が、私と佳代ママの前にコーヒーを置いた。

「まあ、どうでもいいんだけど、早い話が、お互い、縁がなかったということなのよ。それで、梨田さんは、今、なにしてるの？」

コーヒーにひと口、くちをつけ、佳代ママが訊いた。

どう言うべきか、一瞬迷った。金にシビアなママのことだから、無職になったと言えば、私の懐を心配するだろう。

「株のほうを、ちょっとばかり」

「株？　また、そっち方面に戻るの？　水穂から話は聞いたわ」

大阪時代の相場の話のことを言っているのだろう。それとは違うと言って、私は曖昧に誤魔化した。

「まあ、いいわ。仕事をしているのなら。男は仕事が一番よ」

佳代ママが機嫌がいいのは、私と水穂が別れたことが原因なのかもしれない。

「それで、きょうは、麻雀をしに来たわけ？」

「ちょっと時間が空いたんで、できるかな？　とおもってね」

ところで――、と言って、私はコーヒーに口をつけた。

「羽鳥常務、まだ時々、顔を出してるの？」

「以前ほどじゃないけど、月に一、二回ぐらいかしら。常務と打ちたいの？」

「いや、特にそういうわけじゃない。麻雀を打てるんだったら、誰でもいい」

「最近、全然やってないの？」

「このあいだ、ちょっとだけやった。でも東風戦《トンプウ》麻雀だから、つまらなかった。麻雀はやはり、東南戦《トンナン》じゃないとね」

黙って聞いている魔子に、そうだろ？　と私は声を掛けた。

「わたしは、どっちだっていいわ。でも、東南戦《トンナン》が好きということは、梨田さん、腕に相当自信があるのね」

「そうよ。うちに来るメンバーのなかでは、三本指に入るわ」

そうそう――、とつぶやき、佳代ママが言った。

「魔子ったら、あの桜子とも麻雀をやったことがあるそうよ」

「ふ～ん。で、結果は？」

私は魔子に訊いた。

「三回打って、一勝一敗一引き分け、だったわ」

魔子が、アッサリと言った。

「あの女性《ひと》、ここにも出入りしてたそうね」

「最後は、この梨田さんに、コテンパンにやられて、来なくなったわ。それに、銀座のお店も今年の初めにクビになったそうよ。なんでも、お店に来る客を麻雀でカモったということで、お店のママの逆鱗《げきりん》に触れたんですって」

「カモられるほうが悪いんだ。気の毒に」

私は時計を見た。噂話《うわさばなし》を聞きに来たわけではない。麻雀ができないなら、さっさと帰ったほうがいい。

「ちょっと、待ってよ」

腰を浮かせかけた私を見て、佳代ママが手帳を取り出し、電話を掛けはじめる。

「羽鳥常務、もうお帰りになられた？」

どうやら羽鳥に電話しているようだった。

電話を終えた佳代ママが、私を振り返る。

「常務、貴方がいると教えたら、来るそうよ。三、四十分ほど、待ってくれる？」

「他は？」

訊く私に、魔子が横から口を挟んだ。

「もし、嫌でなかったら、桜子さんを呼んでもいい？」

「店をクビになったんだろ？　連絡は取れるのかい？　というより、それには佳代ママの許可がいるよ」

そうだろ？　と言って、私は佳代ママに皮肉っぽい笑みを投げた。

「桜子じゃなくても、メンバーなんて、他にいくらでもいるわよ。それに、彼女、お店をクビになってから、引っ越したようで、わたしのほうから連絡はつけられない」

案の定、佳代ママは、魔子の提案に難色を示した。

「わたし、彼女の家の電話番号、知ってるわ。今年の二月に麻雀を打ったときに、教えられたのよ。それに、ママ。わたし、桜子と打ちたいのよ。彼女の名前を耳にしたら、急にウズいちゃって。今、言ったように、わたしと彼女、五分の成績だったし、白黒つけたい」

魔子も執拗《しつよう》だった。

だが私は、その執拗さにすこし違和感も覚えた。

桜子と五分に打ったというなら、彼女の腕も相当なものだ。それに、佳代ママの代打ちをするということは、どうやら麻雀で食っているらしい。つまり、早い話が、彼女は女版の雀ゴロなのだ。雀ゴロのモットーというのは、負けない麻雀を打つことで、自分と同等か、それ以上の腕の人間との勝負は回避するものなのだ。

別に羽鳥の懐を心配してやる必要なんてないが、私と桜子と魔子の、この三人を相手にしては、いかにも彼には分が悪い。よほどのツキに恵まれないと、勝つことは難しいだろう。

「もし、どうしても、というんなら、自腹で打ちなさい。代打ちは駄目よ」

諦め顔で、佳代ママが魔子に言った。

「いいわ。でもこの時間だし、銀行からお金も下ろせない。ママ、お店の準備金を、あしたまで回してくださいよ」

「駄目よ。博打のお金は回さない。だったら諦めるのね」

魔子が唇を嚙んだ。

二人のやり取りを聞いていた私は、魔子に訊いた。

「桜子と打ったときのレートは？」

「ここと同じよ。千点二千円の、五万十万だったわ」

「たぶん桜子は、俺とやると聞いたら、その倍のレートにしろ、と言うはずだよ。なにしろ、前回は五千円のレートで俺に負けてるんだ」

話しているうちに、気楽に立ち寄ったつもりだったのに、いつしか私の闘争心には火が点きはじめていた。

「わたしは、構わないわ。でも今、言ったように――」

「手元に現金がない、か……。家はどこだい？」

「青山よ」

「なら、タクシーを飛ばせば、三、四十分もあれば、戻ってこれるな。じゃ、こうしよう。俺が三百万回すよ。その替わり、家に戻って、通帳と印鑑を持ってきてくれ。別に信用しないわけじゃないが、なんせ、初めてなんでね」

私も部屋に戻る必要がある。一丸に言われて下ろした五百万は、部屋に置いたままなのだ。

「それじゃ、梨田さんに悪いわ」

さほど悪いともおもっていない顔で、佳代ママが私に言った。

「なら、ママが金を回してやれよ。でも、嫌なんだろ？　それに俺も今、手元には大した金を持ってない。もし麻雀ができるようだったら、一時的にママから借りようとおもってたぐらいだからな。家に戻って、金を取ってくるよ」

「あら、そうだったの」

本当に金にはシビアなママだ。顔に、早く金を取ってこい、と書いてある。

「と、いうわけだ。家に帰って、通帳と印鑑を取ってきてくれ」

魔子に言って、私は腰を上げた。部屋を出る私のあとに、彼女が尾《つ》いてくる。

マンションの前で魔子と別れ、私は自分の部屋への道をトボトボと歩いた。

金を回して打つ賭け麻雀など、愚の骨頂だ。私に麻雀を教えた永田からは、それだけはやるな、と言われてもいた。

魔子という女の麻雀の腕を見てみたくなったのだろうか。久々に、あの桜子と打ちたくなったのだろうか。それとも、羽鳥に会いたくなったからだろうか。

どれも当たっているような気がした。

部屋に入って、机の引き出しから、紙袋に入れた五百万の束を取り出したとき、電話が鳴った。

いつもならすぐに電話に出るのに、迷いが生じた。

電話の相手は、一丸かベティだろう。私の部屋の電話番号を知っている者はかぎられている。

もしベティなら、どう言えばいいのだ。まさか、これから麻雀をやるので会えないなどとは言えない。それに、大きな勝負の前に、言い訳など並べたら、ツキが失くなってしまう。

無視して部屋を出た。

28

佳代ママの秘密雀荘に、魔子はまだ戻っていなかった。

「ご苦労さん。はい、これ」

佳代ママが、帯封のついた三百万を私に差し出した。

「どういう意味だい？」

「まさか、梨田さんに立て替えてもらうことなんてできないでしょ。でも、魔子には、わたしの態度を、はっきりさせておかないと。わたしからお金が出たことは、彼女には内緒にしておいて」

「なるほど」

私は佳代ママの出した三百万を、紙袋のなかに詰め込んだ。

インターフォンが鳴った。

迎えに出た佳代ママの後ろにつづいていたのは、羽鳥だった。

「なんだか、このところ、妙に縁があるな」

羽鳥が笑って、有名会社の役員というより、遊び人風に見える派手なスーツの袖を指先でさすった。

「で、魔子と梨田クンの他に、誰が？」

長ソファに座った羽鳥が佳代ママに訊いた。

「桜子よ」

「桜子？　あの『銀座のお竜《りゅう》』かい？」

「嫌なら他を探すわ。断りましょうか？」

「麻雀をやる分には、どうってことない。ただ、女としては好きじゃない、というだけのことだ」

「それなら、魔子が戻ってから決めましょ。まだ桜子にも連絡してないことだし」

「戻ってから、って、彼女、どこかに行ったのか？」

「これよ」

そう言って、佳代ママが右手の親指と人差し指を丸めた。

「金？」

「そうなの。魔子が桜子と打ちたいと言うから、わたしの代打ちは駄目と断ったのよ。それで、家に通帳と印鑑を取りに行ったわ。それを担保に、梨田さんがお金を回してあげるんですって」

佳代ママが、羽鳥にも内緒にしろ、とでもいうように、私に向けて小さくウィンクした。

「お茶を淹れるわ」

キッチンに入った佳代ママを見て、私は羽鳥に言った。

「先日は、妙な所で会いましたけど、常務は、一丸さんとは古いつき合いなんですか？」

「それは、こっちの台詞だ。きみこそ、彼とは古いのかい？」

瞬間、私は算盤を弾いた。

一丸は、羽鳥に最上ランクの会員になるよう勧めてくれ、と私に注文を出した。最上ランクの会員なるものがどんなものなのかは分からないが、もし一丸の頼みを引き受けるような局面が訪れたとき、一丸とのつき合いがさほどのものでなかったことを知れば、たぶん羽鳥は二の足を踏むだろう。

「さほど古くもなければ、新しくもないというところですかね。俺の古い知り合いが、一丸さんと親しかったんで、その紹介で、ですよ」

「なるほど。俺は一年というところだ。人を介して、彼んとこの美女――宍戸が訪ねてきたんだ」

「なんのお話？」

佳代ママが、私と羽鳥の前にお茶を置いた。

「彼と、先日、妙な場所で偶然、出くわしたんだ」

「妙、って？」

玄関のドアの開く音がした。

「すみません。お待たせしてしまって」

魔子が羽鳥と私に頭を下げ、封筒を私に差し出した。

「じゃ、これ」

封筒を受け取り、替わりに私は佳代ママから預かった三百万を、彼女に渡した。

「見てもいいかい？　別に、空っぽを疑ってるわけじゃないんだが」

「どうぞ。家から電話したら、桜子さん、七時ごろまでには顔を出せる、って」

魔子から受け取った通帳をそっと開いて見た。

意外だった。残高はせいぜい五、六百万ぐらいのものだろう、とおもっていたのだが、三千万以上ある。

もしかしたら、彼女は億近い金を持っているのかもしれない。水商売をはじめとした、税務署との関わりを嫌う人間は、口座を分散して複数の通帳を持っているものだ。

「たしかに」

私は魔子にうなずいて、通帳を閉じた。

いったいどうやって、これほど多額の金を貯《た》めたのだろう。水商売だけでは無理だ。佳代ママとは違って、彼女は自分で店をやっているのではない。

ならば、腕に自信のある麻雀で、ということか。

それを訊いてみたい気がしたが、佳代ママや羽鳥の手前では、さすがにはばかられた。

それになにより、これだけ金があるのなら、なにもホステスや、こんな秘密麻雀クラブで働く必要なんてないじゃないか、というのが私の抱いた素朴な疑問だった。

「俺は、なあ――」

たばこを吸いながら、羽鳥が言った。

「今夜、来たのは、じつは麻雀は二の次なんだよ。梨田クンがいる、というから顔を出したんだ。だから、長いことはやらんよ。せいぜい十二時ぐらいまでだな。そのあとで、彼と飲みに行きたいんだ」

それでいいかい？　と羽鳥が、私と魔子に訊いた。

いいですよ、と私。わたしも、と魔子も同意した。

問題は桜子だが、私たち三人がそう決めれば、彼女だって渋々でも従うしかないだろう。

チャイムの音がした。

「どうやら、『お竜』の登場みたいね」

そう言う佳代ママの言葉には棘があった。

「お久しぶり。元気でした？」

顔を出した桜子が、例の、男をトロけさせるような流し目で、私と羽鳥に頭を下げた。

「貴方、お店、辞めたらしいわね」

佳代ママが嫌味タップリに、桜子にジャブを食らわせる。

「そう、クビになっちゃった」

桜子が赤い舌先をチロリと出した。この舌先に、有村部長もコロリとやられたのだろう。

「有村部長も、会社をクビになったそうじゃない。梨田さん、貴方も？」

佳代ママから受けたジャブにカウンターを放つかのように、桜子が私に矛先を向けた。

「まあ、どうとでも取ってくれていいよ」

桜子とこんな話をする気にもなれなかった。

「ところで、せっかく来てもらって悪いんだが――」

私は今夜の麻雀は、十二時ぐらいでお開きになる、と桜子に言った。

「別にいいわよ。時間が短くたって、レートでカバーすればいいことだから」

私を見る桜子の目は、とても挑戦的だった。

「レートでカバー、って、いったいいくらのレートでやろう、ってんだい?」

私は桜子に訊いた。

これまでの私なら、どんなレートででも受けただろう。

しかし四千万もあった金は、今はもう、一丸に預けた株も含めて、一千六百万ほどまでに減っている。内心私は躊躇《ちゅうちょ》していた。

「この前のコテンパンにやられたときは、千点五千円だったわよね。その倍で、どう?」

事もなげに、桜子が言った。

「おい、待てよ」

羽鳥が口を挟んだ。迷惑千万という顔をしている。

「アンタは麻雀で食ってるんだろうが、俺にとっちゃ、麻雀は、遊びのひとつでしかないんだ。株や事業にだったら、億の金を注ぎ込んだって惜しくはないが、馬鹿げた麻雀は、ゴメンだな。どうしても、というなら、俺は抜けるよ。他の雀ゴロを当たりな」

羽鳥の言葉は、私にとっては救いだった。桜子の提案を断るのだけは、私の見栄が許さない。

「と、いうわけだ。レートは、前回と同じ五千円。その替わり、差し馬《ウマ》を受けるよ」

私は桜子に言った。

「いくら受けてくれるの？」

「そっちで、決めてくれ」

「じゃ、片手で」

桜子がてのひらを広げた。

指先のマニキュアが蛍光灯の明かりを受けて、妖しく光った。

「五十万かい。分かった。いいよ。でも、キリがないから、半荘《ハンチャン》四回戦、それでいいかな？」

「けっこうよ」

桜子の笑みを見て、今度は魔子が口を挟んだ。

「それなら、わたしも入れて。羽鳥常務を除いて、三人で握りましょうよ」

「アンタら、正気じゃないよ」

なあ、ママ、と羽鳥が佳代ママに呆れ顔を向けた。

「梨田さん。魔子の通帳を、チョット見せて」

言われて、私は佳代ママに、魔子から預かった通帳を手渡した。

受け取ったときには見なかったが、預金通帳の名前は浅田春香となっていた。

「ふ〜ん」

通帳の残高を確認した佳代ママが鼻を鳴らした。

「成り行きだから、今回は許すわ。でも、こんな馬鹿げた麻雀は、これで終わりよ。変な噂を立てられたら、手入れを食らっちゃうわ」

通帳を返そうとした佳代ママに、私は首を振って、言った。

「ママが預かっててくれ。それを持って逃げそうな気がするんでな」

魔子に渡した三百万は、佳代ママの懐から出ているのだ。私が預かっている筋合いはない。

「なんか知らんが、サッサとやって、サッサと終わろう」

羽鳥の顔には、ここに来たことを後悔するような色が浮かんでいた。

じゃ、魔子——。魔子に声を掛けて、佳代ママが腰を上げた。

「わたしはお店に行くから、あとはお願いね。零時すぎには戻ってくるので、この通帳はそれまでわたしが預かっておくわ。要するに、勝ってしまえばいいのよ」

佳代ママが消えると、羽鳥が場決めの東南西北を裏返した。

「半荘《ハンチャン》四回戦だから、回り親でいいな？」

回り親とは、半荘《ハンチャン》ごとに出親を決めるのではなく、順番にやるということだ。これだと、起家《チーチャ》やラス親の好き嫌いに関係なく、平等になる。その反面、この四回戦、場替えが一度もないから、差し馬《ウマ》をやる私や桜子、魔子にとっては、布陣が大きな意味を持つ。

理想は、上家《カミチャ》に羽鳥が座ることだ。差し馬《ウマ》相手が上家《カミチャ》になると牌《ハイ》を絞られるが、差し馬《ウマ》に関係のない羽鳥ならば、さほど牌《ハイ》は絞られないからだ。

摑み取りの場決め。裏返った牌《ハイ》をめくる桜子と魔子の顔は、もう勝負に入ったかのようにピリピリとしていた。つまり二人共、私と同じことを考えているのだ。

東が桜子。南が羽鳥。私は西で、魔子は北。

魔子は、桜子と打つことにこだわった。それが本当に桜子と白黒をつけたかったのか、それとも、二人がグルであるのか、私は目を光らせるつもりだった。

もしかしたら魔子は、もし私が顔を出すようだったら呼んでくれ、と桜子に頼まれていたのではないか。その疑いを私は抱いていた。ならば、二人がグルになっている可能性がある。

出親の桜子がサイコロに息を吹きかけ、私の積んだ山に、それをぶつけた。まるで、挑戦状を突きつけるかのようだった。

七。私はサイコロを振り返した。三。七と三。花札でいう、ブタだ。

ドラは中。

久しぶりに、緊張を覚えた。

千点五千円で、オカの馬《ウマ》が、十万二十万。箱点のラスを食らえば、三十五万。それに、桜子と魔子にも差し馬《ウマ》で負けるから、二人合わせて百万。つまり、百三十五万の金が半荘《ハンチャン》一回で吹っ飛ぶ。四回戦すべてラスなら、五百万もの大金を、わずか四時間足らずで失ってしまう。

私の手は、クズッ手だった。サイコロのブタの目は、私を示唆したのだろうか。

上がりを放棄し、魔子の捨《ス》て牌《ハイ》に注意を払うことに決めた。親でもある下家《シモチャ》の桜子にぬるい牌《ハイ》を切るようだったら、要注意だ。

六巡目に私は、羽鳥が切った🀊を、🀈🀉🀊の形でチーをした。

手の内はバラバラだったが、ドラの🀄を誰が抱えているか分からない序盤でのこの食いが、断公《タンヤオ》で親を蹴ろうとしているのか、それとも、ドラを抱えてのものなのか、桜子と魔子は警戒の目を向けるだろう。

十巡目、羽鳥がリーチをかけた。

🀐🀑🀆🀅🀡🀞🀈🀀🀋（リーチ）

私が🀊を食ったあとの捨《ス》て牌《ハイ》が、🀞🀈🀀🀋。

リーチ牌《ハイ》の🀋は明らかに自摸《ツモ》切りだった。🀊🀈を切ったのは、嵌《カン》🀉を嫌ったのだろうか。それならば、並の打ち手は、🀈🀊と切る。🀊に🀋がくっつけば、🀉🀌の両面《リャンメン》に変わるからだ。

並の打ち手の羽鳥が🀊🀈の順で切ったのは、🀉🀌の受けを完全に拒否したと考えられる。つまり、早い話が萬子《マンズ》はすべて通るということだ。

まともな両面《リャンメン》受けなら、🀙🀜🀚🀝、索子《ソウズ》なら、🀒🀘🀘、🀔🀗、というところか。

私は、溜め込んでいた安全牌《パイ》の対子《トイツ》の🀅を一枚捨てた。

魔子、打🀋。それを、桜子が両面《リャンメン》の、🀋🀌🀍で食いを入れ、手の内から、打🀡。

瞬間私は、オヤッ、とおもった。断公《タンヤオ》なら、🀡を今まで抱えているわけがない。

リーチに対しての両面《リャンメン》仕掛け。ひと食い聴牌《テンパイ》だろう。

「ナイス、チー」

自摸《ツモ》った八萬を勢いよく卓に叩きつけて、羽鳥が高笑いした。

「なんだい？　こりゃ。トリプルじゃねえのかい？」

リーチ、純チャン、二盃口《リャンペーコー》、自摸《ツモ》、裏ドラにが寝ていて、ドラが二丁。

「残念。十二翻《シーアルハン》ですね」

私は桜子の顔色を見ながら、羽鳥に言った。

八千、四千の子の倍満《バイマン》。桜子の親っ被り。上出来だった。

29

桜子は平静を装っていた。魔子のほうは、長い髪のせいで、表情は読み取れなかった。

伍萬のチーをしなければ、桜子は面前《メンゼン》で聴牌《テンパ》っていた。食い流しの牌《ハイ》で上がられるのは、最悪の麻雀だ。

羽鳥がトップを取るのは大歓迎だ。私は、桜子と魔子の二人に負けなければいい。

牌《ハイ》を崩すとき、桜子の手牌《テハイ》のなかに、表ドラだった中の姿がチラリと見えた。たぶん、中が暗刻《アンコ》だったのだ。

サイコロのブタの主が分かった。あれは、桜子だったに違いない。

この半荘《ハンチャン》は、まず桜子殺しに全神経を使えばいい。

迎えた親で、羽鳥が飛ばした。大体が、羽鳥の麻雀は、本人の性格そのままにお調子麻雀で、いったん調子に乗ると、手がつけられなくなる。

二千点オールの自摸《ツモ》上がり。

三局、立てつづけに羽鳥は自摸《ツモ》上がって、桜子の残りの点棒は、六千九百点。一本場千五百点のインフレルールでは、劣勢の者にとっては、連チャンは酷いダメージを受ける。

羽鳥の親がつづく。三本場。

山を積みながら、桜子が魔子に言った。

「相変わらず、ゴルフの会員権、やってるの?」

ゴルフの会員権? いかにも唐突な話題だった。桜子には、そんな話の余裕はないはずだ。

「なんだい? 会員権の売買に手を出してんのかい?」

上機嫌の羽鳥には、この緊迫した場面は関係ないようだった。

この好景気のなか、株や土地のみならず、今ではゴルフの会員権売買までが盛んに行われている。特にゴルフの会員権は、すごい人気になっているらしい。

「そうよ。魔子ったら、それでひと財産築いたらしいわ」

ねっ、そうでしょ? と桜子が魔子に、例の流し目を送る。

「ゴルフ好きの趣味が高じて手を出しただけよ。常務も買ってみたらいいわ。儲かるわよ」

魔子が自分の山を積み終えた。

なるほど、そういうことか。魔子の通帳には、三千万余りの残高が記されていた。

しかし、この状況のなかでの話題に、私はすごい違和感を覚えた。

ドラは九萬。

私は相変わらずのクズッ手で、今回も勝負になりそうになかった。

点棒に余裕のない桜子は、突っ張らざるを得ないだろう。そして、羽鳥に放銃して、この半荘《ハンチャン》が終わるような気がしていた。

だが、今回の羽鳥の手は重たいようで、自摸《ツモ》切りがつづいている。

となると、手が入っているのは、桜子か魔子のどちらかということになる。

桜子は、初っ端から断么牌《タンヤオハイ》を切り飛ばして、明らかに一発逆転の国士無双《コクシムソウ》狙いのようだった。つまり、手が腐っているのだ。一方の魔子は、ごくふつうの手のようで、聴牌《テンパイ》は彼女が一番早そうだった。

この展開は、私にとっては好ましいものではない。現時点では、私と魔子は同点だが、彼女に上がられると、差し馬《ウマ》が負けてしまう。

「なにやってんだい？　気持ち悪いじゃねえか」

桜子の捨《ス》て牌《ハイ》を見ながら、羽鳥が笑う。余裕タップリの顔だった。

そのとき、私の右眼は、下家《シモチャ》の魔子の手の不自然な動きを見逃さなかった。

私は卓上の四人の河に、改めて点検の目を向けた。

国士無双《コクシムソウ》に必要な牌《ハイ》はまだ枯れていない。東と🀡と🀙、中が、それぞれ三枚ずつ切られているが、いずれのワンチャンスも残っているのだ。

十四巡目、羽鳥がを切って、リーチ宣言をした。

「リーチ棒、要らないわよ」

桜子が、例の目で、羽鳥と私を見ながら言った。

桜子が手牌《テハイ》を広げた瞬間、私は魔子の手牌《テハイ》と、彼女の山を両手で押さえた。

「なにするのよ」

魔子が私を睨みつける。顔面は蒼白《そうはく》だった。

「動いちゃ、駄目だよ」

手牌《テハイ》を広げた桜子に、私は言った。

「きれいに理牌《リーパイ》されてるが、きれいなのは理牌《リーパイ》だけだな」

桜子の顔は、魔子とは違って、血が上ったように赤くなっている。

「どういう意味よ」

桜子が憮然とした顔で、言った。

「常務」

私は羽鳥を見ながら、言った。

「これから、お二人さんの身体検査をするんで、二人から目を離さないでくださいよ」

「なんだ、イカサマ、やったのか」

うなずく羽鳥の表情は、初めて目にする険しいものだった。

魔子の右手がかすかに動いた。

「だから、動くな、と言っただろ」

私は魔子を見据えて、鋭い一喝を浴びせた。

「山は、十七牌《ハイ》積みだよな」

魔子と桜子に交互に目をやりながら、私は言った。

オール伏《フ》せ牌《パイ》での洗牌《シーパイ》。山は各自十七牌《ハイ》で積むのは、高額レートでは当たり前のルールだ。

羽鳥の切った🀡で桜子が手牌《テハイ》を広げたのは、彼女の山が終わろうとしたときで、下家《シモチャ》の魔子の山は、手つかずのままそっくりと残っている。

顔面を紅潮させていた桜子の表情は、もう元に戻っていた。私の言葉を無視するかのように、魔子にチラリと目を向ける。

「ひとつ、ふたつ……」

私は声を出しながら、ゆっくりと魔子の山を数えはじめた。

山は十五牌《ハイ》で終わりだった。

「妙じゃないか？　残りはどこに消えたのかな？」

「フザけるな。おまえら」

形相もさることながら、羽鳥の声は興奮で震えていた。

「じゃ、身体検査、さしてもらうよ」

私が腰を上げると、桜子がふてぶてしい笑みを浮かべた。

「分かったわよ。その必要はないわ」

桜子が、卓の下の左手を出して、消えた二枚の牌《ハイ》を卓上に放った。

「グルを認めるんだな？」

「いい目してんのね、梨田さん。甘く見てたわ」

魔子を見て、シャッポ脱ぎましょ、と言う。魔子が肩をすくめるしぐさをした。

「さて、どうしますか？　常務」

私は羽鳥に、言った。

「さてと、どうするか……」

さっきまでの興奮は鎮まったようで、羽鳥がたばこに火を点け、煙を吐きながら、言った。

「やくざ映画では、こういう場面だと、指の一本も取るんだろうが、生憎と、俺はやくざではないんでね。梨田クンなら、どうする？」

桜子と魔子は観念したように、ふて腐れた顔で黙っている。

「この麻雀屋を仕切っているのは、佳代ママですから、ママに下駄を預けましょう。店に電話して、呼び戻しますよ」

私が立ち上がったのを見て、桜子が言った。

「わたしたちの負けよ。わたしと魔子、二人とも、箱点のラス計算でお金を払うわ。差し馬《ウマ》の分も、ね。それも、二回分。それでいいでしょ」

「駄目だね。金の問題だけじゃない。佳代ママにだって、面子がある。やはり、ママに決めてもらうよ」

「好きにしたら」

桜子は完全に開き直っていた。

「言われるまでもない。好きにするよ」

私は部屋の電話を取り、佳代ママの店を呼び出した。すぐに電話はママに替わった。

――どうしたの？

「チョットばかり、面倒が起きたんだ」

私は事の次第を佳代ママに話した。

――それホントなの？　冗談じゃない。

すぐに戻る、と言うと、佳代ママは叩き切るように電話を置いた。

嫌な沈黙が流れた。

純平が金を持ち逃げしたとき、佳代ママは彼女のバックのやくざの存在をほのめかしたことがある。だが私は、そこまで事を大きくしたくなかった。桜子や魔子のことなどどうでもよかったが、羽鳥の立場を考えると、やくざに顔を出されるのは好ましいことではない。

レフティのことをおもい出した。レフティは、姫子におもいを寄せ、私への恨みから、何度となく私に高額麻雀での勝負を挑んだ。最後は、イカサマがバレて、やくざモンの有坂に、二度と麻雀牌《パイ》が握れぬように、左手の指をへし折られたのだ。

「なんで、こんなことをした？　俺への恨みかい？」

私は桜子に訊いた。

「青臭いガキのくせして生意気だから、すこしお灸《きゅう》をすえてやろうとおもったのよ」

たばこを取り出しながら、サラリと桜子が言った。

「青臭い……か。こう見えても、修羅場はかいくぐってるんだぜ」

「そのようね」

「二人は、いつからグルなんだい？」

「グル？　生まれたときからグルよ。魔子は、わたしの妹よ」

たばこを吹かす桜子が、口元に薄ら笑いを浮かべた。

「へぇ、そいつはブッたまげた。姉妹だったとはねぇ。とんだ極悪姉妹だ」

羽鳥が素っ頓狂な声を上げた。

「極悪？　冗談じゃないわ。博打の世界に、良いも悪いもないわよ。あるのはたったひとつ、生き残れるかどうかだけよ」

さすがに桜子は度胸が据わっている。平然と言ってのけた。

無言でうつむく魔子を、私は改めて見た。

長髪で若干、顔の表情が読み取りにくいが、言われてみると桜子とどこか似ている。

私は魔子に言った。

「結局、きみの麻雀の腕は見ることができなかったけど、きみはいつも、姉さんのトス役をしてたわけだ」

桜子が横から口を挟んだ。

「馬鹿ね。魔子の腕は、わたしなんかより数段上よ。イカサマは、わたしが頼んだのよ。魔子がヒラで打ったら、アンタなんか敵じゃないわ」

ヒラとは、博打麻雀言葉で、イカサマなどのない真剣勝負のことだ。

「つまり、俺が顔を出したら、呼ぶように、妹に言ってたわけだ」

「この前負けた分は、返してもらわないとね」

「なるほど。しかし危なかったよ」

「魔子に、慣れないイカサマなんてやらせるんじゃなかったわ」

「どうやら、危ないの意味を取り違えているようだ」

私は鼻先で笑った。

私が危ないと言ったのは、二人のイカサマを指してのことではない。桜子と知り合ったころ、彼女は私を誘惑した。その毒牙にかからなくてよかった、という意味だった。

私は毒牙にかからなかったが、有村部長は引っかかった。しかしそれは、部長の自業自得というものだ。

玄関のほうで音がした。

血相を変えてママが、顔を出した。

「魔子、どういうことよ。それにアンタもよ」

佳代ママが、二人に罵声を浴びせる。

桜子は平然としていたが、魔子のほうはきまりが悪そうに、顔をそむけた。

「梨田さん。もう一度、詳しく説明してよ」

「ママ。まあ、落ち着きなよ」

私はもう一度、事の顚末《てんまつ》を詳しく説明した。

「アンタら二人、ケジメをつけてもらうからね」

佳代ママが電話に手を伸ばした。

「ママ、ちょっと待った。誰を呼ぼうとしているのか知らないけど、ここは穏便に済ましたほうがいい。俺はどうってことないけど、羽鳥常務に迷惑がかかる」

「じゃ、どうするのよ」

「ママが決めたらいい。それにおとなしく従うだろ？」

私は、桜子と魔子の二人の顔を交互に見据えた。

「どうなりと」

肩をすくめる桜子の態度はふてぶてしかった。

「どうなりと？」

佳代ママが怒りで唇を震わせた。

「桜子。アンタ、こういう麻雀荘には、バックがついていることぐらいは知ってるわよね。トラブルは、全部、彼らに任せるのが掟《おきて》なのよ。そのために、高いシノギ料を払ってるんだからさ。梨田さんは止めるけど、なんだったら、アンタら二人を連中に任せたっていいのよ」

「待って、ママ」

成り行きを身じろぎもせずに見ていた魔子が初めて口を開いた。

「ごめんなさい。それだけは勘弁して。姉は気が強くて、小さいころから人に謝ったことがないんです。ママが決めたとおりにします」

佳代ママの迫力。桜子のふてぶてしさ。魔子はしおらしく謝ったが、内心私は、この魔子が一番曲者《くせもの》かもしれない、とおもった。謝る態度に演技っぽいものを感じた。

「魔子はこう言ってるけど、アンタはどうなのよ」

佳代ママが桜子を睨みつける。

「どうなりと、と言ったでしょ」

桜子の声は、いくらか弱々しくなっていた。

「じゃ、桜子。バッグを寄越しなさいよ」

渋々という顔で、桜子がバッグを佳代ママに渡した。

バッグのなかを確かめた佳代ママが、帯封のついた五百万を取り出す。

「博打場の不始末は、全額没収。それぐらいは分かってるでしょ？　魔子は、手元の三百万を出して」

言われた魔子が、私が——いや、実際は佳代ママなのだが——回した三百万を卓上に置いた。

「全部で八百万。その筋に、借金の切り取りや、飲み代の回収を頼めば、半分渡すことも知ってるわね。博打の不始末も一緒よ」

そう言って、佳代ママが私と羽鳥に目を向けた。

「残りの四百万は、二人で分けて頂戴。それで、今回のことは目を瞑《つぶ》ってくださいな」

「俺は要らんよ。いや、この半荘《ハンチャン》はたぶん俺がトップだったから、その分だけは貰っておくとしよう」

羽鳥が帯封のひとつを取り上げ、数えることもせずに、三十万前後の金を抜き取った。

「じゃ、残りは、梨田さんが、どうぞ」

佳代ママの言葉に、私は帯封のひとつを手に取った。

「俺も、二人との差し馬《ウマ》分だけで、けっこう。あとは、ママが収めてくれ」

「二人共、いい男ね。なら、わたしが預かるわ」

佳代ママが、桜子と魔子に目を移して、言った。

「もうひとつ。アンタら二人は、二度と銀座界隈《かいわい》に顔を出すんじゃないよ。魔子には、あした銀行で三百万を下ろしたら、この通帳は返してあげる」

まだ話があるという佳代ママたちを残して、私と羽鳥は一緒に部屋を出た。

30

「いや、とんだ目に遭ったな。でも、梨田クンのおかげで、助かったよ。お礼に一杯、奢らせてくれ」

私も飲みたい気分だった。喜んで、と私は応じた。

羽鳥に連れて行かれたのは、六本木の交差点近くにある完全会員制の店だった。

ビルの地下一階にあり、店内には生花のむせるような香りが充満している。それもそのはずで、中央のテーブルには甕《かめ》のような花瓶に色とりどりの生花が活けられ、壁回りにも同じように生花が飾られている。

「おい、常吉《つねきち》。あとでママを呼んでくれ。お客さんを紹介しておく」

私たちを迎えた角刈り頭の和服姿の男は常吉というらしい。分かりました、と妙なしぐさで頭を下げると、静かに引き下がった。「この店は、『華《はな》の木』というんだが、なにかあったら使うといい。政財界の大物から芸能人、いろんな人間が顔を出すので知られている。ママは、華道家としても有名で、従業員たちも、全員、コッチ系だ」

羽鳥がおかしそうに言い、オカマを表す手のしぐさをしてみせた。

なるほど、とおもった。常吉と呼ばれた男は、どこかふつうの男の物腰とは違っていた。

運ばれたブランデーをひと口飲んでから、羽鳥が訊いた。

「しかし、お竜たちのイカサマに、よく気づいたな。俺はなにも分からなかった」

「妙だな、と最初からおもってたんですよ。魔子という女は、完全に、麻雀で食っている女雀ゴロですよ。それなのに、異常に桜子とやりたがった。麻雀で食ってる人間は、強い相手は避けるモンです。麻雀をしてる分には面白いでしょうがね。それに、桜子が唐突にゴルフの会員権の話を持ち出した。あのとき、ピンときたんですよ。たぶん、符丁だな、と」

「なるほど……。しかし、それを見抜くきみも、すごいな。相当な修羅場を踏んできたってわけだ」

「人に自慢できることじゃありません」

笑って、私はバランタインの水割りを飲んだ。

「たぶん、佳代ママは、あの店を閉じるでしょうね」

「だろうな。でも、俺はもう二度と、彼女の雀荘には顔は出さんよ。というより、秘密の雀荘自体にも出入りしない。検挙されたりしたら、本業のほうに影響が出てしまう」

「それがいいですよ。俺なんて、留置場でひと晩明かしたところで、なんのダメージもありませんけど、常務はそういう人種じゃないんです」

いい機会だった。私は羽鳥に訊いた。

「麻雀のほうはどうでもいいんですけど、常務と一丸さんの関係をもっと詳しく教えてくれませんか？」

「なんだ？　俺に興味があるのか？　それとも、一丸に、か？」

笑いながら、羽鳥が訊いた。

「二人に、です。でも、正直なところ、一丸さんのほうに、かな。いや、これも、ちょっと違いますね。一丸さんのやっている株の仕事に対してです」

「なかなか、正直でいいよ。大体が、俺の周りに来るのは、俺が『羽鳥珈琲』の次期社長であることを知ってるやつらだ。金が目当てなのさ。一丸も、その内のひとりだよ。しかも色仕掛けできやがった」

「もしかして……？」

私は、一丸が宍戸のことを突撃隊長と言っていたことをおもい出した。

「そのとおりだよ。あの美人の宍戸、金のためなら、平気で身体を投げ出す女だよ。俺は食わなかったけどね」

羽鳥がニヤリと笑った。

「で、一丸の仕事に興味があるということは、彼の会社で働くつもりなのかい？」

「いえ。もう会社勤めはコリゴリです。向いてないんですよ。かといって、Tエージェンシーを辞めてから、特にやりたいということがあるわけでもない……そんなときに、俺の知り合いから一丸さんを紹介されて、興味を抱いたってことです」

「なるほど。きみなんか、株の世界にピッタリかもしれんな」

羽鳥がブランデーに口をつけ、首を傾げた。そして、言った。

「俺の知り合いが、一丸の会社の『朝日顧問』の会員で、大分大きく株をやってるらしい。

あの美人ちゃんは、その男の紹介で、俺を会員に勧誘しに来たんだ。断るのもナンだから、一般会員というやつに入った。年会費は、わずかに十万というから安いもんだ」

「会員になると、どんな特典があるんです？」

「特典なんて、ありゃせんよ。隔週に一度、『朝日レポート』と称する株の診断書みたいな代物が届くのと、電話で株の相談に乗るだけさ。以来、美人ちゃんが、特別会員にならないか、とやんやの誘いをかけてきている」

「特別会員になると、特典があるというわけですね？」

「らしいな。美人ちゃんの話によると、極秘の情報を流す、というんだな。年会費が百万。勧めた株の利益の二割が、彼らの取り分になるらしい。なんだ？　そうした仕組みについては、なにも聞いてないのかい？」

羽鳥が目を細めて、私を見た。

「たぶん、まだ俺を信用してないからでしょう」

そのとき、扇子の音をパチパチとさせながら、常吉と同じような和服姿の男が顔を出した。

「あら、常務、お久しぶり」

「おう、ママ。きょうは、将来有望な若いのを連れてきた。博打に女、なんでもござれの男だけど、仕事の野心も持ってるよ」

羽鳥がママに、梨田というんだ、と言って私を紹介した。

「ふ〜ん。野心ねえ」

ママが私の全身をなめるような目で見た。そして、通り掛かった常吉に、席に着くよう言った。

「常吉。この若い男《ひと》、梨田さん、っていうんだそうよ。アンタのタイプだから、これからは、彼の係をやりなさい」

常吉が、よろしく、と言って、私にペコリと頭を下げた。

よく見ると、その常吉という男——いや、オカマは、目鼻立ちの整ったきれいな顔をしていた。年は三十五、六だろうか。

「常吉は、芸能人や金持ちの客が多いから、アンタの役に立つとおもうわ。それに、野心家が大好きなの」

ママが扇子をパチパチさせながら、笑った。

私の知らない人間の話題を、ママと羽鳥がはじめ、数分もしないでママは他の席に移動した。

「おい、常吉」

羽鳥が常吉に言った。

「おまえらが、客から聞いた話は他の客には絶対に洩らさないことは知っている。でも、係になった客にだけは例外だということもな。ママがああ言ったんだ。これからは、梨田クンの力になってやるんだな」

常吉は微笑んだだけで、なにも言わなかった。

「というわけで、ここでの俺と梨田クンとの話は、絶対に洩れることはないから安心していいよ。もし、きみが一丸の仕事を手伝うようになったら、ここを利用するといい。株にはもってこいの客が大勢顔を出すからな」

「なんか、よく分からないですけど、ありがとう、と言っておきます」

私は苦笑するしかなかった。

「人間には、フィールドというのがあるのよ」

常吉が初めて口を開いた。

「フィールド？　どういう意味だい？」

私はバランタインを飲みながら、常吉に訊いた。

「毎日が千円二千円のお金しか動かない世界で生きている人間が、一億二億のお金の話をしたってしようがないじゃない。一億二億のお金が欲しいという野心があったら、毎日が一億二億のお金が飛び交う世界に身を置かなければ駄目、っていうことよ。梨田さん、野心家なんでしょ？　だったら、その野心がゆらめいているような日常に身を置くべき、という意味よ」

常吉の外見は明らかに男だが、喋る言葉遣いは、半分女のようで、私は妙な気分になった。

「なるほど。それが人間観察をしてきた常吉クンの結論というわけだ」

常吉が口の端を曲げて、静かに笑った。

その瞬間、私の胸のなかのモヤモヤが一気に晴れたような気がした。

「羽鳥常務、俺、今の常吉クンの言葉で迷いが、吹っ切れましたよ」

私は羽鳥に言った。

「株の世界で生きよう、ってのかい？」

「そういうことです」

うなずいてから、私はおもむろに脇腹を晒してみせた。

「この梅干しのような痕《あと》、なんだか分かります？」

「刺し傷ね」

常吉がサラリと言った。

「刺し傷？　喧嘩《けんか》でもしたのか？」

羽鳥が目を剝いた。

「喧嘩じゃないけど、危うく死ぬところでした。大阪で、やくざモンに刺されたんですよ」

嫌な想い出ですけど――、と断ってから、私は大阪で、小豆や大手亡《おおてぼう》の相場を張っていたことを簡単に説明した。

「ふ〜ん。只者《ただもの》じゃないとはおもってたが、すごい修羅場を踏んでたわけだ」

「あのころは、命なんて惜しいとはおもわなかった。無鉄砲そのものだった。でも、人間なんてサモシイですよね。金ができると、急におとなしくなってしまった。守りに入ってしまったとおもうんです。笑えますよね、この若さで、守りだなんて。しかも、守るものなんてなにもないのにです」

言いながら、私はベティと、ベティの腹のなかにいる子供のことをおもった。守るものがなにもない？　ベティや子供はどうなんだ？

「素敵じゃない。身体を張らない人生なんてなんの意味もないわ」

常吉の目が妖しく動いた。

「俺、株の裏の世界を、トコトンのぞいてやることに決めましたよ。それで、常務。俺がその世界のことを知り尽くしたら、俺の最初の客になってくれますか？」

「場合によったらな。なにしろ俺は、さっきの麻雀で、きみには借りを作ってしまったから、一度はひと肌、脱がなきゃならんだろうし」

私の決心は固まった。これからは、一丸の事務所に頻繁に顔を出し、なにもかも見てやろう。

決心は固まっても、羽鳥を最上ランクの会員に勧誘してくれ、という一丸の頼みごとを羽鳥に話す気はなかった。最上ランクの会員とは、特別会員のことだろう。しかしそれは、一丸のやっていることをすべて把握してからのことだ。

それから一時間ほど、酒飲み話をし、羽鳥とは店の前で別れた。

マンションのほうに帰ろうとした私に、常吉がそっと名刺を差し出した。

「へたなお店でお酒を飲むなら、うちに来て。男が野心を失ったら、なんの値打ちもない。アンタが野心を失わないかぎり、アタシはアンタの味方をしてあげる。常吉サンの力、けっこうすごいのよ」

分かった？　と言うと、常吉は私のてのひらを強く握り締めた。

31

後ろめたさもあって、私のほうからベティに連絡はしなかったのだが、二日後にベティから電話があった。

ベティは愚痴めいたことや怒りを表すこともなく、これから会おう、と私に言った。

久しぶりに原宿の鉄板焼き屋で夕食をすることになった。

約束の七時に顔を出すと、すでにベティは椅子に座っていた。

「どうだい？　向こうに行く準備は整ったのかい？」

私は謝罪の言葉は抜きにして、訊いた。

「梨田クンが、わたしを放ったらかしにするから、おかげではかどったわ」

これ、嫌味じゃないわよ、と言って、ベティが明るく笑った。

「ゴメン。俺も、いつまでもブラブラしてるわけにはいかないから、いろいろとあったんだ」

ベティはヒレ肉、私は海老を焼いてくれるよう、頼んだ。

「あっちのお肉、噂どおりの代物だったわ。まるで草履みたいに大きくて、しかも固いの。だから、こっちのお肉の食べ納めよ」

ビールをベティのグラスに注いで、乾盃をした。

「気をつけてな。なにかあったら、俺、飛んで行くよ」

「なによ。まだ一週間も先よ。まるで、わたしがあしたにでも行っちゃうみたいじゃない」

私はベティの顔から目を逸《そ》らした。ベティの目が潤んでいることに気づいたからだ。

「それで、どうするの？　やっぱり、株の世界をのぞいてみることにしたの？」

「ああ。吹っ切った。じつは、偶然、『羽鳥珈琲』の常務と会ったんだ」

「へぇ～。どこで？」

「このあいだ話した、あの一丸という人の事務所でだよ」

まさか麻雀をやったことなど言えない。私ははぐらかして、そのあとで酒を飲みに行ったことを話した。

「面白いことを言うやつがいてね――」

私は常吉の店のことと、常吉が言ったことをベティに教えた。

「野心を持て――か……。ボーイズ・ビー・アンビシャスとは、大変な違いだけど、マー君には案外似合っているかも」

「ベティは、アメリカで頑張る。だから俺も、もう一度、迷いを捨てて、突っ走ってみることにしたんだ」

肉と海老の焼ける匂いがした。

もんぺ姿の女将《おかみ》が、きれいに切り分けてくれた。

黙々と箸を動かしていたベティが、ふと気づいたように、財布のなかから写真を取り出した。

私とベティが麻布十番の写真館で二人で並んで撮ったあの写真だった。

「これを肌身離さず持っているから、わたしは頑張れる。だから、梨田クンも頑張って」

そう言った瞬間、ベティの大きな目から涙がひと筋、頬を伝った。

三日後に、自由が丘の部屋を明け渡すことにした、とベティが言った。

「部屋の家具類とかはどうするんだ？　アメリカに行くのをお義父《とう》さんは許していないんだから、まさか実家に運ぶことなんてできないだろ？　なんなら、俺の部屋で預かったっていいんだぜ」

「それを考えないでもなかったけど、やはりやめるわ。梨田クンの部屋に置くと、梨田クンを縛るような気がするから」

ベティがビールをゴクリと飲んだ。

「それに家具なんて知れてるし、学生時代の友だちにあげちゃうことに決めた。だから、部屋の整理が終わって向こうに出発するまでの三、四日間は、梨田クンの部屋ですごさせてもらっていい？」

「いいもなにも、そうしろよ」

ベティは本心では、強引にでも、私にアメリカ行きを止めてほしいのだろうか。

「ベティ」

私はベティの顔を見つめて、言った。

「そのまま、一緒に住んでもいいんだぜ。まだ、間に合う」

「ありがとう。その言葉を聞きたかったのよ」

ベティの大きな両目に、また涙が溢れはじめた。

「梨田クンは、吹っ切れたと言ったけど、今の梨田クンの言葉で、わたしも吹っ切れた。元気よく、日本を飛び立つわ。ベティ様は、そんなにヤワな女じゃないんだから」

ベティの頬を涙がこぼれ落ちた。

私は黙って、ベティの膝の上の手を強く握り締めた。

「じゃ、今夜はベティの部屋ですごそう。あの部屋、俺、好きなんだ」

「オッケーよ」

ベティが泣き笑いの顔をした。

その泣き笑いの顔は、ベティにとても似合っていた。

ベティの感情には裏がない。喜怒哀楽をとても正直に顔に出す。それが私がベティを愛するようになった一番の理由かもしれない。

野菜炒めを作ってもらい、ご飯と味噌《みそ》汁で食事を終わりにした。

勘定をしてもらいながら、ベティが今度日本に帰ってくるまで、絶対にこの店には顔を出さない、と私は心に決めていた。いやそればかりか、ベティと一緒にすごした店はすべて使わないと固く心に誓っていた。

自由が丘のベティの部屋で一夜をすごした翌日、部屋に戻ると、一丸から電話が掛かってきた。午後から事務所に来られないか、と言う。

「麻雀ですか？」

もしそうなら断るつもりだった。私はベティが日本を発つまで、牌《ハイ》は握らないと決めていた。

――いや、残念だろうが、麻雀じゃない。時間があるなら、レッスン・スリーを見せてやろうとおもったのさ。

「分かりました」

今はまだ正午前だ。一時に顔を出す、と言って、私は電話を切った。

シャワーを浴びた。昨夜ベティを抱いたとき、気のせいか、彼女の肌はいつもよりしっとりとしていて、丸味を帯びているような感じがした。たぶんベティの身体は、日増しに母親らしい身体つきへと変化しているのだ。朝までに二度抱いた私の全身には、ベティの汗と体臭がまとわりついている。株の世界の話を聞きに行くのには、洗い落とす必要があった。あの世界には、ベティを連れて行ってはいけない。

最後に冷水のシャワーを浴びると、私だけの身体になったような気がした。

タクシーで茅場町に行き、立ち食い蕎麦屋《そばや》での昼食を摂ってから、一時丁度に、「朝日顧問」のビルに入った。

事務所には、宍戸と初めて見る四十代の男の二人がいた。

「代表、そちらの部屋よ」

どうぞ――、と宍戸が、慣れ慣れしい口調で言って立ち上がった。もうひとりの男は、私を見ようともしなかった。

「おう、来たか」

デスクに座っていた一丸が、ソファに座るよう私を促し、宍戸には、コーヒーを二つ持ってくるよう、言った。

「どうだ？　あれから、羽鳥常務と連絡を取ったかね？」

「いえ、まだ」

私は首を振った。羽鳥と麻雀を打ったことも、そのあとで飲みに行ったことも話すつもりはなかった。一丸には、レッスン・スリーのレクチャアを受けたあとで羽鳥のことは考える、と言ってある。

「そうか。だから、レッスン・スリーを早く教えなきゃ、とおもったのさ」

一丸が笑いながら、私の前に、名簿の束を置いた。

「なんです？　これ」

「うちの宝の山だよ。いや、厳密に言うと、これから宝になる予備軍のリストさ」

「宍戸クン。きみも、ここに座れよ」

退室しようとした宍戸に、一丸が声を掛ける。

チラリと私を見てから、宍戸が私の隣に腰を下ろした。

「この名簿は、な――」

コーヒーをすすり、一丸が名簿の束に手を置く。

「全員が株の経験者だ。しかも、大半が株で失敗している」

怪訝な顔をする私に、どこで手に入れたのか訊きたそうだな、と言って、一丸が笑った。

「蛇の道はヘビだ。いろいろな手がある。この前、麻雀をやった沢村と長谷部。あの連中のもとには、腐るほどの顧客リストがある。他の証券会社にも、ツテはあるし、名簿のリストに困ることはないよ。それともうひとつ――、この街には、名簿屋という怪しげな商売をするやつもいる。そいつらが売り込みに来るんだ」

「なるほど……。それで？」

訊きはしたが、やはりそうか、と内心私はおもった。

大阪での相場時代。小豆や大手亡の相場に勧誘するのには、電話帳などを利用して無差別に電話していた。初めてその光景を目にしたときは、異様に感じたものだが、結局はそれが一番手っ取り早い方法なのだ。

だが株の経験者を勧誘するというのは、まだ良心的だろう。勧誘される側は、小豆や大手亡などとは違って、株に対する事前の知識を持ち合わせているからだ。

「このフロアに、他に三つ部屋があっただろ？　その二つの部屋で、うちの社員が、こういう名簿を頼りに、電話をしまくってるよ。つまり、うちの会員になるよう、勧誘してるってことだ」

「会費を集めるわけですね」

「会費か……」

一丸がニヤリと笑った。

「まあ、それもなくはないが、そんな金は通信費や経費で消えるザコ金だ。株をやる人間というのは不思議な人種でな。タダで教えるというと警戒して信用しないが、わずか十万円でも払うと、途端に聞く耳を持つんだ。だから会費というのは、こちらの話に耳を傾けさせる経費みたいなもんだよ」

私は余計な質問は挟まなかった。

「宍戸クン。今、現在、うちの会員は何人ぐらいいる？」

一丸が宍戸に訊いた。

「三、四百人ほどじゃないかしら」

きょうの宍戸はタイトスカート姿で、形のよい足を組み替えながら、悠然と答えた。

「だ、そうだ」

他人事みたいに言って、一丸がたばこを取り出した。

「年会費は、一般会員がひとり十万、特別会員が百万。屁みたいな額だろ？　そんなんじゃ、話にならない。俺は、彼らは相手にせんよ。彼らは、ピラミッドの底辺だよ。欲に駆られた、な。欲に駆られた人間には、それなりの役割がある。俺が相手にするのは、ピラミッドの頂点を形成する一部の人間だけだ」

閉じる。

横にいる宍戸が金色のデュポンを擦って火を点けた。小気味良い金属音を響かせて、蓋を

「とりあえず、その目で見たらいい」

ついて来い、と言うと、一丸は腰を上げた。

事務所を出て、三つある部屋のひとつのドアを一丸が開ける。

瞬間、耳をつんざくような声が溢れ出てきた。

室内では、三、四十代の男たち四人が受話器を耳に押し当てて株の話をまくし立てていた。

フロアに声が洩れ出ていなかったのは、防音が施されているからだろう。

男たちは一丸と宍戸に軽く頭を下げたが、受話器を置こうとはしなかった。内二人には見覚えがあった。初めてここに来て一丸の部屋を出たとき、他の部屋から顔を出した連中だ。

一丸はドアを閉め、もうひとつの部屋を私に見せた。光景は同じだった。

三つ目の部屋は前の二つとは対照的に、針を落としてもその音が聞こえそうなほど静かで、そこでは六十に近い男たち二人がデスクワークをしていた。

一丸の姿を見たひとりが、立ち上がって、言った。

「代表。次号の原稿できたんですが、ご覧になりますか」

「いや、あとでいい。そのまま、仕事をつづけてくれ」

一丸の部屋に戻った。

「どうだ？　感想は」

「まあ、想像してたとおりですね」

「なんだ。経験でもありそうな口振りだな」

「なにかの株雑誌で読んだんですよ」

小豆や大手亡が株に替わっただけだ。だが、それを教えるつもりはなかった。

「連中の給料、いくらだとおもう？」

「さあ、見当もつきませんね」

「手取りで、十五、六万のもんだよ。だが、文句も言わない。なぜだか、分かるか？」

「さあ、見当もつきませんね」

「同じ台詞しか言わんのだな」

一丸が皮肉っぽく笑った。

「連中、俺が勧める株を、陰でコッソリと買って儲けてるのさ。しょぼい話だ」

一丸は、今度は軽蔑のこもった笑みを浮かべた。

「ともあれ、あれで会員になった人間を、今度はふるいにかけるんだ。弁当だって、松竹梅があるだろ？」

「松が特別会員というわけですか？」

「違うね。弁当は、しょせん弁当でしかない。特別会員は、会席料理を食える人間さ。電話の勧誘に乗るような人間を、俺は信用せんよ。連中は、株の値を上げるための駒でしかない」

「駒は駒でも、捨て駒？」

「そうともかぎらん。なかには儲かるやつもいる。でも、絶対じゃない。会席料理を食う人間には、絶対に儲けさせなきゃならん」

なぜなら特別会員だからだ、と一丸は言った。

「羽鳥常務には、会席料理を食べてもらおう、というわけですか？」

すこし皮肉を込めて、私は一丸に言った。

「会席料理にあずかれるのは、金を沢山動かせる人間だけだ。羽鳥常務にはその資格がある。なにしろ、『羽鳥珈琲』の次期社長だからな」

「特別会員は、今、何人ぐらいいるんです？」

「それは、軍の秘密だ。知っているのは、俺とこの宍戸クンだけだ」

「では、どんな人がなっているのか、それだけでも教えてください。それでないと、レッスン・スリーを教えてもらったことにならないでしょう」

一丸が宍戸をチラリと見た。その宍戸は、まるで私を挑発するかのように、形のよい足を組み替えた。そして、一丸に替わって、答えた。

「政治関係の人が三割、中小企業の経営者が三割、残りの四割は、仕事はしていないが、素封家たち、というところかしら。どう？　これで満足？」

「なるほど……」

満足したかどうかは答えなかった。隠し事は、まだいろいろとありそうな気がした。

「梨田クンは十月で二十五歳になると言ってたよな。俺は四十五で、この宍戸クンは三十五だ。妙なもので、十歳ずつの年の差だ。俺は、五年後の五十歳で、この仕事から足を洗うつもりだ。宍戸クンも四十歳を区切りにして、辞めると言っている。株なんてものは、いつまでもやるもんじゃない。時間を区切らないと、延々とつづけてしまう。金を儲けた、損しただけで人生を終えるのは、つまらんだろ？　どうだい？　きみも、三十歳の区切りまで、俺たちにつき合わんかね？」

一丸がくわえたたばこに、宍戸がデュポンの火を差し出した。

「なんで、俺なんです？　代表とは、それほど長いつき合いでもないんですよ」

「俺は自分の目に自信を持ってるからさ。この仕事は、金に欲のないやつは向かんが、金に欲のありすぎるやつは、もっと向いてない。度胸がある上に、勝負の見切りができるやつじゃないと駄目なんだ。初めて、きみと麻雀をやったとき、俺は、やっと見つけたとおもったよ。どうだ？　これで答えになってるかね？」

五年か……。ベティは四年後に日本に帰ってくる。なにも考えずに突っ走るのには、丁度いい時間のような気がした。

「いいでしょう。やりましょう。ただし、人に使われるのは、もうコリゴリです。給料めいた金は一切、受け取りません。その替わりに、この街に、小さな事務所を構えさせてもらう。その間、株のすべてを教えてほしい。代償として、俺は一丸さんに命じられたとおりに動きます。それが条件です」

「どうだい？　宍戸クン」

一丸が宍戸に笑みを向ける。宍戸はうなずいたようだった。

自由が丘の部屋を引き払ったベティが私の部屋に来た日、私は彼女を連れて熱海に向かった。宿は、相模湾を見渡せる高台の旅館で、前日に予約してある。

ベティと初めて旅行したのは、彼女の家の別荘のある下田だったが、アメリカへの長旅を控えるベティの身体を案じて、近場にしたのだった。

熱海までは新幹線で一時間も掛からない。窓の外を見つめるベティは寡黙で、どこか寂しげだった。

旅行会社の説明どおり、純日本風の旅館は木立に囲まれた静かな雰囲気で、崖にせり出した個室の窓からは、もう夏を感じさせる海がキラキラと輝いているのが見える。

個室についている露天風呂にベティと一緒に浸かりながら、夕刻までをすごした。

「結局、その一丸さんという人と株をやることにしたのね……」

「ああ。ベティもいなくなるし、俺には無我夢中で没頭できるなにかが必要なんだ。なに、五年なんて、あっという間だよ」

あの日、一丸は私の条件をすべて受け入れてくれて、私は彼の指導下で働くことに同意した。その夜、一丸と宍戸と三人で赤坂の料亭で食事をした。

料亭など初めてだったが、これからはこういう場にも慣れておく必要がある、と言って、一丸は彼がやっている株の仕組みを私に説明した。

それによると、「朝日顧問」のような会社は今、兜町に相当数設立されているらしい。証券会社とは違って、法の監視下に置かれていない彼らは、目下のところ、好き放題に活動しているとのことだった。だが、やがては法の規制を受けることになる。それまでが勝負だ、と一丸は力説した。つまり一丸は、この五年間で勝負を賭けるつもりなのだ。

「梨田クン。わたし、自分のことよりも、梨田クンのほうが心配よ。危険じゃないの？」

私の背をさすりながら、ベティが不安な顔をした。

「危険か……。たぶん、そんなこともあるだろうな。でも俺は、これまでだって、その都度、危ない場面を切り抜けてきた。俺は、本能的に危険を回避できる能力に長《た》けているんだとおもう。大丈夫。ベティを悲しませるようなことはしない。ベティが日本に帰ってきたときには、今とは違う俺になっていることを約束するよ」

眼前に広がる海に夕陽が落ちはじめていた。それはまるで、これからの私を暗示しているかのようにも私の目には映った。

本作はフィクションです。

初出：「夕刊フジ」二〇一三年八月四日～二〇一四年三月二十九日

〈著者紹介〉
白川 道(しらかわ・とおる) 1945年北京生まれ。一橋大学卒業後、様々な職を経て、80年代バブル期に株の世界に飛び込み、大いなる栄光と挫折を味わう。94年、自身の体験を十二分に生かした『流星たちの宴』で衝撃のデビュー。2001年、『天国への階段』が大ベストセラーとなり、ドラマ化もされる。他の主な映像化作品に『海は涸いていた』(映画タイトル「絆」)、『病葉流れて』『最も遠い銀河』など。他の著書に『祈る時はいつもひとり』『竜の道』『冬の童話』などがある。

そして奔流へ
新・病葉流れて
2014年7月25日 第1刷発行

GENTOSHA

著 者 白川 道
発行者 見城 徹

発行所 株式会社 幻冬舎
〒151-0051 東京都渋谷区千駄ヶ谷4-9-7

電話:03(5411)6211(編集)
03(5411)6222(営業)
振替:00120-8-767643
印刷・製本所:中央精版印刷株式会社

検印廃止

Printed in Japan
ISBN978-4-344-02605-6 C0093
幻冬舎ホームページアドレス http://www.gentosha.co.jp/

この本に関するご意見・ご感想をメールでお寄せいただく場合は、
comment@gentosha.co.jpまで。